R & B

ALEXA HENNIG VON LANGE

ROMAN

ROGNER & BERNHARD
BEI ZWEITAUSENDEINS

1. Auflage, Oktober 1997.
2. Auflage, Februar 1998.
3. Auflage, März 1998.
4. Auflage, Juni 1998.
5. Auflage, September 1998.
6. Auflage, Juni 1999.
© 1997
by Rogner & Bernhard GmbH & Co.Verlags KG, Hamburg.
ISBN 3-8077-0357-8

Alle Rechte vorbehalten, insbesondere das Recht der mechanischen, elektronischen oder fotografischen Vervielfältigung, der Einspeicherung und Verarbeitung in elektronischen Systemen, des Nachdrucks in Zeitschriften oder Zeitungen, des öffentlichen Vortrags, der Verfilmung oder Dramatisierung, der Übertragung durch Rundfunk, Fernsehen oder Video, auch einzelner Text- oder Bildteile.
Der gewerbliche Weiterverkauf und der gewerbliche Verleih von Büchern, Platten, Videos oder anderen Sachen aus der Zweitausendeins-Produktion bedürfen in jedem Fall der schriftlichen Genehmigung durch die Geschäftsleitung vom Zweitausendeins Versand in Frankfurt.

Lektorat: Ralf Kessenich, Hamburg.
Umschlaggestaltung: Jan Schmietendorf, Hamburg.
Foto d. Autorin: Roswitha Hecke.
Herstellung: Eberhard Delius, Berlin.
Satz: Offizin Götz Gorissen, Berlin.
Druck: Wagner GmbH, Nördlingen.
Einband: G. Lachenmaier, Reutlingen.
Printed in Germany.

Dieses Buch gibt es nur bei Zweitausendeins im Versand, Postfach, D-60381 Frankfurt am Main, Telefon 069-420 8000 oder 01805-23 2001, Fax 069-415 003 oder 01805-24 2001. Internet www.zweitausendeins.de, E-Mail info@zweitausendeins.de. Oder in den Zweitausendeins-Läden in Berlin, Düsseldorf, Essen, Frankfurt, Freiburg, 2x in Hamburg, in Köln, Mannheim, München, Nürnberg, Saarbrücken, Stuttgart.

In der Schweiz über buch 2000
Postfach 89, CH-8910 Affoltern a.A.

*Für Armin
von Alexa.*

*Du sollst mutig sein,
es darf gelernt werden.*

I
Chris

1

Mann. Ich bin ein Rockstar. Ich weiß, das will jeder sein. Das finde ich komplett gut. Ich meine, stell dir das mal vor, da klebt deine Autogrammkarte in 1000 bekloppten Zeitungen, und wenn du auf die Straße gehst, weiß jeder alles über dich. Du gehst abends feiern, lädst die Jungs ein, und die Weiber sind verrückt nach dir. Egal, was du für eine Scheiße erzählst, die Leute findens lustig. Original. Ich meine, du hast komplett die Macht. Du bist der Guru, und alles was du sagst, glauben die Leute. Alle wollen cool sein, und du bist der absolut Coolste, und alle fragen sich: »Wie macht der Typ das?« Und du denkst: »Was ham die alle, ich bin doch ganz normal!« Mann. Du kannst dir einfach alles erlauben. Wenn du Lust hast, schmeißt du mit Barhockern um dich oder grabschst den Weibern an die Titten. Da bedanken die sich noch bei dir, weil du sie angefaßt hast.

Ich bin ein Rockstar.

Ich muß mich jetzt erstmal ablegen. Vorher rauche ich aber noch eine Zigarette. Wo ist jetzt diese verdammte Schachtel? Hier finde ich original nichts wieder. Ich muß mal bei Gelegenheit aufräumen. Draußen regnet es schon wieder. Mann, oh Mann. Das wird ein Sommer. Nachher kommen die Jungs. Die treffen grade Brian. Der hat richtig gute Pillen. Keine Ahnung, wo er die her hat. Die Jungs haben versprochen, sie bringen welche von Brian mit. Der wohnt auf dem Land in einem riesen Haus mit einem großen Garten. Brian ist richtig locker. Der gibt Partys, macht Essen, hat immer Holz für ein gutes Lagerfeuer. Und will keine Kohle dafür. Da kommen dann so 1000

Leute, und die ganze Nacht ist Musik, Feuer und gute Pillen. Das ist wie auf einer Insel in der Südsee sein. Alle bringen Schlafsäcke mit, und irgendwann legst du dich ins Gras und pennst ein. Brian ist gut.

Heute wollen die Jungs und ich richtig zappeln gehen. Vorher muß ich mich aber noch ein bißchen ablegen. Da sind ja die Zigaretten. Gibts ja nicht. Wie kommen die denn zwischen die abgewichsten Unterhosen? Jedenfalls habe ich sie nicht dahin geschmissen. Mann. Ich muß schlafen, sonst drehe ich noch durch. Das ist der Tod. Du schmeißt dir eine Pille ein und bist müde. Das ist keine gute Mischung. Du mußt wach sein, sonst bist du ganz fickerig. Dein Gehirn sagt: »Nich schlafen« und dein Körper sagt: »Schlafen«. Das macht dich komplett fertig. Wirklich. Ich kenne mich da aus. Den Fehler versuchst du nur einmal zu machen.

Ich habe meiner Mutter gesagt, daß ich die Dinger schlucke. Einfach so. Ich wollte mal wissen, wie sie so reagiert. Sie ist komplett fertig gewesen, und seitdem heult sie, weil sie Angst hat. Das nervt ein bißchen, sie kennt das eben nicht. Aber ich bin mir sicher, würde sie die Dinger schlucken, sie würde es auch immer wieder tun. Original.

Ey, manchmal habe ich auch Angst. Aber nicht so wegen der Pillen, eher wegen der ganzen anderen Scheiße und so. Da denke ich jetzt lieber nicht dran, sonst kriege ich noch komplett schlechte Laune, und darauf habe ich jetzt original überhaupt keine Lust.

Ich will ein Rockstar sein.

Die Jungs klingeln, und ich stehe in Unterhosen an der Tür. Du kannst einfach nicht den ganzen Tag in Jeans rumrennen. Irgendwann wird das komplett zu eng da drin, und deine Eier wollen Luft schnappen.

»Tach, Jungs!«
»Mann, du mußt ma lüften!«
»Hast du Papers?«
»Klar!«
Die Jungs sitzen auf meinem Bett und bauen. Der ganze Tabak fliegt daneben und wenn ich nächstes Mal in meinem Bett liege, klebt mir das ganze Zeug am blanken Arsch.
»Mann, verteil nicht das ganze Zeug in meinem Bett!«
»Halts Maul! Willst du lieber bauen?«
Die Jungs können ganz schön nerven. Und zum Rattern bin ich auch nicht mehr gekommen. Fuck. Vielleicht gehe ich mal kurz ins Klo. Das ist aber auch nicht so richtig entspannend, wenn die Jungs nebenan einen rauchen. Erst mal Musik anmachen.

Die Jungs reichen das Ding rum und überall fliegt die Asche rum. Ich meine, wozu stehen denn hier überall diese häßlichen Aschenbecher aus braunem Glas? Doch nicht zum Spaß!
»Paß doch ma auf!«
»Relax!«
Ich habe Angst, daß die mir hier meine Bude abfackeln. Ich meine, den Jungs kann es ja egal sein, die sitzen ja hinterher nicht auf der Straße ohne irgendwelchen ideellen Kram. Die Jungs machen mich komplett wahnsinnig und sie trampeln auf meinen Nietzsche-Büchern rum.
»Nimm ma dein Fuß da runter!«
»Nietzsche! Is das gut? Das war doch 'n Nazi, oder?«
»Quatsch!«
»Wie isn das so?«
»Okay!«
Die Jungs nerven. Die trampeln überall auf meinen

Büchern rum und stellen blödsinnige Fragen. Nietzsche ist mein Guru, und seine Bücher sind meine Bibeln.

Nietzsche war einfach auch ein Rockstar. Original.

Irgendwer hat mal ein Zitat von Nietzsche gebracht, und da dachte ich: »Mann, der Typ is cool!« Ich bin dann in einen Buchladen rein und habe gefragt, welches Buch von Nietzsche zu empfehlen ist. Die haben mir zwei in die Hand gedrückt, und jetzt trampeln die Jungs drauf rum.

»Jungs, ihr nervt!«

»Wasn los, Mann? Schlecht gefickt?«

»Gar nich gefickt!«

Die Jungs finden das lustig. Ich nicht. Ich will rattern. Ich bin komplett unentspannt. Vielleicht gehe ich ins Klo und setze mich in die Badewanne.

»Das Zeug is gut. Is vom Brian. Mann. Der hat Geschmack.«

»Brian is locker!«

»Ich geh ma aufs Klo!«

»Willste nich mehr?«

»Nee.«

»Mußte scheißen, oder was?«

Die Jungs sind komplett indiskret.

»Chris sieht ganz fickrig aus!«

»Ich muß pissen!«

»Geh rattern!«

»Viel Spaß!«

Sehe ich fickrig aus, oder was? Keine Ahnung, was die Idioten meinen. Mein Spiegelbild ist doch ganz okay, oder? Mann, ist die Badewanne kalt am Arsch. Mein Schwanz will nicht, und nebenan lachen die Jungs hysterisch. Das ist vielleicht eine Stimmung hier. Wie willst du denn da rattern? Geht gar nicht. Außerdem will ich nicht, daß die das mitkriegen, die sollen denken, daß ich pisse.

Und so lange pißt kein Mensch. Ich stehe komplett unter Zeitdruck. Also wieder raus aus der Wanne, Schwanz einpacken, Spülung drücken. Fertig gepißt. Benimmt sich so ein Rockstar?
»Gut Hand gefickt?«
»Gar nich Hand gefickt!«
Die Jungs sind komplett breit und liegen überall rum.
»Ich hab nich gerattert!«
»Dafür haste aber ziemlich lang gepißt!«
»Habt ihr von Brian Pillen?«
»Klar. So viel du willst!«
»Wasn für welche?«
»Schwarze. Brian sagt, die sind gut.«
»Zeig ma!«
Die Jungs haben echt eine Meise. Die haben komplett ein Kilo Pillen eingekauft. Brian hat bei sich zu Hause noch ein ganzes Depot liegen. Daß der keine Angst hat, daß ihn die Bullen mal besuchen kommen. Ich meine, ich fühle mich schon nicht so richtig wohl, wenn ich 10 von den Dingern bei mir rumliegen habe. Manchmal kriegt meine Kleine einen Anfall, und dann bohrt sie Löcher in Seifenstücke und drückt die Pillen rein und stopft das ganze wieder zu. Das funktioniert komplett gut. Du wäschst dir mit der Seife einfach noch ein paarmal die Hände und schon ist wieder alles beim Alten. Außer, daß die Seife nicht mehr 1,50, sondern 150 Mark wert ist.
»Wolln wir die Pillen gleich nehm, oder was?«
»Klar!«
Ich hole Wasser. Im Flur stolpere ich erst mal über den Anrufbeantworter. Mann. Ich bin komplett fickrig. Auf Pille kannst du einfach nicht rattern. Das führt zu nichts. Ich weiß auch nicht, woran das liegt. Es geht einfach nicht. Vielleicht ratter ich doch noch schnell.

»Ich geh aufs Klo!«
»Was rennste denn dauernd aufs Klo?«
»Chris is fickrig!«
»Halts Maul und friß deine Pillen!«
Diesmal lege ich mir aber ein Handtuch unter. Drüben telefonieren die Jungs und machen den Abend klar. Ich fummel wieder an meinem Schwanz rum und höre jedes beknackte Wort. Ich habe nicht mal Ohropax. Manchmal wünsche ich die Jungs zum Teufel. Mein Schwanz lebt auf. Ich versuche schnell, an riesen Titten zu denken. Nebenan schreien die Jungs, und dann geht original überhaupt nichts mehr. Ich drücke die Spülung.
»Was läuft?«
»Fritz kommt!«
»Haste mit ihm telefoniert?«
»Yes! Er bringt was mit!«
»Optimal!«
»Was isn jetzt? Schmeißen wir uns die Dinger, oder nicht?«
»Klar!«
Die Jungs und mich spults komplett. Mann. Die Dinger von Brian sind richtig gut.
»Mich spults komplett.«
»Was is Jungs? 'N bißchen fernsehen?«
Die Jungs und ich hängen vor der Glotze ab. MTV. Auf Pille, Musik mit Bildern, ist richtig gut. Ich frage mich, ob die alle auf E komponieren. Ich meine, ist doch möglich, oder?
»Fuck, sind die gut.«
»Brian hat Geschmack!«
»Ein Hoch auf Brian!«
»Brian is locker!«
»Scheiße. Weißte noch, als wir bei Brian komplett die

ganze Nacht Holz geschleppt ham, damit das Feuer nich ausgeht?«
»Mann. Wir ham die ganze Nacht Holz geschleppt. Das war wie ne Sucht. Ich muß Holz schleppen! Ich schlepp Holz. Ich muß Holz schleppen!«
»Wir ham komplett das beste Feuer gemacht, das je bei Brian gebrannt hat.«
»Original!«
»Mann. Die ganze Zeit Holz rumgetragen!«
»Ja. Krank. Mann. Wir ham keine Minute gesessen.«
»Du hattest ja auch noch deine Alte mit. Die war gut dabei, was?«
»Die hatte einfach zwei Pillen geschluckt.«
»Die saß die ganze Zeit da, und wir ham Holz geschleppt.«
»Wahnsinn!«
»Ja. Für meine Frau Holz geschleppt.«
»Die hat original einfach nur da gesessen!«
»Die hat ja Schiß gehabt, weil Nico von ner Frau gequatscht hat, die gestorben is, weil se auf Pille nich pissen konnte!«
»Und deine Süße konnte nich pissen, oder was?«
»Right! Mann, voll Schiß gehabt!«
»Und du hast Holz geschleppt. Idiot!«
»Wieso denn?«
»Deine Süße hat Todesängste, weil se nich pissen kann, und du schleppst Holz!«
»Für meine Frau!«
»Du trinkst ja auch 'n Faß Rum für deine Süße und legst dich hinterher neben sie!«
»Ja, Mann. Is doch okay.«
Die Jungs haben Probleme. Meine Süße ist locker. Für die könnte ich jeden Tag ein Faß Rum trinken.

»Wo isse eigentlich?«
»Zu Hause.«
»Warum?«
»War müde. Is doch okay!«
Ich habe Lust, meine Süße anzurufen. Auf Pille habe ich sie extrem lieb. Da kriege ich dann immer so ein komisches sehnsüchtiges Gefühl. Ich weiß auch nicht, wie ich das beschreiben soll. Ich rufe sie jetzt mal an.
»Hey, meine kleine Ficksau!«
»Selber!«
»Mein kleines Mösenbecken!«
»Schwanzlutscher!«
»Nee. Das bist du!«
»Was macht ihr?«
»Die Jungs und ich ham ein paar Pillen geschmissen. Ich bring dir welche mit.«
»Klasse!«
»Schläfst du schon?«
»Ja!«
»Okay meine Süße, Kleine. Ich wollte dir nur sagen, daß ich dich vermisse!«
»Ich dich auch!«
»Also, die Jungs und ich gehn gleich noch ein bißchen Zappeln.«
»Viel Spaß!«
»Hey, ich komm dann nachher zu dir! Is das okay?«
»Klar!«
»Dicken Kuß!«
»Selber!«
Meine Kleine ist ganz müde. Ich hätte jetzt Lust, mich neben sie zu legen, oder sie zu ficken. Mann. Die liegt da jetzt ganz alleine nackt in ihrem weichen Riesenbett, und ich hänge hier blöde mit den Jungs rum. Shit happens!

»Meine Süße hat schon geschlafen!«
»Dann weißte ja, wo se is!«
Meine Kleine ist komplett sexsüchtig. Meine kleine Ficksau. Auf Pille kann die ohne Ende ficken. Sonst auch. Immer. In der ersten Nacht haben wir in ihrem Flur gefickt. Sie hat immer gesagt: »Wir sind im Flur!« Permanent. »Wir sind im Flur, wir sind im Flur!« Richtig gut gefickt haben wir. Sie hatte Besuch und Schiß, daß jemand aufs Klo muß. »Wir sind im Flur!« Ich meine, es war komplett abgefahren. Jede Sekunde hätte jemand kommen können. Ich dachte, mein Schwanz platzt.
»Meine Kleine hat mir den Schwanz gelutscht. Auf der Autobahn. Bei 150.«
»Wo hat die dir eigentlich noch keinen geblasen?«
»Original, schon überall!«
»Das is ne Sau!«
»Im Strom hat se an der Bar meinen Schwanz rausgeholt!«
»Quatsch!«
»Original!«
Meine Kleine hat da keine Hemmungen. Wenn die Lust auf Schwanz hat, packt sie ihn aus, fummelt rum und freut sich, wenn ich einen Steifen kriege. Das ist manchmal richtig unangenehm. Wirklich. Ich meine, versuch mal deinen Ständer wieder einzupacken. Kannst du voll vergessen. Die Pillen sind der Hammer.
»Mann. Mich spults!«
»Am liebsten würde ich hier liegenbleiben!«
»Ich will ficken. Außerdem kommt Fritz nachher.«
»Stimmt!«
Mann. Die Jungs spinnen komplett. Fritz hat gutes Koks. Ich rauche erst mal eine Zigarette. Auf Pille kannst du so viel rauchen, wie du willst. Der Rauch bleibt immer weich.

Das ist angenehm, und du hast was im Mund. Nett ist das.

»Wolln wir los?«
»Taxi?«
»Logisch!«
»Sag ma Nummer!«
»19410!«

Die Jungs und ich fahren immer Taxi. Du kannst einfach nachts nicht nüchtern bleiben. Das macht komplett keinen Spaß. Ich meine, entweder legst du dich ins Bett und pennst oder du knallst dich zu und gehst richtig feiern.

»Und?«
»Taxi kommt gleich!«
»Bestens!«
»Hast du die Pillen?«
»Wollen wir die jetzt alle mitnehmen, oder was?«
»Dachte ich eigentlich!«
»Nee. Laß ma 'n paar hier!«

Wenn wir die ganzen Dinger mitnehmen, ist das auch blöd. Dann werfen wir uns die alle ein und hinterher mußt du so viel saufen, daß du wieder runterkommst. Nee, danke! Heute nich!

Hoffentlich kriegen wir ein Raucher-Taxi. Es ist ziemlich daneben, wenn du im Taxi nicht rauchen kannst. Du sitzt dahinten drin, hast Lust auf eine Zigarette und darfst nicht rauchen. Ich meine, kannst du gleich wieder aussteigen.

»Laß uns ma runter gehn!«
»Was willste denn da unten auf der Straße stehn?«
»Mann. Das Taxi is in einer Minute da!«
»Wenn de meinst!«

Die Jungs mußt du immer aus der Wohnung prügeln. Die sind komplett langsam. Dann steht das Taxi unten auf der

Straße und du zahlst dafür, weil die Jungs nicht in die Pötte kommen. Eine Warteminute kostet immerhin 1 Mark.

Ich rede gerne mit Taxifahrern. Meine Kleine redet permanent vom Kinderkriegen. Die ist richtig besessen von diesem Gedanken. Ich finds okay. Ich meine, wenn sie Kinder haben will, dann soll sie welche haben. Ich meine, wen interessiert das? Es kommt alles so, wie es kommen soll, und wenn meine Kleine jetzt ein Kind kriegt, dann soll es eben so sein. Kein schlechter Gedanke, meiner kleinen Ficksau ein Kind zu machen. Zack. Abgespritzt und schon bist du zu dritt. Klasse, wie das so funktioniert. Bin mal gespannt, wie das Kind dann so aussieht.

Das ist ja wie im Film. Ich und die Jungs stehen auf dem Bürgersteig, und ein Taxi fährt vor. Komplett nobel!
»Rauchertaxi!«
»Strike!«
Ich rede gern mit Taxifahrern.
»Hast du Kinder?«
»Ja!«
»Wieviele?«
»Zwei!«
»Echt? Was denn?«
»Einen Jungen und ein Mädchen!«
»Und dann biste jetzt nich bei deiner Familie?«
»Nee. Geht nich!«
»Warum?«
»Mann, Chris, laß den Taxifahrer in Ruhe!«
»Hey, warum denn? Laß mich doch jetzt ma! Nee, sag ma, warum geht das nich?«
»Weil meine Freundin verheiratet ist!«
»Nee, gibts ja nich!«
»Doch!«

»Was sagt ihr Alter dazu?«
»Der denkt, daß die Kinder von ihm sind!«
»Is ja abgefahrn!«
»Findste?!«
»Nee, wirklich! Und wann siehste dann deine Kinder?«
»Tagsüber. Da arbeitet ihr Mann!«
»Mann, das is ne Geschichte. Was sagen deine Kinder dazu?«
»Is für die okay!«
»Chris, laß ma jetzt!«

Die Jungs nerven. Ist doch spannend. Du fährst im Taxi rum und lernst lauter interessante Taxifahrer kennen. Ist doch klasse. Jeder hat seine Geschichte. Irgend eine abgefahrne Geschichte. Mann. Manchmal frage ich mich, ob hier noch irgendwas normal ist. Der Typ tut mir komplett leid. Ich meine, der liebt eine Frau, hat mit der zwei Kinder und die Alte ist mit einem anderen Penner verheiratet. Gibts ja nicht. Come on, ich meine, dann soll sich die Alte von ihrem Macker scheiden lassen. Das ist doch nichts halbes und nichts ganzes.

»Dann soll sich deine Alte von ihrem Macker scheiden lassen!«
»Sag du ihr das!«
»Hey Mann, geht in Ordnung!«
»Chris, aussteigen!«
»Ja! Warte doch ma!«
»Na los!«
»Was kriegste denn?«
»14,80.«
»Mach 17!«
»Brauchste ne Quittung?«
»Haste ne leere?«
»Klar!«

»Machs gut und grüß deine Kinder!«
Die Quittung bringe ich meiner Kleinen mit. Heiraten ist ein Quark. Das kann gar nicht funktionieren. Du kannst einfach nicht dein ganzes Leben lang nur einen Menschen lieben. Das geht gar nicht. Meine Eltern haben sich auch scheiden lassen. Komplett blöde Geschichte. Denke ich nicht gerne dran. Ich meine, Scheiße. Deine Eltern kommen nicht miteinander zurecht, und du schleppst die Sache bis an dein Lebensende mit dir rum. Das ist doch komplett ungerecht. Ich denke da nicht gerne dran. Das tut weh, und Scheiße, am besten du fickst einfach nur.

»Na Jungs, ficken?«
»Erst ma 'n Bier, würde ich sagen!«
»Ja, laß ma rein gehn, vielleicht is Fritz schon da!«
»Hoffentlich is Balu anner Tür!«

Balu kenne ich schon lange, ist ein cooler Typ. Irgendwie immer freundlich. Gut, wenn du Leute kennst. Ich meine, solche, die an der Tür stehen. Freier Eintritt heißt das, und später kriegt Balu ein Bier von mir spendiert.

»Hey Mann. Alles klar?«
»Logisch!«
»Könn die Jungs mit rein?«
»Okay, kommt rein!«
»Hey, Balu, bist 'n klasse Typ! Wir trinken nachher 'n Bier zusammen!«
»Geht klar!«

Das ist hier eine Luft. Balu ist echt klasse. Mal sehen, wer noch so da ist. Mann. Die scheißen einen hier immer mit Nebel zu. Kannst du ja nichts sehen. Da fällt mir ein, die haben mich heute original mit meinen Badelatschen reingelassen. Gibts ja nicht.

»Jungs, die ham mich heute original mit meinen Badelatschen reingelassen!«

»Original!«
»Wann war das...? Du weißt schon. Letztes Mal ham die vielleicht nen Zirkus gemacht!«
»Stimmt. Dich wollten se nich reinlassen. Die spinnen doch komplett!«
»Ich sag dir, nächsten Sommer ham se alle Badelatschen an, weils modern is!«

Original. Die haben mich tatsächlich mit meinen Badelatschen reingelassen. Badelatschen sind cool, und das ist das wichtigste. Lenny hat auch Badelatschen. Der schneidet sich sogar die Haare von den Zehen, weil die so lang sind und sich immer in den Gummiriemen verhaken.

»Erstma an die Bar, oder nich?«
»Klar. Was trinken wir denn?«
»Averna, oder nich?«
»Mit Eis und Zitrone?«
»Nee, nur mit Zitrone!«

Averna mit Eis. Das ist komplett die Sünde. Die Jungs und ich trinken immer Averna. Das gehört einfach dazu. Ist schon ein richtiges Ritual. Und hinterher ein Faß Rum auf meine Süße. Ich bin nämlich ein Matrose.

Doris ist da. Mann, die hampelt immer komplett ab hinter der Bar. Die steht keine Sekunde still. Doris zappelt rum wie so ein blödes Blechmännchen zum Aufziehen. Zappel, zappel, zappel.

»Tach, Doris!«
»Süßer, dein Averna!«
»Hey Süße, trinken wir gleich nen Kurzen!«
»Kommt sofort!«
»Mach den Jungs auch einen klar!«
»Hier Jungs, Prost!«

Doris arbeitet immer hier. Die ist komplett gut drauf. Meine Herren. Die kann feiern. Jede Nacht, wenn es sein muß. Und eine kleine Tochter hat die auch noch. Original. Trotzdem kannst du mit der flirten. Ohne Ende. Die ist einfach gut drauf. Jede Nacht feiert die Frau. Unglaublich. Ich finde das klasse. Das Leben ist zum Feiern da.

»Na Doris, alles klar?«
»Klar!«
»Na, is doch klasse, oder?«

Die Doris. Der geht es immer gut. Wie die das macht. Und das mit der kleinen Tochter nebenbei. Nee, was ich mit Doris schon geflirtet habe. Nur so, ohne knutschen. Einfach immer über die Bar rüber und zugezwinkert. Mann, was ich vor der mal mit Lenny eine Show abgezogen habe. Wir haben an der Bar gestanden und geknutscht. Original. Die Jungs, nee, alle haben gedacht: »Die sind ja komplett durchgeknallt, Chris und Lenny, stehen da und knutschen.« Das war richtig lustig. »Was machen die denn da. Das gibts ja nicht!« Ich habe Lenny komplett meine Zunge in den Mund geschoben. War gut, mal was anderes.

Männer küssen komplett anders als Frauen.

Mann, aber ich wußte original nicht, wohin mit meinen Händen. So scharf war das ganze ja nun doch nicht, daß ich Lenny gleich begrabbeln wollte. Ich meine, einer Frau grabschst du an den Arsch oder fummelst in ihren Haaren rum. Aber da hatte ich doch bei Lenny keine Lust drauf. Irgendwann habe ich meine Hände in die Hosentaschen gesteckt und überlegt, wann wir wohl aufhören zu knutschen.

Ich glaube, ich muß jetzt erst mal was trinken.

»Was is, Jungs, trinken wir noch einen?«
»Logisch!«
»Doris, machste uns noch einen Averna und nen Kurzen. Für dich und die Jungs!«

Wenn ich den runter habe, muß ich Lenny doch mal drauf

anquatschen. Wir haben original nie drüber geredet. Seltsam. Ich meine, da knutschst du mit einem von den Jungs rum, und dann tust du so, als wäre nichts passiert. Warum machst du es dann? Das war eine Erfahrung, komplett innig, und dann redest du nicht mal drüber. Kannst du doch mal ansprechen, so ganz locker, ohne gleich ein Problem draus zu machen. Einfach nur mal wissen, was der andere denkt. Ist doch okay, oder?!

»Mann. Richtig geknutscht ham wir, was Lenny?«
»Logisch!«
»Mann. Ich war voll drauf!«
»Ich auch! 5 Lines gezogen und gesoffen!«
»5 Lines? Woher hatteste das Zeug?«
»Weiß nich mehr!«
»Haste mir gar nichts von gesagt!«
»Warum auch?«
»Biste blöd? Warum haste mir nichts gegeben?«
»Ich wollte das Zeug allein ziehn!«
»Du bist drauf!«
»War doch trotzdem 'n netter Abend, oder nich?«
»Klar, voll geknutscht!«
»Mann. Ich dachte, wasn jetzt los!«
»Original, ich auch!«
»Stehste hier mit Chris und knutschst!«
»Wie isn das eigentlich passiert?«
»Keine Ahnung!«
»Ich wußte komplett nich, wohin mit meinen Händen!«
»Abgefahrn!«
»Darauf trinken wir!«
»Logisch!«
»Hey Doris, ne Runde Kurze und für dich gleich zwei!«

So mußt du mit Barkeepern umgehen. Immer mal einen Kurzen mit denen trinken, und irgendwann zahlst du nur noch eine Pauschale. Außerdem ist doch nett, wenn man sich kennt. Du quatschst ein bißchen mit denen, fragst, wie es geht, und alles ist klar. Aber jetzt frage ich mich ja schon, wo Fritz bleibt. Ich meine, wenn Lenny schon von Lines quatscht, kann Fritz ja mal langsam antanzen, damit die Sache hier ins Rollen kommt.

»Jungs, habt ihr Fritz schon gesehn?«
»Nee. Die alte Sau wollte schon längst da sein!«
»Wenn der nich kommt, dreh ich komplett durch!«
»Relax! Der kommt schon. Wir ham doch noch 'n paar Pillen!«
»Alles klar!«
»Ja, oder nich? Dann sehn wir später weiter, wenn Fritz da is. Wir ham doch Zeit!«
»Hat Fritz gesagt, daß er kommt?«
»Ja, Mann. Jetzt bleib ma locker!«
»Da is er doch!«
»Prost!«

Mann. Darauf kannst du dich echt verlassen. Fritz kommt immer, wenn er sagt, daß er kommt. Das ist sein Job. Außerdem redet er gerne. Am liebsten über sich. Wenn der dich gekrallt hat, kommst du nicht mehr weg. Fritz ist unser Guru, und seine Geschichten sind endlos. Fritz war schon so ziemlich überall, und irgendwie kommt er mit seiner Verarbeitung nicht hinterher. Ich meine, der erzählt dir pausenlos aus seinem Leben. Der hat abgefahrene Dinger erlebt, und die erzählt er dir alle. Original, alle. Du kommst nicht mehr weg. Die ganze Zeit gräbt der Geschichten aus, von irgendwelchen Honolulu-Weibern, die in Bananenröckchen um ihn rumgetanzt sind und ihn verwöhnt haben.

Ich meine, der Typ ist schon in jeden weltlichen Genuß gekommen. Ist doch okay. Mit Fritz hatte ich schon richtig viel Spaß. Der hat einfach immer gutes Zeug dabei und wenn du nett zu ihm bist, kriegst du das ganze zum Freundschaftspreis. Du bleibst einfach bei ihm, und er kann dir seine Geschichten erzählen. Scheißegal, ob du zuhörst oder dein Kopf schon auf der Bar liegt, und du denkst, das ist deine letzte Nacht. Letzten Sommer haben Fritz und ich uns so zugeknallt, daß wir das Zeug hinterher rauchen mußten, weil unsere Nasen komplett dicht waren. Original. Wir dachten nur, das Zeug muß weg. Ist ja auch eine Sünde, wenn du das bis morgen liegen läßt.

»Fritz, alles klar?«
»Was gehtn hier heute ab?«
»Musik, 'n bißchen zappeln und 'n paar Pillen legen!«
»Was trinkstn du da?«
»Averna. Willste auch ein?«
»Ja. Probier ich ma einen. Ich kann heute nich so auf Party!«
»Was is los?«
»Ja... nix! Einfach nur keine Lust auf Party!«
»Haste was dabei? Die Jungs und ich überlegen nämlich sonst, ob wir noch ne Pille nehmen!«
»Ja, macht doch!«
»Nee, ich meine, haste was dabei?«
»Ja. Kann ich euch ja später geben!«
»Wenn de was dabei hast, nehmen wir lieber gleich!«
»Warte ma. Ich muß erst ma was trinken!«

Mann. Der Typ hat die Ruhe weg. Die Jungs werden schon unruhig. Entweder jetzt Pille oder Koks oder Arschlecken. Ich muß das ganze mal ein bißchen vorantreiben. Sonst besäuft der sich in Null Komma nix und dann weiß er hinterher nicht mehr, in welcher seiner vielen Taschen das

Zeug steckt. Fritz rennt immer mit der häßlichsten Lederweste rum, die ich je gesehen habe. Original. Die sieht von hinten aus wie so ein String-Tanga. In der Mitte vom Rücken geht einfach nur so ein dünner, schwarzer Lederriemen runter. Unten und oben hängt er an anderen Lederriemen und vorne ist alles voller ausgefranster Taschen.

»Los, Fritz, rück das Zeug raus! Die Jungs werden unruhig!«
»Haste nen Schein?«
»Jungs, hat einer von euch nen Schein?«
»Hier! Will ich aber nachher wieder ham!«
»Wer zahlt denn hier die ganzen Runden?«
»Und wer hat die Pillen gezahlt!«
»Könn wir da später drüber reden?«

Mann. Die Jungs sind komplett anstrengend. Ist doch egal. Die sollen mal nicht so ein Theater machen. Kriegen besten Stoff und bepissen sich wegen einem beschissenen Zwanziger. Den ziehen wir uns doch sowieso gleich die Nase hoch. Wenn du so ein Hobby hast, darfst du sowieso nicht kleinlich sein. Ich meine, das Zeug hat seinen Preis. Naja, ist ja auch gut so. Fritz ist so cool, daß er einem das Zeug doch tatsächlich auf der Theke zuschiebt. Der kennt da nichts. Der holt sein Tütchen aus der Tasche, faltet es auf und zack, hast du dein Zeug in einem Zwanziger verpackt. Kannst du gleich mit aufs Klo marschieren.

»Danke. Bist 'n cooler Typ, Fritz!«
»Ja. Hau ab damit!«
»Mach ich auch gleich. Hat jemand ne Karte von euch?«
»Mach se aber nich kaputt! Is mein ganzes Leben!«
»Quatsch. Kriegste gleich wieder!«

Das Zeug ist besser als jede Pille. Mit Fritz habe ich es mir mal richtig gegeben. Die ganze Nacht, und erzählt hat der Typ, bis mir die Ohren flatterten. Original, wahrscheinlich sogar noch länger. Hier schwitzt ja komplett jeder Körper. Finde ich gut, alle bewegen sich nach dem gleichen Rhythmus. Fritz sagt, das erinnert ihn an die Soldatenmärsche im Dritten Reich. Alle im Gleichschritt. Ich weiß nicht. So eng darfst du das nicht sehen, oder?! Ist doch schön, wenn alle zusammen tanzen. Alle hören die gleiche Musik und sind auf Droge. Das ist so, als würden sich alle zuzwinkern und denken: »Wir feiern auf unsrer Insel in der Südsee.« So schwül ist es hier auf jeden Fall. Vielleicht ist das extra so. Damit du dich wirklich wie im Urlaub fühlst. Weg vom Scheiß, hin zur Entspannung. Gute Sache, eigentlich. Ich liebe Feiern.

Auf dem Klo ist ja richtig der Teufel los. Müssen die alle pissen oder wollen die sich alle was reinziehen? Keine Ahnung. Ich plädiere auf Pissen.

Dieses Warten nervt. Endlich ist eine Kabine frei. Der Schein ist schon komplett durchgeschwitzt. Meine Hände zittern, und alles geht ein bißchen langsam. Wo ist diese Scheißkarte? Draußen hämmern sie gegen die Tür.

Ich brauche Ruhe.

Ganz langsam. Erst mal den Schein auseinander falten, auf den Klodeckel legen. Vorsicht, nicht so zittern, sonst ist alles verloren. Dann die Karte in der Hosentasche finden und hacken. Eine hübsche Linie ziehen und jetzt habe ich nichts zum Hochziehen. Also, runter mit dem Zeug. Direkt auf den Deckel, Schein rollen, Spülung drücken und hochziehen. Draußen drehen sie schon komplett durch.

»Was machste denn so lange?«
»Reg dich ab!«
Blick in den Spiegel. Wichtig ist, daß nichts an der Nase

bleibt. Ehrlich, dieser Lärm und dieser übertriebene Nebel gehen mir langsam auf den Senkel. Ich habe mal von so einem Volk in Marokko gehört. Die ziehen immer in die Wüste, bauen ihre Zelte auf, zünden Räucherstäbchen an und dann geht es los. Die spielen Gitarre, schlagen auf Trommeln und zack, ist der Trancezustand erreicht. Das ist doch nett. Alle zusammen. Ich glaube, ich muß da mal hin und fragen, ob die mich mitnehmen.

Mal gucken, wo die Jungs sind. Ist das voll hier. Gibts ja nicht. Woher kommen die ganzen Leute, möchte ich mal wissen? Die treten einem auf die Füße, kippen ihr Bier über dein T-Shirt oder schlagen dir ihre feuchten Finger ins Gesicht. Und Luft gibt es auch keine mehr. Nur noch Nebel. Und Menschen.

»Mann, woher komm die ganzen Leute?«
»Keine Ahnung!«
»Wo isn meine Karte?«
Jetzt weiß ich nicht, wo die Karte ist. Erstmal erinnere ich mich grade an gar nichts und dann suche ich mal. Also, da ist sie nicht und da auch nicht. Ich weiß nicht, was ich mit der Karte gemacht habe. Kann sein, daß sie noch auf dem Klo ist.

»Die is noch aufm Klo?«
»Was?!«
»Ja, Mann. Ich hab se vergessen!«
»Das glaub ich nich!«
»Doch, is wirklich wahr! Die is noch aufm Klo!«
»Dann hol meine Karte!«
»Die pißt grade!«
»Ich find das nich lustig. Hol verdammt noch mal meine Karte!«
»Reg dich nich auf! Jede Karte muß ma pissen!«
»Chris, hau ab!«

29

Mann. Habe ich ja noch nie erlebt, daß sich jemand so aufregt, nur weil seine Karte mal pissen muß. Ich muß mich bei der Karte entschuldigen und ihr erklären, daß es nicht meine Schuld ist, wenn ich sie vom Klo weghole. Auch eine Karte will schließlich mal alleine sein. Das ist ihr gutes Recht, oder? Jetzt ist die Kabine auch noch besetzt.

»Mach die Tür auf! Meine Karte is da drin!«
»Hau ab!«
»Mach auf! Meine Karte fühlt sich einsam!«
»Halts Maul!«
»Mach auf! Ich will zu meiner Karte!«
»Haste se nich mehr alle, oder was!«

Der Typ spinnt doch komplett. Da liegt sie ja, die Karte. In einer Pfütze, die Ärmste. Hat original niemand mitgenommen. Klasse. Irgendwie eklig, aber ich kann die ja nicht liegenlassen. Mit Klopapier anfassen, geht schon. Mann, ist das eklig.

»Was machste da?«
»Ich hol meine Karte vom Klo!«
»Is ja eklig!«
»Willste se ablecken?«

Kann ich auch nicht ändern, wenn die da in der Pfütze liegt. Wasche ich sie eben ab. Mit ein bißchen Seife geht das schon. Wie neu. Klasse. Ich stecke die mal besser in die Hosentasche, sonst haut die hinterher noch mal ab.

»Alles klar!«
»Wo is meine Karte?«
»In meiner Hosentasche!«
»Gib her!«
»Moment!«
»Mach schon!«
»Relax!«

»Los!«
»Bitte schön!«
»Arschloch!«
»Kann ich was dafür, wenn deine Karte pissen muß?«
»Meine Karte muß nie pissen!«
»Wo is eigentlich Fritz?«
»Weg!«
»Wie, weg?«
»Abgehaun!«
»Was soll das denn? Hat er was da gelassen?«
»Nee, abern schönen Gruß solln wir dir sagen!«
»Warum is ern abgehaun?«
»Keine Ahnung!«
»Der hätte doch ma warten könn!«

Das verstehe ich jetzt echt nicht. Der hätte doch warten können. Ich wollte noch was haben. Jetzt ist er weg. Das ist ja komplett bescheuert. Was mache ich denn jetzt? Erst mal was trinken.

»Is er wirklich weg?«
»Ja, Mann! Trinken wir noch was?«
»Was solln das? Warum is Fritz denn jetzt einfach abgehaun?«
»Wenn de die ganze Zeit aufm Klo abhängst!«
»Er hätte doch warten könn!«
»Was is jetzt? Trinken wir noch was, oder nicht?«
»Klar. Auf den Schock!«

Ich glaube, ich gehe auch gleich. Noch ein Bier und dann ist Ende. Fritz ist weg, meine Kleine liegt nackt im Bett, und hier drinnen ist der Sauerstoff ausgegangen. Das macht doch keinen Spaß.

»Ich hau gleich ab!«
»Wieso?«
»Weiß nich!«

»Willste zu deiner Alten, oder was!«
»Klar. Ficken!«
»Du hasts gut!«
Original. Einfach ins Taxi steigen, mit Taxifahrer reden, aussteigen, klingeln, Treppe rauf, Hose runter, ficken. Optimal.
»Prost!«
»Biste morgen bei deiner Süßen?«
»Erst ma auspennen, dann ma sehn!«
»Wir telefonieren!«
»Ich ruf dich an. Sonst bin ich bei meiner Süßen!«
»Alles klar!«
Jetzt bin ich aber fickrig. Meine Kleine liegt nackt im Bett und schläft. Macht nichts, wenn ich sie aufwecke. Meine Kleine freut sich, wenn ich komme. Dann steht sie ganz warm und weich in der Tür und fummelt an ihrer Muschi rum. Nur so, weil meine Kleine immer an ihrer Muschi rumfummelt. Dann legt sie ihren Arm um mich und fragt, wie spät es ist.
»Wie spät isses eigentlich?«
»Halb drei!«
»Noch so früh?«
Ich gehe trotzdem. Das macht mich hier alles ganz zappelig. Meine Augen wissen gar nicht, wo sie hinsehen sollen. Immer hin und her. Die Bar, die Jungs, mein Glas, der Nebel, meine Hände, grünes Feuerzeug, grinsendes Mädchen, Lennys Badelatschen. Balu kommt. Scheiße, mit dem muß ich noch ein Bier trinken.
»Balu, was is, trinken wir 'n Bier?«
»Astrein. Bin gleich wieder da!«
Jetzt muß ich warten. Ich hasse warten. Warten ist komplett blöd, besonders, wenn du weg willst. Dann wird eine Minute zu einer halben Ewigkeit und das ist langweilig.

Ich setze mich erst mal hin. Meine Pupillen werden noch verrückt. Ich kann sie nicht festhalten. Die machen 400-Meter-Hürden-Lauf. Hoch zur Galerie, runter zur Tanzfläche, vollgeschwitzte T-Shirts, gefärbte Haare, schwingende Zigaretten, Bierflaschen, Aschenbecher, die Bar, ich auf dem Barhocker, die Jungs von unten, mein Kopf auf der Bar.

»Fuck!«
»Alles klar?«
»Klar! Trinken wir 'n Bier?«
»Kannste noch?«
»Wasn das für ne Frage?«

Mein Kopf in der Luft, meine Pupillen an Balus Augen festgekrallt. Klar trinke ich noch ein Bier mit Balu. Habe ich ihm versprochen. Bin ich ihm schuldig. Er hat die Jungs umsonst reingelassen. Da muß ich ein Bier mit ihm trinken.

»Doris, zwei Bier und ne Runde, für dich und die Jungs!«

Ich will zu meiner Süßen, mein Kopf will auf die Bar. Doris läuft hin und her, füllt kleine Gläser, bringt Bier. Für Balu und mich.

»Auf dich, Balu!«
»Auf dich und deine Süße!«
»Die liegt im Bett und schläft!«
»Richtig so!«
»Mann, mich spults. Ich muß hier raus!«
»Biste gut unterwegs?«
»Komplett! Die Jungs ham Pillen besorgt!«
»Habt ihr noch welche?«
»Ich nich!«

Die sind für meine Süße. Außerdem habe ich keine Lust, die Dinger zu verschenken. Heute nicht. Sollen doch die

Jungs ihre Pillen rausrücken. Die, die ich noch habe, kriegt meine Kleine. Die Jungs sollen das machen.

»Die Jungs ham welche!«
»Habt ihr noch was?«
»Haste 30 Mark?«
»Spinnst du? Gib her oder nich!«
»Dann nich!«
»Los, mach schon!«

Die Jungs sind Idioten. Die sollen Balu eine geben und dann ist Ruhe.

»Jetzt gebt Balu eine. Mann. Is doch egal!«
»Gib du ihm doch eine!«
»Die is für meine Süße!«

Ich glaube es nicht. Das ist doch wohl komplett peinlich. Balu läßt uns rein, und die Jungs machen so einen Aufstand und erzählen, daß ich Pillen habe. Jetzt muß ich noch ein Bier mit Balu trinken, wenn ich die Pille behalten will.

»Doris, noch zwei Bier!«
»Kommt sofort!«
»Jungs, zieht hier ma keine Show ab!«
»Wir ham nich mehr so viele!«
»Eine habt ihr ja wohl für Balu!«
»Mann. Es is noch früh. Könn wir ja gleich nach Hause gehn!«
»Das gibts ja nicht!«
»Du wolltest die Dinger zu Hause lassen!«

Das ist komplett peinlich. Ich gebe Balu jetzt eine. 30 Mark verschenkt und zwei Bier. Bin ich Millionär, oder was! Mit den Jungs rede ich morgen.

»Hier!«
»Ihr spinnt total!«
»Ich hau ab!«

»Was is mit deinem Bier!«
»Könnt ihr euch übern Schwanz kippen!«
»Bis morgen!«
Die Jungs nerven und die Leute, die mir auf den Füßen rumtrampeln, auch.
»Mann. Ich hab Badelatschen an!«
»Selbst schuld!«
Spinnen die denn hier alle komplett? Nie wieder Badelatschen in diesem Schuppen. Das ist ja der reinste Horror. Alle latschen dir auf deine Füße!
Hier brauchst du Stahlkappen, wenn deine Füße überleben sollen. Was stehen die denn hier alle am Eingang rum? Ich will hier raus.
»Mach ma Platz!«
»Drängel nich so!«
»Halts Maul!«
»Was haste gesagt?«
»Halts Maul!«
»Gehts noch, oder was!«
»Leck mich am Arsch!«
Alles Ignoranten. Kein Wunder, daß es mit der Welt den Bach runter geht. Alle stehen im Weg und keiner kommt voran. Die sind alle komplett beschränkt. Hauptsache ich kriege jetzt ein Taxi. Auf Warten habe ich überhaupt keine Lust. Ich will zu meiner Süßen und ihre Muschi lecken. In Badelatschen kommst du ja überhaupt nicht vorwärts.
»Was glotztn du so?«
»Hey, guck ma, der hat Badelatschen an!«
»Halts Maul!«
»Tatsächlich, der hat Badelatschen an!«
»Gehste jetzt Baden, oder was?«
»Nee. Ficken!«
»Mit Badelatschen. Is ja abgefahrn!«

Ich halts nicht aus. Manche Leute sind so doof, daß es Angst macht. Da ist ja ein Taxi.

»Guten Abend!«
»Guten Morgen!«
»Meinetwegen. Auch gut!«
»Wo solls hingehen?«
»Zu meiner Süßen!«
»... und wo is das?«
»Erst ma grade aus!«
»Und dann?«
»Fahr doch erst ma los.«
»Na gut!«
»Hey, ich zeig dir jetzt, wo meine Süße wohnt!«
»Na, da bin ich ja mal gespannt!«
»Sie is meine Große Liebe!«
»Na, dann paß mal gut auf sie auf!... Und jetzt?«
»Da vorne links! Haste auch ne Große Liebe?«
»Ja!«
»Und... Fährste nachher noch zu ihr?«
»Nein!«
»An der Ampel links. Warum nich?«
»Sie ist den irdischen Weg gegangen?«
»Hmhm!?«

Was meint er denn jetzt damit. »Den irdischen Weg gegangen«, habe ich ja noch nie gehört. Was meint er denn? Vielleicht ist sie gestorben. Da frage ich mal lieber nicht nach. »Den irdischen Weg gegangen«, komisch. Obwohl, wenn sie tot ist, müßte er sagen: »Sie ist den himmlischen Weg gegangen!« Ich möchte wirklich gerne wissen, was er meint.

»Meine is zu Hause!«
»Hast du ein Glück!«
»Das sagen alle!«

Da fällt mir ein, ich habe wirklich Glück. Ich habe original vergessen, die Drinks zu bezahlen. Ich brech ab, das gibts ja nicht, die Jungs müssen original die ganzen Runden blechen. Klasse, da hätte ich Balu ja glatt zwei Pillen geben können. Aber jetzt muß ich dringend pissen. Das ist immer so. Du kommste aus einem Club raus, steigst ins Taxi und merkst, daß du pissen mußt.

»Kannste ma kurz anhalten?«
»Warum?«
»Weil ich pissen muß!«
»Jetzt?«
»Ja, jetzt!«
»Kannste das nicht bei deiner Freundin machen?«
»Nein. Also, halt ma bitte an!«
»Ich kann hier doch nich anhalten, mitten auf der Straße!«
»Warum nich?«
»Weil hier überall Häuser sind!«
»Na und?«
»Da komm doch die ganze Zeit Leute vorbei!«
»Halt an, oder soll ich dir ins Auto pissen?«
»Na gut!«

Endlich. Lange hätte ich es nicht mehr gemacht. Eine volle Blase ist so ziemlich das Unangenehmste, was es gibt. Das tut richtig weh. Mann. Hier sind ja wirklich nur Häuser. Kein Baum, kein Strauch, kein gar nichts. Dann muß das Auto dran glauben. Ein bißchen verstecken möchte ich mich ja schon. Reicht ja, wenn du das Geplätscher hörst. Jetzt kann ich nicht mehr. Der Typ hat mich komplett irre gemacht mit seinem Gequatsche. Ich fühle mich beobachtet. Der Typ glotzt die ganze Zeit unruhig in meine Richtung. Was will er machen, wenn jemand kommt? Mir einen Warnpfiff geben, sich auf die Straße werfen, um von mir abzulenken? Ich will jetzt pissen. Ganz ruhig. Am besten an fließendes Wasser denken. Plätscher, plätscher, fließ, fließ... Na also, geht doch. Du mußt dir nur zu helfen wissen. Auf gehts.

»Alles klar!«
»Das hat aber lange gedauert!«
»Reg dich ab!«

Muß der Penner eigentlich alles kommentieren? Ansonsten fühle ich mich jetzt erheblich besser. Vielmehr erleichtert. Es geht doch nichts über eine leere Blase. Wozu bist du denn ein Mann, wenn du nicht überall hinpinkeln kannst? Ist doch wirklich sehr praktisch, diese Vorrichtung. Meine Süße ist ganz neidisch darauf. Die macht immer ein riesen Theater, wenn wir auf dem Land Party machen. Dann muß ich immer mitkommen. 300 Meter querfeldein, nur damit sie keiner sieht oder hört. Dann kreischt sie immer und dann muß ich 100 Meter weiter gehen und warten. Das ganze ungefähr alle 20 Minuten. Sie sagt, sie kann nichts dafür, aber wenn sie weiß, daß das mit dem Pinkeln problematisch wird, dann muß sie erst recht. Die Weiber!

»Wo lang?«
»Gradeaus. Und, wie läuft das Geschäft?«
»Nich so gut. Die Leute haben alle kein Geld!«
»Ich auch nich. Ich fahr trotzdem Taxi. Da lernste so nette Leute wie dich kenn!«
»Du kennst mich doch gar nicht!«
»Naja, ich meine... jetzt rechts!«

Der Typ muß nicht alles auf die Goldwaage legen. Ich meine ja nur. Du fährst nachts gemeinsam rum, den gleichen Weg und quatschst ein bißchen. Ist doch nett. Der Typ ist einfach zu verkrampft. Der soll sich mal locker machen.

»Hier isses. Hier wohnt meine Süße!«
»17, 20!«
»Wie lang fährste noch?«
»Keine Ahnung. Bis ich keine Lust mehr habe!«
»Wolln wir einen rauchen?«
»Gib mir erst mal die Kohle!«
»Stimmt so! Was is, haste Lust?«
»Okay!«
Ich will ihn ja nicht zwingen. Ich meine ja nur, daß ihm das ganz gut tun würde. Der Typ ist ja null relaxt. Vielleicht sollte ich ihn doch noch mal fragen, was mit seiner Alten los ist. Womöglich ist das der Schlüssel zu seiner miesen Laune. Ich baue uns erst mal einen und dann sehen wir weiter. Mann. Ich brauche Licht. Hier ist es so dunkel, da streust du alles daneben.
   »Mach ma Licht an!«
   »Was? Und wenn die Bullen kommen?«
   »Passiert gar nichts!«
   »Bist du sicher? Ich fahr schließlich Taxi!«
   »Ich bin ja gleich fertig!«
   »Na gut!«
Der Typ ist ja komplett paranoid. Habe ich ja noch nie erlebt. Der verläßt nur zum Taxifahren seine Wohnung und sonst sieht er Fernsehkrimis und glaubt, daß jeder ihn übers Ohr hauen will. Der hat bestimmt noch nie was Verbotenes getan. Du mußt doch ein bißchen Spaß haben im Leben. Sonst hat das doch alles gar keinen Wert. Ich meine, solange du niemandem wehtust, ist alles erlaubt. Was soll das? Diese ganzen blöden Gesetze. Wenn du die alle beachten wolltest, müßtest du dein ganzes Leben damit verbringen, Gesetze zu beachten. So ein Quatsch.
   »Bist du fertig?«
   »Ja, gleich!«

»Aber wenn die Bullen kommen!«
»Die komm nich!«
»Woher willst du das denn wissen!«
»Weiß ich eben!«
»Das kannst du gar nicht wissen!«
»Stimmt!«
»Na, also!«

Der Typ macht mich wahnsinnig. Entweder wir rauchen einen zusammen oder nicht. So einfach ist das. Aber dieses Rumgenerve muß doch wohl nicht sein. Dann soll er fahren. Ich kann das Ding auch alleine rauchen. Ist ja nur ein Angebot von mir. Ich kann mich damit auch in irgendeinen Hausflur setzen und die Ruhe genießen. Wäre mir jetzt sogar fast lieber. Obwohl, ich will ja wissen, was mit seiner Alten abgegangen ist. Mal sehen, wie ich das am besten aus ihm rauskriege. Erst mal rauchen.

»Fertig!«
»Na endlich!«
»Kannste schneller bauen, oder was?«
»Um ehrlich zu sein, ich hab noch nie einen gebaut!«
»Ich mags, wenn Leute ehrlich sind!«
»Sehr witzig!«
»Nee wirklich. Lügen is komplett uncool!«
»Manchmal muß man lügen!«
»Wann denn?«
»Weiß nicht. Du weißt schon. Notlüge!«
»Nee, weiß nich. Ich find Lügen blöd.«
»Ja schon. Aber manchmal muß man lügen, weil es praktisch ist. Zum Beispiel!«
»Praktisch? Stell dir ma vor, du kommst mit deinen Geschichten komplett durcheinander. Du weißt nich mehr, wem de was erzählt hast und schon sitze richtig in der Scheiße!«

»Hast recht!«
»Klar hab ich recht!«
»Trotzdem muß man manchmal lügen!«
»Du bist komisch!«
Bei dem Kerl ist doch das ganze Leben eine einzige Lüge. Lügen, weil es praktisch ist. So was Idiotisches habe ich ja noch nie gehört. Dann muß er ja auch annehmen, daß alle anderen ihn anlügen, weil es praktisch ist. Ich frage mich, wem er dann überhaupt noch vertrauen kann, und da wären wir wieder bei meiner These, daß er denkt, daß ihn jeder übers Ohr hauen will. Das kann nicht glücklich machen.
»Dann vertrauste wohl niemandem, was?«
»Nee, warum auch?«
»Weils praktisch is. Nee, ma im Ernst. Vertrauen is alles!«
»Wenn du meinst!«
»Ja, Mann. Meinste, ich könnte mit meiner Süßen zusamm sein, wenn ich ihr nich vertrauen würde?«
»Weiß ich nicht. Ich kenne sie nicht!«
»Das gibts doch nich. Ich meine doch nur zum Beispiel!«
»Wenn du ihr vertraust, ist doch wunderbar. Dein Pech. Wirst schon sehen, was du davon hast!«
»Wie meinste das jetzt?«
»Weißt du, was sie macht, wenn du nicht da bist und aufpaßt?«
»Warum aufpassen? Ich vertrau ihr doch!«
»Sag, weißt du, was sie macht, wenn du nicht da bist?«
»Wenn sies mir hinterher erzählt!«
»Und woher weißt du, daß sie nicht lügt?«
»Weil ich ihr vertraue!«
»Warum vertraust du ihr?«

»Weil ich sie liebe!«
»Was du nicht sagst!«
Der Typ ist der Hammer. Der ist ja völlig allein auf dieser Welt. Wenn er niemandem vertraut, dann kann er ja auch niemanden lieben. Das ist komplett irre. Das kann ich gar nicht glauben. Obwohl, wenn ich ihn mir so im Rückspiegel ansehe, wird mir einiges klar. Der Typ ist komplett zu. Der hat sich vorgenommen: »Ich fühle nichts mehr«. Hilfe, daß es so was gibt. Den mußt du da irgendwie rausholen. Ich teste das jetzt mal mit seiner Alten an.

»Wie meinste das überhaupt, sie is den irdischen Weg gegangen?«
»Ich hab nicht gesagt: ›Sie ist den irdischen Weg gegangen‹!«
»Haste doch vorhin gesagt, oder nicht?«
»Ich habe gesagt: ›Sie ist den Weg alles Irdischen gegangen‹!«
»Du hast gesagt: ›Sie ist den irdischen Weg gegangen‹!«
»Hab ich nicht!«
»Is ja auch egal! Was meinste denn damit?«
»Wieso?«
»Interessiert mich eben!«
»Meine Große Liebe hat sich aufgehängt!«
»Nee. Das is ja hart!«

Damit habe ich ja nun doch nicht gerechnet. Wie reagierst du denn jetzt auf so was? »Herzliches Beileid, tut mir leid«. Das kann der ja alles gar nicht glauben. Kein Wunder, daß der keinem mehr vertraut. Was sage ich denn jetzt? Hoffentlich ist er bekifft.

»Na, merkste schon was?«
»Wenn du die Kopfschmerzen meinst!«
»Sag ma, merkste nichts?«

»Doch. Ich merke, daß ich müde werde!«
»Du sollst nich einpenn, du solls lustig sein. Warum geb ich dir denn das Zeug?«
»Danke. Ich glaub, es ist besser, du steigst aus, und ich fahre nach Hause!«
»Mann. Machs gut und fahr vorsichtig!«
»Mach ich!«

Der raucht fast komplett den ganzen Joint alleine. Da opfer ich mein bestes Piece und dann schmeißt er mich einfach raus und fährt schlafen. Der ist doch komplett durchgeknallt. So was abgestumpftes. Den hätte ich gern noch ein bißchen locker gemacht. Ich bin mir sicher, aus dem hätte ich noch einiges rausholen können. Der hat mindestens zehn Leichen im Keller. So weit geht meine Menschenkenntnis, daß ich das spüre. Himmel, solche Leute können einen deprimieren. Der hat mir komplett meinen ganzen Trip kaputt gemacht. Das ist heftig, hängt sich seine Alte auf. Da hört der Spaß auf. Original. Was mache ich denn jetzt? Da oben im vierten Stock schläft meine Kleine, und ich stehe hier unten auf der Straße und bin ganz verwirrt. Wenn ich jetzt da hochgehe, ist meine Kleine, entweder müde und will in meinen Armen weiterschlafen oder wartet, daß ich sie ficke. Ich kann jetzt nicht ficken, und schlafen will ich jetzt auch nicht. Erst mal nachdenken. Am besten, ich setze mich erst mal hin. Gut, daß die hier grade die Straße aufreißen, da kann ich es mir auf den Backsteinen bequem machen. Mann, wenn der Typ nicht gleich gegen die nächste Laterne rast. Dann bin ich hinterher auch noch schuld. Der war ja komplett durch den Wind. Soll er eben nichts rauchen, wenn er es nicht verträgt. Wenigstens hat er mal was rausgelassen. Ich wette, der hat die ganze Geschichte mit seiner Alten in sich reingefressen und mit niemandem drüber geredet. Ist aber auch ein ganz schön harter Brocken. Wenn ich mir vorstelle, meine Süße würde sich aufhängen, da kriege ich ja glatt eine Gänsehaut. Ich möchte mal wissen, wo sich seine Alte aufgehängt hat. Wahrscheinlich in ihrer Wohnung. Merkwürdig, aber ich habe die ganze Zeit so ein Bild von einer Frau vom Land im Kopf. So eine richtige Bauersfrau. Dann hat sie sich wahrscheinlich in der Scheune den Strick um den Hals gelegt. Oder im Kuhstall. Ist ja abartig, wenn du dir vorstellst, daß zwischen den Kühen eine tote Frau baumelt. Du wunderst dich, wo deine Süße bleibt, guckst unentwegt auf die Uhr, bist abwechselnd wütend, dann machst du dir wieder Sorgen, aber deine Süße taucht nicht auf. Irgendwann kommst du auf den Gedanken, daß sie einen anderen hat, und dann ist alles zu spät. Du nimmst die Whiskeyflasche, setzt an, machst dich besoffen, damit du nicht nachdenken mußt, und trotzdem, irgendwas ist faul an der Sache. Du denkst: »Das kann doch nicht sein, die ist doch sonst immer pünktlich!« Also machst du dich auf die Suche.

Das ist ja wohl der komplette Horror. Original. Der Typ steht von seinem Sessel auf, torkelt durch die Tür und rennt erst mal ums Haus. Keine Spur von seiner Alten. Dann fängt er an zu rufen. Keine Ahnung, wie ihr Name war. Hat er nicht gesagt. Hat ja nur von seiner »Großen Liebe« geschwafelt, und ich bin mir sicher, er hat gemeint: »Sie ist den irdischen Weg gegangen«. Ich bin doch nicht blöd. Jedenfalls ruft er und ruft er, und die Alte meldet sich nicht. Plötzlich fällt ihm auf: »Da is ja das Licht in der Scheune an. Verdammt noch mal! Jedesmal vergißt die blöde Kuh, das Licht auszumachen!« Er latscht rüber zur Scheune, macht die Tür auf und Zack, da hängt seine Alte, zwischen den Kühen, mit Zunge aus dem Hals.

Ich meine, da bleibt dir nichts anderes übrig, als

komplett abzuschalten. Da kann dir ja richtig schlecht werden.

Ich rauche erst mal eine Zigarette.

Wahrscheinlich war es doch alles ganz anders. Aber der Tatbestand oder wie man das nennt, bleibt der gleiche. »Große Liebe aufgehängt!« Mann. Die Alte muß ja ganz schön krank gewesen sein. Du hängst dich doch nicht einfach so auf, oder? Ich hätte den Typen nicht fahren lassen dürfen. Jetzt sitze ich hier und habe auf nichts eine Antwort. Der lädt seinen Scheiß bei mir ab und haut einfach ab.

»Ey, alles in Ordnung?«
»Was?«
»Ich hab gefragt, ob alles in Ordnung is!«
»Weiß nich!«
»Soll ich dich nach Hause bringen?«
»Nein, Mann. Meine Süße wohnt gleich hier im Haus!«
»Haste Streß mit der Alten?«
»Quatsch!«

Der Typ nervt. Ich will jetzt mal meine Ruhe haben und nachdenken. Das gibts ja nicht. Nicht mal um..., was weiß ich, wie spät es ist, auf dem Bürgersteig, hast du deine Ruhe. Permanent muß dich jemand anlabern. Dann auch noch diese Kann-ich-dir-helfen?-Sozi-Nummer. Ich sage es dir, der Kerl sucht Kontakt. Der schleicht nachts durch die Straßen, so lange, bis er ein Opfer gefunden hat, das er vollquatschen kann. Mal sehen, was er so zu sagen hat.

»Was gibts?«
»Was sitze denn hier rum?«
»Geht dich gar nichts an!«
»Entschuldigung!«
»Is schon okay!«

»Darf ich mich neben dich setzen?«
»Weiß nich, mußte die Backsteine fragen!«
»Hahaha! Also, darf ich?«
»Mach, was de willst, aber setz dich nich auf meine Jacke!«
»Keine Angst, ich paß schon auf!«
»Ich hab keine Angst. Ich will nur nich, daß de dich auf meine Jacke setzt. Da sind nämlich meine Zigaretten drin!«
»Apropos Zigaretten, kann ich dir eine klauen?«
»Ich geb se dir sogar freiwillig!«
»Das is nett!«
»Du sitzt ja doch auf meiner Jacke!«
»Entschuldigung. Ich hoffe, du verzeihst mir noch ma!«

Laufen hier nur noch Idioten rum, oder was? Der ist ja komplett anstrengend der Typ. Ich frage mich, ob der als Kind die ganze Zeit verdroschen worden ist. Der hat ja null Selbstwertgefühl. Den könntest du treten, und er würde sich original bei dir bedanken. Mann. Da zuckt ja richtig mein Bein.

»Brauchste auch Feuer?«
»Bitte. Wenn du hast!«
»Natürlich hab ich Feuer!«
»Danke!«
»Was bringen dir Zigaretten, wenn de kein Feuer hast?!«
»Ja. Hast recht!«

Der Typ wurde als Kind geschlagen!

»Wie heißtn du eigentlich?«
»Chris!«
»Hallo Chris, ich heiße Axel!«
»Hallo Axel. Sag ma, würdeste dich aufhängen?«

»Aufhängen? Nö! Warum?«
»Nur so!«
»Willst du dich aufhängen?«
»Quatsch!«
»Warum fragst du dann?«
»Nur so. Hat mich eben interessiert!«
»Seh ich so aus, als ob ich mich aufhängen wollte?«
»Nein, Mann! Vergiß es!«
»Muß ich das jetzt verstehen?«
»Nein!«
»Selbstmord finde ich feige, wenn du mich fragst!«
»Axel?«
»Ja?«
»Du nervst!«
»Oh, Entschuldigung!«
»Da gibts nichts zu entschuldigen. Du bist einfach 'n nerviger Mensch! Das is alles!«
»Tja, ich geb mir eben Mühe!«
»Axel, verpiß dich!«
»Wie du meinst! Dann geh ich eben!«
»Ja, tu das!«
»Tschüs, und danke noch mal für die Zigarette!«
»Nichts zu danken!!«

Blablabla. Der Typ ist unerträglich. Sowas Unterwürfiges! Was haben seine Eltern bloß mit dem gemacht? Wahrscheinlich mußte er den Schwanz von seinem Alten lutschen! Ist ja widerlich! Irgendwas muß da passiert sein. Ich meine, normal wirst du doch nicht so, oder? Ich hätte ihn fragen sollen. Noch mehr ungeklärte Fragen. Jetzt ist er weg. Ist vielleicht auch besser so.

Was mach ich denn jetzt? Wenn ich zurück zu den Jungs in den Club fahre, muß ich doch noch die Runden zahlen, und wenn ich hier noch länger abhänge, kommt der nächste Verrückte vorbei! Ich klingel jetzt mal bei meiner Süßen.

»Hallo?«

»Hallo!«

Meine Kleine klingt ganz verschlafen. Mann. Diese Treppen schaffen mich jedesmal komplett. Ich habe mal gezählt. Das sind 96 Treppenstufen bis zu ihr hoch. Das ist viel. Wenn du oben bist, mußt du dich erst mal hinsetzen. Ich freue mich ja schon auf den Tag, an dem die hier mal auf die Idee kommen, einen Fahrstuhl einzubauen. Ich habe meiner Kleinen schon gesagt, daß sie Mietminderung beantragen soll. Meine Kleine sagt, das ist Quatsch. Nee, wirklich. Das sind doch keine Zustände. Irgendwie mußt du die Leute dazu bringen, daß die hier einen Fahrstuhl einbauen. Einmal sind meine Kleine und ich in einem Fahrstuhl eingesperrt gewesen, also, die Tür ging nicht mehr auf. Wir sind 10 Stockwerke rauf und runter gefahren, mitten in der Nacht, total verstrahlt, und das Ding ging nicht auf. Meine Kleine mußte pissen und hat komplett die Paranoia gekriegt. Ich auch. Durfte mir das natürlich nicht anmerken lassen, sonst wäre die totale Panik ausgebrochen. Ich also ganz cool, habe gesagt: »Das kriegen wir schon hin!« Zum Glück hatte ich mein Messer dabei und damit habe ich dann ein bißchen an der Tür rumgefummelt. Irgendwann habe ich sie dann aufgekriegt, aber meine Kleine dachte schon, daß wir ersticken müssen. Mann, ist mir ein Stein vom Herzen gefallen. Ersticken ist original blöd.

»Na, meine Kleine!«

»Na, mein Held!«

Meine Kleine nennt mich immer »Mein Held!« Das finde ich gut.

»Haste schon geschlafen?«

»Klar! Wie spät isses?«
»Keine Ahnung. Vielleicht halb fünf!«
»Wie du das immer durchhältst!«
»Früher waren die Jungs und ich noch härter. Da haben wir uns erst am nächsten Tag abgelegt!«
»Ihr seid doch alle krank!«
»Klar! Is doch okay! Oder nicht?«
»Ihr seid alle Helden!«
»Klar!«
Meine Kleine sieht aus wie zwölf. Blaß, wilde Haare und keine Titten. Original. Meine Kleine hat keine Titten. Wenn du den Kopf wegnimmst, sieht sie aus wie ein Junge. Kleine, rosa Brustwarzen. Sonst nichts. Merkwürdig ist das schon. Meine Kleine sagt, sie wollte nie Titten haben, weil sie Angst hatte, mit ihrer Mama BHs zu kaufen. Original. Darum hat sie immer gebetet, daß sie keine Titten kriegt. Hat funktioniert. Das ist absolut mysteriös. Ich glaube, das hat irgendwie was mit Psyche zu tun. Ist schon abgefahren, wie du deine Psyche unter Kontrolle haben kannst und damit deinen Körper komplett manipulierst. Das hätte ich mal mit meinem Schwanz machen sollen. »Ich will 'n Riesenschwanz. Ich will 'n Riesenschwanz. Ich will 'n Riesenschwanz!« Zack, da haste! Riesenschwanz, original. Ich ziehe erst mal meine Badelatschen aus. Ich muß pissen!

»Ich muß aufs Klo!«
»Ich auch!«
»Nee, ich zuerst!«
»Zu spät!«
Das gibts ja nicht, drängelt die sich einfach an mir vorbei, dabei habe ich zuerst gesagt, daß ich aufs Klo muß, und jetzt geht meine Kleine einfach vor mir puschern. Dann pisse ich eben ins Waschbecken. Geht auch. Das ist hier

schließlich ein Notfall. Ich habe jetzt keine Lust auf Warten. Ist vielleicht auch ganz praktisch so, kann ich nämlich gleich meinen Schwanz waschen. Männer sollten immer ins Waschbecken pissen dürfen. Ich meine, du spülst einmal nach und schon ist alles beim alten. Ich habe gehört, manche Leute pinkeln sich sogar auf die Hände, wenn sie irgend eine unangenehme Hautgeschichte haben. Original. Soll prima funktionieren. Huch, jetzt kommt meine Kleine, das ist jetzt doch ein bißchen peinlich. Ich sage einfach: »Ich wasch meinen Schwanz!«

»Was machstn da?«

»Ich wasch meinen Schwanz!«

»Hm?!«

Meine Kleine glaubt mir nicht. Ist auch egal. Sie wird nie die Wahrheit erfahren. Sie sitzt auf dem Badewannenrand und sieht mir zu.

»Chris, ich hab schlecht geträumt!«

»Wasn?«

»Die Jungs und du, ihr wart bei mir und habt nen Trip gelegt und dann mußte ich pinkeln und bin ins Bad und da hat dich einer von den Jungs in die volle Badewanne gedrückt, immer Kopf unter Wasser!«

»Quatsch!«

»Wirklich! Dann hab ich dich rausgezogen und hab dich aufn Boden gelegt. Ich war plötzlich ganz stark und dann hab ich auf deine Brust gedrückt und Mund-zu-Mund-Beatmung gemacht und das Wasser aus deinem Mund laufen lassen. Ich wußte plötzlich, wie das funktioniert, und da kam ganz viel Wasser aus deinem Mund. Immer wenn ich gedrückt habe!«

»Was träumstn du für Sachen?«

»Dann haste dich nicht mehr bewegt und dein Gesicht war ganz blau und da hab ich diesen Pupillen-

test gemacht und die waren ganz klein und komplett geplatzt und zerbröselt. Ich hab geschrien, und die andren waren voll aufm Trip und ham gesagt, daß ich das locker sehn soll!«
»Komm her!«
»Das war schrecklich!«
Meine Kleine hat original die abgefahrensten Träume. Letzte Woche hat sie geträumt, daß irgendwelche Anzug-Typen beschlossen haben, ihr Kind zu Ostern zu schlachten. Die sind also die ganze Zeit mit einem durchsichtigen Eimer durchs Krankenhaus gelaufen und da lag das nackte Baby drin. In dem Eimer. Und dann haben die das tatsächlich geschlachtet. Original. Das hat meine Kleine geträumt. Sie soll so was nicht träumen.
  »Träum mal was Schönes?«
»Was denn?«
»Kann ich dir auch nich sagen!«
»Da kann ich ja nur Müll träumen!«
»Ja, Mann. Ich kann dir doch nich sagen, was de träumen sollst!«
»Doch!«
»Das funktioniert aber nich!«
»Doch!«
»Dann träum vom Ficken!«
»Das is gut!«
Das ist einfach mit meiner Kleinen. Du sagst »Ficken!« und schon ist sie glücklich.
  »Ficken wir noch?«
»Ich kann nich!«
»Hastes dir wieder komplett gegeben, oder was?«
»Klar, Fritz war da!«
»Verstehe. Da konnteste natürlich nich ›Nein!‹ sagen!«

»Nee. Warum auch. Die Jungs hatten ihn ja extra angerufen!«
»Ihr seid komplett krank!«
»Bleib ma locker! Die Jungs und ich wollten 'n bißchen feiern!«
»Und ich will ficken!«
»Ich kann jetzt aber nich!«
»Und da soll ich locker bleiben!«
»Klar. Wir könn doch morgen ficken!«
»Ich will aber jetzt!«
»Mann. Freu dich doch für mich, daß wir gut gefeiert ham!«
»Is ja schon gut. Dann ratter ich eben!«
»Finde ich das gut?«
»Is mir doch egal! Wenn de dich zuknallst, ratter ich! Ganz einfach!«
»Darf ich zugucken?«
»Nee, ich warte, bis de schläfst!«
»Das is ja langweilig!«
»Du bist langweilig!«
»Ich mach ma kurz 'n Telefon!«

Das ist ein Ritual. Die Jungs und ich, wir telefonieren immer, wenn wir vom Feiern kommen. Einfach nochmal hören, was abgeht. Ich rufe Wolfi in Wien an. Sonst komme ich ja nicht dazu.

»Hallo?«
»Hallo!«
»Wer isn da?«
»Chris!«
»Chris! Ich bin nich allein!«
»Haste ne Alte da, oder was?«
»Klar!«
»Haste heute nich gefeiert, oder was?«

»Nee. Nur was Trinken gewesen!«
»Die Jungs und ich ham heute richtig gefeiert!«
»Cool!«
»Ja, klar! Jetzt is meine Süße aber genervt, weil se ficken will!«
»Eins geht nur!«
»Original!«
»Chris, ich mach Schluß!«
»Alles klar!«

Mann. Der Wolfi hat eine Alte mitgenommen. Die sind jetzt richtig am Rudern, und ich ruf an. Klasse. Der Wolfi geht original mittendrin ans Telefon und hat gleichzeitig seinen Schwanz in der Alten. Die Jungs kennen da nichts. Telefon ist schon was Gutes. Weißt du immer, was der andere grade macht. Bist du plötzlich mitten in was anderem. Habe mal kurz mit Wolfi und seiner Alten den Moment geteilt. Das ist irre.

»Der Wolfi hat grade gefickt!«
»Da hat er sich aber gefreut, daß de angerufen hast!«
»Klar!«
»Warum biste nich Telefonistin geworden?«
»Is doch okay! Ich telefonier eben gern!«
»Mitten in der Nacht!«
»Klar. Das is 'n uraltes Ritual!«
»Tolles Ritual!«

Meine Kleine versteht das nicht. Dabei telefoniert die doch auch dauernd mit ihren Freundinnen. Stundenlang. Dann wird alles haarklein diskutiert, was in den letzten 24 Stunden gelaufen ist. Erzähl, erzähl, laber, laber, therapier, therapier. So ein Quatsch. Wir Jungs sind immer mittendrin. Das ist viel cooler. Meine Kleine meint, damit dringt man in die Intimsphäre von anderen ein. Blödsinn. Die Jungs müssen ja nicht rangehen, aber sie wollen.

»Die Jungs wolln ihr Glück teilen!«
»Quatsch. Die wolln nichts verpassen!«
»Is doch gut, wenn de weißt, was abgeht!«
»Mitten in der Nacht!«
»Klar, oder meinste, das Leben findet nur tagsüber statt?«
»Bei euch bestimmt nich!«
»Na also!«
»Ich gebs auf!«
Da bleibt meiner Kleinen auch gar nichts anderes übrig. Das ist nun mal so eine Sache zwischen den Jungs und mir, und das wird auch immer so bleiben. Mann. Jetzt bin ich aber müde. Im Zimmer brennt die komplette Fick-Beleuchtung. 40 kleine, bunte Plastiklampen an einem grünen Kabel. Einmal quer durch den Raum. Fehlt nur noch die Spiegelkugel an der Decke. Meine Süße nennt das ganze hier »Las Vegas«.
»Willste wirklich noch ficken?«
»Ja!«
»Ich kann aber nich mehr!«
»Ich weiß!«
»Ich mußte 'n Faß Rum auf meine Kleine trinken!«
»Das riecht man!«
»Is doch okay, oder?«
»Du bist eben 'n alter Matrose!«
»Richtig!«
Meine Kleine zieht den grünen Stecker aus der Dose, das Plastiklicht geht aus, und wir liegen in der pinken Bettwäsche. Ich bin mir sicher, so hat es auch bei Elvis zu Hause ausgesehen. Ich bin doch ein Rockstar. Meine Hobbys sind Gläser in Clubs klauen und feiern. Da fällt mir ein, ich habe heute gar keins mitgehen lassen. So was Blödes. Das ist mir original noch nie passiert.

»Ich hab vergessen, 'n Glas mitzunehmen!«
»Dann nimmste eben morgen zwei mit!«
»Original. Das mach ich!«
»Gute Nacht!«
»Biste böse?«
»Nee, warum?«
»Weil ich nich mehr ficken kann!«
»Nee. Ich warte, daß de schläfst, damit ich rattern kann!«
»Ich will aber zugucken!«
»Gute Nacht!«
Jetzt hat sie ihren Arm um mich gelegt und das heißt »Feierabend!« Da passiert nichts mehr. Meine Kleine wird sich schon beruhigen und bestimmt auch gleich einschlafen. Und das ist gut so. Dann verpasse ich nämlich nichts, und morgen wird gefickt.

2

Mann. Das nervt. Meine Süße geistert doch tatsächlich schon wieder durch die Wohnung und macht Kaffee. Drüben, im Wohnzimmer, läuft die Kiste. Ich will schlafen. Ich brauche meinen Schlaf. Ich mußte gestern schließlich feiern. Ich will noch keinen Kaffee. Ich will meine Ruhe haben und nicht an den Füßen gekitzelt werden.
»Mann. Hör auf damit!«
»Willste Kaffee?«
»Nein!«
Meine Kleine geht wieder. Jetzt hängt sie sich vor die Glotze und trinkt Kaffee. Fernsehen wäre auch nicht schlecht. Ich könnte ja auch ein bißchen fernsehen und meine Kleine krault mir dabei den Rücken. Prima Idee. Ich gehe da jetzt mal rüber.
»Na, meine Kleine!«
»Na, du Penner!«
Tatsächlich, sie hängt vor der Glotze und trinkt Kaffee. Auch keine schlechte Idee. Das beste wäre jetzt erst mal Kaffee und dazu eine Zigarette. Auf gehts.
»Ich will auch 'n Kaffee!«
»Warte, ich hol dir einen!«
»Wo sind meine Zigaretten?«
»Die liegen neben deiner Hose, aufm Boden!«
»Kannste se mitbringen?«
»Ja!«
Klasse. Jetzt wird gezappt. Mal sehen, was so los ist. Ach, Scheiße. Nur blöde Typen, die labern, billige Serien und beknackte Cartoons. Das nervt ja. Dann gucke ich mir

eben Werbung an, das ist immer ganz nett. Was es nicht alles zu kaufen gibt. Scheiße. Ein Glück, mein Kaffee kommt.

»Hier is dein Kaffee!«
»Is da Zucker drin?«
»Natürlich!«
»Wo sindn die Zigaretten?«
»Hier!«
»Haste Feuer?«
»Ja!«

Bestens. Da fällt mir ein, ich habe Hunger. Ich will Croissants mit Marmelade.

»Hunger!«
»Was willst du essen?«
»Croissants mit Marmelade!«
»Wieviele?«
»Zwei!«
»Bis gleich!«

Meine Kleine macht alles für mich, weil es ihr Spaß macht. Original. Ich muß nur sagen, daß ich Hunger habe und zack, holt sie mir was. Klasse ist das. Scheiße, ist der Kaffee heiß. Das macht ja überhaupt keinen Spaß. Willst du Kaffee trinken und eine Zigarette dazu rauchen und dann ist der Kaffee zu heiß. Da kann ich richtig schlechte Laune kriegen. Da fällt mir ein, ich muß jetzt schnell mal die Jungs anrufen und fragen, was gestern noch abgegangen ist.

»Lenny? Hier is Chris!«
»Hallo!«
»Schläfste noch?«
»Ja!«
»Was habtn ihr noch gemacht?«
»Nichts mehr! Fritz is noch ma vorbeigekomm!«

»Habt ihr noch ma nachgelegt, oder was?«
»Klar!«
»Habt ihr noch was übrig?«
»Nee!«
»Warum das nich?«
»Fritz hatte nich so viel!«
»Fuck! Was machen wir heute?«
»Keine Ahnung! Wir telefonieren später!«
»Alles klar. Ich bin bei meiner Kleinen!«
»Bis dann!«

Lenny pennt noch. Da waren die aber gestern noch gut unterwegs, die Jungs. Mann. Fritz war noch da und hat ein paar Runden verteilt. So was blödes. Ich gehe, und Fritz kommt. Das gibts ja wohl nicht. Hätte ich gewußt, daß Fritz noch mal wiederkommt, hätte ich glatt noch gewartet. Die haben sich einfach noch eine Line gelegt. Einfach so. Ohne mich. Ohne mich. Das ist komplett zum Verrücktwerden. Lieber nicht drüber nachdenken. Ohne mich.

Wenigstens ist der Kaffee jetzt abgekühlt, und meine Kleine kommt auch gerade vom Croissants kaufen zurück. Dann gibts jetzt Croissants mit Kaffee. Klasse.

»Hunger!«
»Ja! Ich hol nur noch die Marmelade!«
»Hunger!«
»Du machst mich wahnsinnig!«
»Is doch richtig so!«
»Hast du Pillen mitgebracht?«
»Nee!«
»Warum das denn nich?«
»Ich mußte Balu gestern die letzte geben!«
»Warum das denn?«
»Er hat mich und die Jungs umsonst reingelassen!«

»Da mußte ihm gleich ne Pille geben. Kannste genausogut Eintritt bezahlen!«
»Ja, Mann. Aber die Jungs ham gestern so den Affen gemacht, daß ich Balu eine geben mußte!«
»Versteh ich nich. Was war denn los!«
»Ach, nichts. Vergiß es! Is doch okay so!«
»Na, prima. Verteilst meine Pillen an fremde Leute!«
»Was heißtn hier ›Deine Pillen‹?«
»Ich dachte, du wolltest mir welche mitbringen?«
»Ja. Ich hab ja zu Hause noch welche! Reg dich ab!«
Muß ich hier alles erklären, oder was? Ich meine, ist doch okay, daß ich Balu die Pille geben mußte. Ich habe doch zu Hause noch welche. Immer dieser Zirkus. Das nervt doch.
»Hier, deine Croissants!«
»Wo isn die Marmelade?«
»Hier!«
»Was isn das für welche?«
»Kirsche!«
»Is die gut?«
»Weiß ich nich!«
»Dann probier ich se doch einfach ma!«
Ich kann mir ja grade überhaupt nicht vorstellen, daß Kirschmarmelade schmecken soll. Wenn ich an Marmelade denke, habe ich immer Erdbeergeschmack im Kopf. Jetzt auch, und ich weiß einfach nicht, wie Kirsche schmeckt. Das Problem ist, beide Marmeladensorten sind rot. Also kann dir dein Auge auch nicht helfen, weil es nicht weiß, ob es Kirsche oder Erdbeere ist. Ich esse Marmelade, die aussieht wie Erdbeere, ist aber in Wirklichkeit Kirsche. Original. Kirsche. Nix Erdbeere. Die Marmelade schmeckt nach Kirsche. Sehr gut. Aber Erdbeere wäre besser gewesen.

»Ich mag lieber Erdbeermarmelade!«
»Das tut mir leid!«
»Is schon okay! Ich wollts nur ma sagen!«
»Dann kauf ich dir eben nächstes Mal Erdbeermarmelade!«
»Ich meine, alles, was mit Marmelade zu tun hat, hat auch was mit Erdbeere zu tun!«
»Hmhm!«

Meine Kleine versteht mich nicht. Das liegt daran, daß sie keine Marmelade mag. Es gibt tatsächlich Menschen, die keine Marmelade essen. Denen fehlt doch was. Ich meine, Marmelade ist, neben Nutella, das absolut Größte. Wirklich.

»Chris, Telefon!«
»Wer isn dran?«
»Lenny!«
»Hey, Lenny! Haste schon ma Kirschmarmelade gegessen?«
»Nee!«
»Meine Kleine hat Kirschmarmelade gekauft!«
»Und wie schmeckt die?«
»Komisch. Ich meine, bei Marmelade denkste einfach immer an Erdbeere!«
»Ich kenn auch nur Erdbeermarmelade!«
»Ja! Dann beißte in den Croissant mit Kirschmarmelade und denkst, daß das Erdbeermarmelade is, weil die genauso aussieht! Is aber Kirsche!«
»Das is abgefahrn!«
»Komplett. Erst im Mund merkste, was de da eigentlich ißt. Kirschmarmelade!«
»Sag deiner Kleinen, sie soll Erdbeermarmelade kaufen!«
»Hab ich ihr schon gesagt!«

»Die Jungs komm nachher zu mir. Bißchen abhängen und glotzen!«
»Alles klar! Ratter noch schön!«
»Logisch!«
»Bis dann!«

Lenny rattert jetzt erst mal. Ist auch besser so. Sonst geht es dem nachher genauso wie mir gestern. Dann nerven wir womöglich Lenny noch an, weil er nicht gepeilt hat, rechtzeitig zu rattern. Ich meine, in der Beziehung kannst du einfach nicht elastisch sein. Wenn dein Schwanz sagt: »Hey, Alter, kümmer dich um mich«, kannst du das unmöglich ignorieren. Da bist du die ganze Zeit komplett fickrig und kannst dich nicht mehr ordentlich auf andere Sachen konzentrieren.

»Haste eigentlich gestern noch gerattert?«
»Nee, ich war zu müde!«
»Gut so!«
»Hast du gestern gerattert?«
»Nee! Ich wollte, aber dann sind die Jungs gekomm, und da wars zu spät!«
»Na, so was!«
»Ja, Mann. War richtig scheiße!«

Nee, wirklich. Das war komplett anstrengend. Rein ins Bad, rein in die Badewanne, fummel, fummel, konzentrier, konzentrier, nix geht, Spülung gedrückt, wieder raus zu den Jungs, laber, laber, fickrig gewesen und das ganze noch mal von vorne. So ein Scheiß. Original.

Da fällt mir was ein. Ich könnte mir ja jetzt meine Kleine grapschen und mit ihr ein bißchen rumficken. Aber dann ist sie bestimmt wieder beleidigt, wenn ich danach gleich zu Lenny abhaue. Was mache ich denn jetzt? Vielleicht kommt sie ja auch mit, dann könnte ich sie jetzt doch noch schnell nehmen.

»Die Jungs treffen sich nachher bei Lenny. Kommste mit?«
»Nö!«
»Warum nich?«
»Was wollt ihr denn machen?«
»Abhängen und glotzen!«
»Das kann ich auch hier haben!«
»Komm doch mit!«
»Nö!«
»Warum denn nich?«
»Was soll ich denn da?«
»Abhängen!«
»Ihr seid krank!«

Ich wußte es. Meine Kleine mag das nicht so. Die will lieber ein gemütliches Wochenende. Gemütliches Wochenende, gemütliches Wochenende. Jetzt will ich sie auch nicht mehr ficken. Meine Kleine nennt mich sowieso schon »Sechs-Minuten-Ficker«. Das muß ich ja nicht auch noch fördern, oder? Aber manchmal geht es eben nicht anders. Da mußt du die Zeit nutzen, die da ist, und wenn es eben nur sechs Minuten sind. Meine Kleine will dann immer noch rumknutschen und verliebt in die Augen gucken. Das langweilt doch. Ich brauche eine Zigarette, und dann sehen wir mal weiter. Du kannst dich schließlich nicht ewig mit solchen Körperlichkeiten aufhalten. Mann, was in der Zeit sonst noch alles für Sachen laufen, von denen du nichts mitkriegst. Besser, du spritzt schnell ab, und fertig ist die Sache. Original. Wunderbar.

»Was machen wirn jetzt?«
»Keine Ahnung! Was willst du machen?«
»'N bißchen glotzen!«
»Das is langweilig!«
»Dann weiß ichs auch nicht!«

»Wir könn ja rausgehn!«
»Und dann?«
»Spaziergang!«
»Nee! Da laufen die ganzen Leute mit ihren Hunden rum!«
»Macht doch nichts!«
»Außerdem muß ich gleich los, zu Lenny!«
»Hmhm!«
Zum Rumspazieren habe ich nun wirklich keine Lust. Da rennen einfach 1000 Leute mit ihren Hunden im Park rum. Dauernd trittst du in Hundescheiße, oder die Köter springen an dir rum. Das ist absolut nicht entspannend. Außerdem hab ich einen Kater, und da bleibe ich mal lieber vor der Glotze liegen oder putze mir die Zähne.
»Wohin gehst du?«
»Ich putz mir die Zähne!«
Jedesmal, egal wo ich hingehe, meine Kleine fragt immer, »Wohin gehst du?« Als wenn ich abhauen würde. So ein Quatsch. Mann. »Wohin gehst du?« Ich meine, alles wird hier genau beobachtet und kontrolliert. »Wohin gehst du?« Das ist vielleicht anstrengend. »Wohin gehst du?« Jetzt ist auch noch die Zahnpasta alle. Ich meine, das nervt ja nun wirklich. Ich will mir die Zähne putzen, und die Tube ist leer. Was mache ich denn jetzt? Ich will doch nicht den ganzen Tag mit diesem ekligen, abgestandenen Geschmack im Mund rumlaufen. Meiner Kleinen ist das ja komplett egal. Bevor ich überhaupt wach bin, steckt sie mir schon ihre Zunge in den Mund. Das ist widerlich. Bei mir läuft nichts, bevor meine Zähne nicht geputzt sind.
»Die Zahnpasta is alle!«
»Echt?«
»Ja! Warum hastn du keine neue gekauft?«
»Weil ich nich wußte, daß se schon wieder alle is!«

»Mann. Was mach ich denn jetzt?«
»Putzte eben mal ohne Zahnpasta!«
Das bringt überhaupt nichts. Ohne Zahnpasta. Das weiß doch wirklich jedes Kind. Mal sehen, vielleicht kriege ich da ja noch was raus aus der Tube. Nee, so ein Streß. Original. Da kommt noch was raus. Das macht mich jetzt richtig glücklich. Das ist aber absolut der letzte Rest. Heute abend brauche ich eine neue Tube.
»Kaufste noch Zahnpasta?«
»Ja, mach ich!«
»Ich fahr jetzt ma los, zu Lenny!«
»Willste dich nich vorher noch anziehn?«
»Hast recht. Haste noch 'n frisches T-Shirt für mich?«
»Klar!«
Das ist gut. Sonst müßte ich mit diesem verschwitzten Teil rumrennen. Da fühlst du dich ja dann doch nicht so richtig wohl. Mußt du die ganze Zeit Angst haben, daß dir jemand zu nahe kommt, und die Jungs sind in der Beziehung auch komplett indiskret. Die sagen dir den ganzen Tag, daß du stinkst. Nee, Danke. Darauf habe ich überhaupt keine Lust.
»Ich hau ab!«
»Viel Spaß!«
»Was machst du jetzt?«
»Weiß nich! Vielleicht lese ich 'n bißchen!«
»Ich ruf dich später ma an!«
»Okay!«
»Tschüs!«
Schon wieder diese 96 Treppenstufen. Es wird wirklich Zeit, daß die hier einen Lift einbauen. Kann dir ja schlecht werden, bei so vielen Treppenstufen. Deine Augen wissen gar nicht mehr, auf welche Stufe sie sich konzentrieren sollen, und schon fliegst du hin. Zum

Glück gibt es ja das Treppengeländer. Davor ekel ich mich aber, weil sich da jeder Idiot dran festklammert. Entweder holst du dir so eine komische Treppengeländerkrankheit, oder du knallst hin.

Schöne Aussichten.

Ein Segen, daß die Straßenbahnhaltestelle direkt vor der Haustür ist. Das ist richtig praktisch. Du kommst aus der Tür raus und guckst, ob eine Bahn kommt. Wenn eine kommt, brauchst du nicht zu rennen, sondern steigst einfach ein. Wenn keine kommt, dann rauchst du noch eine, weil du sowieso schon seit einer halben Stunde eine rauchen wolltest. Original.

Da kommt die Bahn.

Einsteigen, hinsetzen, losfahren. Die spielen hier immer so ein komisches Band in der Bahn ab. Vor jeder Haltestelle kommt eine Frauenstimme aus dem Nichts und sagt ganz freundlich die nächste Haltestelle an. Ich bedanke mich dann immer, weil das doch wirklich nett ist, daß sie das den ganzen Tag macht.

»Nächste Haltestelle Hauptbahnhof!«
»Danke!«
Da kriege ich richtig gute Laune, bei soviel Freundlichkeit.

»Nächste Haltestelle Stadtmuseum!«
»Danke!«
Prima. So ist immer dafür gesorgt, daß du in der Straßenbahn gut unterhalten wirst, auch wenn du alleine unterwegs bist.

»Nächste Haltestelle Kinderkrankenhaus!«
»Danke!«
Hier muß ich raus. Über die Straße und bei Lenny klingeln.

»Hallo?«

»Hallo! Hier is Chris!«
»Warte, ich mach dir auf!«
»Das hoffe ich!«
Diese Gegensprechanlagen sind komplett gefährlich. Ich meine, das kennt man ja aus Filmen. Da streiten sich zum Beispiel zwei Leute durch die Gegensprechanlage, dann haut der, der auf der Straße steht, ab, und der andere kreischt in seiner Wohnung weiter in den Hörer. Die Leute latschen vorbei und kapieren überhaupt nichts.

Mir und meiner Kleinen ist auch mal so was ähnliches passiert. Ich klingel, sage: »Hallo« und meine Kleine schreit: »Hallo, du alte Ficksau!« Super! Hinter mir, vor mir, überall Leute und meine Kleine schreit: »Hallo, du alte Ficksau!« Sie hat original nicht daran gedacht, daß da zufällig noch andere Trottel auf der Straße abhängen. Vielen Dank. Ich meine, es muß ja nicht jeder wissen, daß ich eine alte Ficksau bin! Oder?!

Lenny wohnt zum Glück im zweiten Stock. Auf gut deutsch: 28 Treppenstufen. Original. Ich zähle das immer. Egal, wohin ich ein zweites Mal komme: Ich weiß, wieviele Treppenstufen ich hochsteigen muß, bis ich am Ziel bin. Ich wundere mich selber, daß ich mir diese ganzen Zahlen merken kann. Aber das beweist, daß ich unter Treppensteigen wirklich leide.

26, 27, 28, geschafft. Mann. Räuchert ja schon wieder gut aus Lennys Bude raus. Die Jungs sind schon wieder mächtig am Bauen.

»Hey, Jungs!«
»Hey, Chris!«
»Seid schon wieder gut am Kiffen, was?!«
»Logisch! Willste Bier?«
»Klar!«
»Mann. Das Bier is gleich schon wieder alle!«

»Haste nichts mitgebracht, Chris?«
»Wie denn? Ich bin in die Straßenbahn gestiegen und wieder ausgestiegen! In der S-Bahn verkaufen die noch kein Bier!«
»Dann mußte gleich runtergehn und welches holen?«
»Warum ich?«
»Weil Lenny vorhin unten war und wir Piece mitgebracht ham!«
Das nervt komplett. Ich habe noch nicht mal meine Jacke ausgezogen, schon muß ich wieder runter und Bier holen.
»Warum haste denn nich gleich mehr Bier geholt, Lenny?«
»Weil ich kein Geld mehr hatte!«
»Ja, und jetzt?«
»Jetzt bist du dran!«
»Wie, zahlt ihr nichts, oder was?«
»Nö! Wir ham das Piece mitgebracht!«
»Scheiße! Nächstes Mal bring ich auch Piece mit!«
»Bring nächstes Ma lieber Bier mit!«
»Bis gleich!«
28 Treppenstufen wieder runter. Jetzt beeile ich mich aber. Hinterher rauchen die das Ding ohne mich, und das wäre komplett doof. Das schien mir nämlich richtig guter Pollen zu sein. Ich hasse es, wenn ich rennen muß. Aber den Gedanken ertrage ich nicht, daß die Jungs da gemütlich rumsitzen und das Zeug allein wegrauchen.

Ich werde wahnsinnig. An der Bude steht ein Idiot mit 100 Plastiktüten und versucht, sein Portemonnaie aufzumachen und zu zahlen. Ich reiß dem das häßliche Ding gleich aus der Hand. Das gibts ja nicht, Mann. Das dauert. Wenn ich zurückkomme, haben die schon drei Tüten weggeraucht, und ich weiß nicht, wieviel Piece die Jungs dabei haben. Verpiß dich, Typ.

»15 Bier!«
»Welches?«
»Egal!«
»Hab ich nich!«
»Mann. Irgendwas!«
Ich faß es nicht. Soll ich mir jetzt auch noch darüber Gedanken machen, was ich für Bier will, oder was? Ist doch jetzt komplett unwichtig. Ich will Bier und zwar schnell.
»Was denn nun für Bier!«
»Is mir scheißegal!«
»Dann kriegste überhaupt keins!«
»Was soll das denn jetzt?«
»Unfreundlichen Leuten verkaufe ich nichts!«
»Ich bin nich unfreundlich!«
»Doch!«
»Mann. Bepiß dich nich. Ich bin in Eile!«
»Spinnst du? Hau ab!«
»Nein!«
»Doch! Hau ab!«
»Nein! Ich will jetzt mein Bier!«
»Ich verkaufe dir nichts! Du spinnst ja jetzt schon rum!«
»Das gibts ja nich. Seit wann kannste dir deine Kunden aussuchen?«
»Schon immer!«
»So machste aber 100 Prozent Pleite!«
»Das is mein Problem!«
»Ich will jetzt bitte 15 Bier!«
»Nein!«
»Doch! Bitte!«
»Welches?«
»Becks!«
»Moment!«

Was macht der Typ denn jetzt? Das kann ich alles gar nicht glauben. Der sortiert original Zigarettenschachteln ein. So was habe ich ja noch nie erlebt. Du willst Bier haben, und der Typ gibt dir keins, weil du nicht weißt, welches Bier du haben willst. Ich meine, der Typ soll froh sein, wenn er was verkaufen kann. Oder nicht? Wenn der so weitermacht, kann er seinen Laden dicht machen. Aber daß der jetzt auch noch anfängt, seine Schachteln zu sortieren, geht zu weit. Das ist Psychoterror. Ich bin in Eile!

»Mann. Ich habs eilig! Kann ich jetzt mein Bier ham?«
»Moment!«
»Was heißt hier ›Moment‹? Das gibts ja nich!«
»Moment heißt Moment!«
»Kannste die Schachteln nich später einräum?«
»Nein!«
»Warum nich?«
»Darum nich!«
»So läuft das nich!«
»Sag du mir nich, wie ich meinen Laden führen soll!«
»Solche Typen wie dich ertrag ich nich!«
»Und solche Typen wie dich sollte man erschießen!«
»Tickste nich mehr ganz richtig, oder was?«
»Hau ab!«
»Spinnst du?«
»Hau ab!«
»Nein! Ich will mein Bier!«
»Ausnahmsweise!«

Ausnahmsweise? Ich faß es nicht. Der Typ ist komplett krank. Der glaubt, er ist Gott. Höchstpersönlich. Solche Typen sind gefährlich. Die fühlen sich von jedem auf den Schlips getreten, und irgendwann laufen sie Amok und ballern alles nieder! Da kannst du richtig Angst kriegen.

Mit denen kannst du ja auch nicht mal reden. Da kommst du einfach nicht ran. Die haben komplett alle Klappen dicht gemacht und glauben, sie sind immer im Recht. Der soll sich sein Bier in den Arsch schieben.
»Schieb dir dein Bier in Arsch!«
»Was?«
»Schieb dir dein Bier in Arsch!«
»Jetzt reichts!«
»Mir auch!«
Bei dem kannst du original kein Bier kaufen. Wenn du das trinkst, kippst du tot um. Der hat das doch mit seinen »Bad Vibrations« schon komplett verseucht. Kaufe ich eben woanders mein Bier! Bis zur nächsten Bude latschen, ist auch okay. Ich muß mich sowieso erst mal abregen. Ich meine, so kann ich jetzt nicht zu den Jungs hochgehen. Wütend abhängen und Joints rauchen, geht einfach nicht. Ist mir langsam auch egal, wenn die das ganze Zeug aufrauchen. Dann müssen die Jungs sich doch finanziell am Bier beteiligen.

Gerechtigkeit muß sein.

Besser wäre es natürlich, ich würde einen Joint für mich alleine kriegen. Wegen dem ganzen Streß und so. Hier liegen ja überall Hundehaufen. Da mußt du die ganze Zeit auf den Boden gucken, damit du nicht voll reintrittst. Kannst du gar nicht mehr mitkriegen, was sonst noch so um dich rum abgeht. Kein Wunder, daß die Leute alle komisch sind. Ich sage dir, das liegt an den Hundehaufen. Immer Gesicht zur Erde, kein Augenkontakt. Da kannst du ja nur depressiv werden. Wenn du dann mal wagst, geradeaus, rechts oder links zu gucken, zack hast du den Salat. Voll in die Scheiße getreten. Das ist komplett eklig. So ein zertretener Haufen stinkt ja richtig und alles klebt an deiner Profilsohle. Das kannst du nicht einfach am Bürgersteig abkratzen. Da mußt du mit der stinkenden Scheiße am Schuh nach Hause laufen und im Waschbecken abwaschen. Dann stinkt dein Bad und plötzlich stinkt alles und am liebsten möchtest du nur noch kotzen. Mal sehen, wie der Budenverkäufer drauf ist. Wenn der nicht elastisch ist, dann war es das mit dem Bier für heute. Da können die Jungs zetern, wie sie wollen. Irgendwann ist mal Schluß. Ich sage jetzt aber gleich, daß ich Becks will, sonst geht es garantiert von vorne los.

»15 Becks, bitte!«
»Hmhm!«
»Kannste mir die inne Tüte packen?«
»Hmhm!«
»Danke!«
»45 Mark!«
»Bitte!«

Das liebe ich ja auch. Verkäufer, die den Mund nicht aufkriegen, bis es ans Bezahlen geht. Dabei gucken sie dich nicht mal an, weil ihnen ihre Preise nämlich selber peinlich sind. Die verbringen ihr ganzes Leben mit Schuldgefühlen, weil sie dir alles zu horrenden Preisen verkaufen. Eigentlich kannst du dir das gar nicht leisten. Aber was sollst du machen, wenn am Wochenende alle Läden zu sind. Da mußt du dich dann eben auf den Handel einlassen und das nutzen diese Verkäufer einfach schamlos aus. Jetzt aber mal los, zurück zu Lenny. Mit dieser beknackten Tüte ist es ja komplett schwirig zu rennen. Die ganze Zeit rotieren diese Flaschen und krachen aneinander. Wenn da mal nichts kaputt geht, aber ich kann schließlich nicht ununterbrochen auf alles Rücksicht nehmen. Vor lauter Rücksichtnahme vergißt du dich hinterher komplett.

Ich will jetzt einen Joint für mich alleine.

Die Tüte macht es nicht mehr lange, ich spüre das. Die Flaschen sind einfach zu schwer für diesen lächerlichen Hauch von Plastik. Nicht mal anständige Tüten haben die, mit denen du anständig rennen kannst, um endlich an das blöde Piece zu kommen. Das ist ja richtig philosophisch. Ich meine, du rennst und rennst, irgendein Müll hält dich die ganze Zeit auf, und du findest nie deinen Frieden. Tolle Erkenntnis. Wenigstens bin ich angekommen, ohne in einen von diesen Hundehaufen zu treten.

»Hallo?«
»Mach die Tür auf!«
»Wo warste denn so lange?«
»Mach die Tür auf!«
»Ja, Mann!«

Jetzt auch noch mit den 100 Bierflaschen die Treppen hoch. Ich halte das nicht aus. Da brauche ich ja gleich ein frisches T-Shirt. Aber Lenny besitzt so was gar nicht. Der trägt nämlich nur so kleine Kinder-Ficker-Hemden. Da kommst du dir total lächerlich drin vor. Aber die Frauen stehen drauf, meint Lenny.

»Wo bleibste denn?«
»Halts Maul!«
»Wasn los?«
»Der Typ von der Bude da unten is 'n kompletter Vollidiot!«
»Was war denn?«
»Der wollte mir kein Bier verkaufen!«
»Was? Warum denn nicht?«
»Weil er 'n Vollidiot is!«
»Was denn jetzt?«
»Der Pisser wollte mir kein Bier verkaufen, weil ich nich gesagt hab, welches Bier ich ham will!«

»Quatsch!«
»Doch! Wirklich!«
»Gibts ja nich!«
»Doch! Wirklich! Ich bin dann zur nächsten Bude!«
»Dann Prost!«
Die Jungs hängen hier ab und sind schon völlig breit und ich renne rum, wie so eine blöde Mutti, und hole Bier. Das passiert mir nicht noch mal. Nächstes Mal bringe ich wirklich gleich Bier mit. Ich will jetzt meinen ganz privatpersönlichen Joint! Ende, aus!
»Wer hatn das Piece?«
»Ich!«
»Schieb ma rüber!«
»Nee, laß ma!«
»Gib doch ma her!«
»Nee! Wenn, dann baue ich!«
»Was soll das denn?«
»Ich habs eben mitgebracht!«
»Ja, und ich hab das Bier geholt! Ich verwalte das ja auch nich!«
»Warte doch ma kurz!«
»Wie lange?«
»Bis ich mein Bier ausgetrunken hab!«
»Das haste doch grade erst aufgemacht!«
»Ja! Dann warte doch eben so lange!«
»Ich will jetzt aber was rauchen nach dem ganzen Streß!«
»Mann. Du nervst!«
»Gibts ja nich! Ich hol das ganze Bier und du machst hier so 'n Theater um dein Piece!«
»Chris, relax!«
Wie soll ich da bitte relaxen? Monsieur hat besten Pollen in seiner Tasche und rückt ihn nicht raus, obwohl mein

gesamter Organismus danach schreit. Das ist Quälerei! Es gibt nichts besseres als einen privaten Joint zum Bier. Außerdem haben die Jungs vorhin schon ordentlich ohne mich gedampft!

»Los, Mann! Ich will mir doch nur 'n bißchen abbröckeln!«
»Du machst mich wahnsinnig!«
»Ich will mir doch nur 'n kleinen zum Bier bauen!«
»Wenn, dann rauchen wir einen zusamm!«
»Ihr habt aber vorhin schon soviel geraucht!«
»Wir ham das Zeug ja auch mitgebracht!«
»Und ich hab Bier geholt!«
»Na gut!«
»Danke!«

Was soll ich nun dazu sagen? Kampf unter Freunden, original. Ich meine, das ist doch komplett überflüssig, so einen Zirkus um ein Stück Droge zu machen. Das Ding wird gehütet, als ob es der Schrein der Weisen wäre. Wenn nichts mehr da ist, mußt du eben für Nachschub sorgen. Kein Problem, oder? Jetzt erst mal Schuhe aus und die Jungs auf dem Bett ein bißchen beiseite schieben. Nur, weil ich als letzter komme, muß ich ja nicht auf dem ekligen Fusselboden von Lenny abhängen. Ich meine, wenn du hier mal eine Teppichprobe entnehmen würdest und die zur Analyse weggeben würdest, da würden die 1000 verschiedene Fremdkörper rausfiltern. Dieses grüne Gefluse lebt ja richtig. Da tun mir meine Schuhe schon leid, wenn sie mich drüber tragen müssen. Das sage ich aber lieber nicht, weil Lenny seinen Teppich über alles liebt. Den hat er aus einem ausgeräumten Kino am Bahnhof mitgehen lassen. Damals sah der schon grausig aus. Kannst du dir ja ausrechnen, wieviele Leute mit Kaugummi, Hundescheiße und Spucke an den Sohlen drüber gerutscht sind. Da kann dir richtig schlecht werden. Lenny macht sich keine Gedanken darüber. Das hier ist seine Wohnung, sein Teppich, und wenn es sein muß, schmiert er sein Brot drauf. Auf der anderen Seite denke ich auch nicht so gerne daran, was mit seinem Bett los ist. Ich meine, das kennst du doch, du langweilst dich, legst dich ins Bett und ratterst. Dann hast du nicht dran gedacht, Klopapier mitzunehmen und schwupps klebt das Zeug in deinen Bezügen. Weil dir bewußt ist, daß dir das spätestens morgen wieder passiert, beziehst du die Decken erst gar nicht neu. Das geht dann ein paar Wochen so und irgendwann fühlst du dich richtig drin wohl, weil es nach dir riecht. Naja. Auf gehts!

»Jungs, rutscht ma 'n bißchen beiseite!«
»Setz dich doch aufn Boden!«
»Nö!«
»Aber hier is kein Platz mehr!«
»Doch!«
»Los Jungs, macht schon, Chris braucht Körperkontakt!«

Immer dieses Gelaber. Die sind doch nur alle pissed, weil sie keine Alte haben. So, und jetzt wird gebaut. Mein ganz privater Joint! Papers auf die Knie und los gehts!

»Hey, Chris! Laß noch was übrig!«
»Bleib ma locker! Die zwei Krümel!«
»Die zwei Krümel? Du hast dir da fast ein halbes Gramm reingebröselt!«
»Quatsch!«
»Klar! Guck ma, wie klein das Ding jetzt nur noch is!«
»Das war vorher nich viel größer!«
»Ja, aber jetzt reichts!«
»Da kann ich ja gleich ne Zigarette rauchen und probieren, ob ich davon stoned werde!«

Ich glaube das ja wohl echt nicht. Gibt es auf dieser verdammten Scheißwelt irgendwo einen Ort, wo du dich mal entspannen kannst? Ich meine, das Zeug ist zum Rauchen da, und später wird sowieso noch ohne Ende konsumiert! Das ist doch erst der Anfang. Und ich habe ja schließlich auch ein Recht auf einen privaten Joint. Irgendwie mußt du dich ja einstimmen, oder?

»Was machen wirn jetzt?«
»Erst ma abhängen!«
»Und dann?«
»Weiß nich!«
»Auf jeden Fall hab ich Hunger!«
»Ja und?«
»Haste was zu essen, oder nich?«
»Du hast doch heute schon Kirschmarmelade gehabt! Reicht das nich?«
»Mann. Das war vor 4 Stunden!«
»Dann guck eben im Kühlschrank nach!«
»Will noch jemand was?«
»Bring irgendwas mit und noch 'n paar Bier!«
»Geht klar! Ich will aber gleich wieder auf meinen Platz!«

Ich kenne das schon, stehst du mal kurz vom Bett auf, und schon machen sich die Jungs wieder komplett breit und wenn du wiederkommst, hast du ziemliche Schwierigkeiten, die Idioten wieder zu verscheuchen. Die sind einfach alle zu bequem. Jetzt muß ich auch noch auf Socken über Lennys heiligen, grünen Flausch gehen. Ich balanciere mich lieber auf Zehenspitzen drüber.

»Bin gleich wieder da!«
»Was machstn da für Übungen?«
»Wieso?«
»Kannste nich normal laufen?«

»Mann. Laß mich doch!«
Ich glaube, Lenny hat Lunte gerochen. Der merkt langsam, daß ich seinen Teppich komplett eklig finde. Aber ich habe jetzt keine Lust, darüber eine Diskussion anzufangen. Ich weiß doch, wie das endet. Wir brüllen uns an, Lenny ist beleidigt und die Jungs brüllen: »Mädchen. Mädchen. Mädchen!«

Ich frage mich, wann Lenny das letzte Mal eingekauft hat. Im Kühlschrank steht ja original nichts Brauchbares, nur eine uralte, halbvolle, vergammelte Milchtüte vom letzten Jahr und Eier. Die kannst du garantiert schon als Handgranaten verwenden. Das brodelt da bestimmt schon richtig drin. Ich kotze ja gleich, aber von Bier allein wirst du eben auch nicht satt. Bei meiner Kleinen würde ich jetzt irgendwas gekocht kriegen. Ich rufe sie gleich mal an.

»Lenny, was machstn du für Versuche mit deiner Milchtüte?«
»Hä?«
»Die is doch schon 100 Jahre alt und da drin gammelt das alles vor sich hin!«
»Dann muß ich se ma wegschmeißen!«
Ich weiß genau, wenn ich nächstes Mal in Lennys Kühlschrank gucke, steht sie immer noch da! Original. Ich meine, darauf ist Verlaß. Wie auf Mond und Sonne.
»Wetten, die steht nächstes Mal immer noch da!«
»Na und?«
»Das is eklig!«
»Is doch egal!«
»Außerdem haste nichts zu essen!«
»Ich bin ja auch nich deine Mutti!«
»Ein Glück!«
»Ich ruf ma meine Kleine an!«

Meine Kleine ist auch nicht meine Mutti, trotzdem kriege ich bei ihr was zu essen. Meine Kleine möchte einfach, daß es mir gut geht. Ist doch nett, oder?
»Hallo?«
»Hallo!«
»Na, was macht ihr?«
»Kiffen und abhängen!«
»Schön!«
»Kochste noch was?«
»Haste Hunger?«
»Ja!«
»Was willstn du essen?«
»Irgendwas!«
»Ich kann was kochen!«
»Ich dachte, ich und die Jungs komm zum Essen vorbei!«
»Ja?«
»Is doch okay, oder nich?«
»Hmhm!«
»Was denn?«
»Nichts!«
»Sag doch ma!«
»Schon gut!«
»Mann. Irgendwas is doch!«
»Nein!«
»Ich ruf später noch ma an!«
»Tschüs!«
Das ist mir ja jetzt auch schon wieder zu anstrengend. Wenn meine Kleine keine Lust hat zu kochen, soll sie das doch sagen. Aber dieses Rumgehampel macht mich komplett krank. Dann bestelle ich mir eben eine Pizza, ist auch kein Problem.
»Jungs, ich bestell mir ne Pizza! Wollt ihr auch was?«

»Nö, jetzt nich!«
»Hinterher freßt ihr doch alle mit!«
»Dann bestell eben irgendwas!«
Ich kenne das schon. Zuerst sagen die Jungs, daß sie nichts wollen, und hinterher fressen sie dir alles weg, und du darfst zahlen. Das ist immer das gleiche! Ich meine, wenn ich mir eine Pizza bestelle, dann will ich die alleine essen, sonst würde ich ja keine bestellen, und außerdem kann ich das nicht leiden, wenn alle ihre Finger in mein Essen stecken. Dann mußt du alles ganz hektisch in dich reinstopfen, damit du überhaupt noch was abbekommst. Und schnell essen ist sowieso ungesund. Original. Ich rufe jetzt meine Kleine an und sage ihr, daß ich mir eine Pizza bestelle.
»Hallo?«
»Hallo!«
»Was gibts?«
»Ich bleib bei Lenny und bestell mir ne Pizza!«
»Ich hab aber was da für euch!«
»Das könn wir doch morgen essen, oder nich?«
»Könn wir!«
»Ich dachte, das is dir lieber, als wenn ich jetzt mit den Jungs vorbeikomm!«
»Ja, gut!«
»Is doch okay, oder?«
»Ja!«
»Bis später!«
Du kannst es meiner Kleinen aber auch wirklich nicht recht machen. Wenn du mit den Jungs zum Essen kommen willst, paßt es ihr nicht, und wenn du dir eine Pizza bestellst, ist sie auch beleidigt. Ich steige da einfach nicht durch, was im Kopf meiner Kleinen vor sich geht. Ich habe jetzt aber auch keine Lust, mir darüber Gedanken zu

machen, das ist mir einfach zu kleinkariert. Ich muß endlich mal in das Infoblatt vom Pizza-Service gucken, sonst verhungere ich.

»Wo istn die Speisekarte vom Bringdienst?«
»Keine Ahnung. Mußte ma gucken!«
»Wo denn?«
»Weiß nich. Die fliegt hier irgendwo rum!«
»Soll ich jetzt dein ganzes Zimmer durchsuchen, oder was?«
»Is ne Möglichkeit!«
»Du weißt also wirklich nich, wo se is?«
»Nein. Mann!«

Das gibt es ja nicht! Lenny macht es sich wirklich extrem leicht. Der hat original keinen Plan, wo was zu finden ist. Jetzt darf ich hier alles komplett einmal umwälzen, um diese blöde Karte zu finden. Die kann ja einfach überall drunterliegen. Ist mir ja auch, ehrlich gesagt, ein bißchen unangenehm, hier rumzuwühlen. Du kannst ja nicht wissen, auf was für Peinlichkeiten du stößt, wenn du in Privatsachen von jemandem rumstöberst. Ich meine, du guckst unters Bett und zack, entdeckst du ein paar gebrauchte Kondome. Ist mir original schon mal bei einem der Jungs passiert. Du hängst so auf dem Bett ab, streckst dich ein bißchen, hängst deinen Kopf über die Bettkante und schon fokussierst du vollgespermte Gummis. Dann setzt du dich schnell wieder ordentlich hin, tust so, als sei nichts passiert, aber eigentlich kannst du dich auf nichts anderes mehr konzentrieren, als auf die Dinger unter dem Bett. Dann taucht im Kopf plötzlich die Frage auf, welche Alte zu welchem Gummi gehört, und schon merkt dir jeder an, daß was los ist. Ich suche lieber nicht weiter. Dann esse ich eben nichts.

»Ich hab jetzt keine Lust, hier rumzusuchen!«

»Bestellste jetzt keine Pizza, oder was?«
»Nö!«
»Was willstn dann essen?«
»Gar nichts!«
»Haste etwa keinen Hunger?«
»Doch!«
»Warum bestellste dann nichts?«
»Weil ich keine Lust hab, die Karte zu suchen!«
»Ich würd jetzt aber auch gern ne Pizza essen!«
»Dann such du doch die Speisekarte!«
»Nö, keine Lust!«
»Dann gibts eben keine Pizza!«
»Such doch ma die Karte!«
»Bin ich deine Mutti, oder was!«
»Los, Chris!«
»Nee! Laß mich ma lieber wieder auf meinen Platz!«
Bin ich hier der Depp, oder was? Ich meine, langsam habe ich das Gefühl, daß die Jungs meinen, daß ich hier das Dienstmädchen bin und sie sich nebenbei mit meinem Bier zulaufen lassen können! Irgendwann ist Schluß! Außerdem ist es mal wieder Zeit für einen kleinen Pollenflug!

»Bauste noch einen?«
»Klar!«
»Was machen wirn heute noch?«
»Ich dachte, wir gehn in Tempel!«
»Und vorher?«
»Aufm Land is ne Party!«
»Bei Brian, oder was?«
»Nee! Tommy macht irgendwas unter ner Brücke!«
»Wie weit istn das?«
»Ne Stunde mit dem Auto!«
»Ne Stunde? Das is aber ganz schön lang!«

»Müßten wir eben bald losfahrn!«
»Obwohl, klingt eigentlich ganz nett!«
»Ja! Aber ich will auf jeden Fall noch in Tempel!«
»Was machen wir denn jetzt?«
»Keine Ahnung!«
»Ich meine, wenn wir da rausfahrn und 'n bißchen auf der Party abhängen und dann wieder zurückfahrn, is es auch schon ganz schön spät!«
»Ja, und hinterher is die Party scheiße und dann hängen wir da!«
»Auf der andren Seite is das ma was andres. In Tempel könn wir immer gehn!«
»Ja! Aber im Tempel könn wir Pillen kaufen und unter der Brücke nich!«
»Brian is bestimmt auch da!«
»Woher willste das so genau wissen?«
»Denk ich mir eben!«
»Laß uns erst ma was rauchen und dann sehn wir weiter!«

Also, Party auf dem Land unter einer Brücke ist gar nicht so verkehrt, finde ich. Ich meine, da bist du dann mal ein bißchen an der frischen Luft und wirst nicht so zugenebelt wie im Tempel. Da kannst du dann zu relaxter Musik in den Himmel sehen, warten, daß eine Sternschnuppe kommt, dir was Schönes wünschen, zuhören, wie sich die anderen unterhalten und einfach mal ein bißchen Ruhe haben. Auf der anderen Seite, bin ich nicht sicher, ob Brian kommt. Was mach ich denn, wenn der nicht kommt? Was soll ich denn dann bitteschön machen?! Die paar Pillen, die bei mir zu Hause noch rumliegen, reichen nicht für die ganze Nacht. Original. Und das ist dann schon wieder nicht so entspannend, weil du eben weißt, daß das ganze noch entspannter mit Pillen sein könnte,

und dann willst du doch in den Tempel und Pillen werfen. Ich weiß es doch auch nicht. Sollen die Jungs entscheiden. Jetzt wird erst mal geraucht. Mann.
»Biste fertig mit Bauen?«
»Gleich!«
»Mann. Das soll doch kein Kunstwerk werden!«
»Zukleben darf ichs schon noch, oder?«
»Klar!«
»Danke!«
Die Jungs brauchen immer ewig für die Dinger. Das könnte wirklich flotter gehen. Irgendwann hast du doch wohl mal endlich die Handgriffe drauf. Aber bei denen muß das graphisch und statisch immer ganz korrekt sein. Ich meine, das interessiert keinen, wie die Tüte aussieht, da schmeckst du sowieso keinen Unterschied. Hauptsache, du hast das Papierröllchen nicht die ganze Zeit in der Fresse kleben, weil es zu dünn gerollt ist. Ich sage es lieber noch mal, weil das sonst komplett stressig ist, wenn du die ganze Zeit beim Rauchen darauf achten mußt, daß der Filter in der Tüte bleibt!
»Mach die Papprolle aber groß genug!«
»Chris, du nervst!
»Ich hab aber keine Lust, wenn das Ding immer rausfliegt, wenn du anner Tüte ziehst!«
»Dann rauch lieber nich mit, bevor de 'n Nervenzusammenbruch erleidest!«
»Jetzt reg dich doch nich so auf!«
»Wenn de einfach permanent alles besser weißt!«
»Bei Joints kenn ich mich eben aus!«
»Und ich nich, oder was?«
»Weiß nich!«
»Chris, du bist 'n Idiot!«
»Selber!«

Ich freue mich ja schon auf den Moment, wo der erste von den Jungs das Röllchen im Mund hat und versucht, es wieder in das nasse Mundstück zu schieben. Das passiert garantiert, weil das Röllchen definitiv zu dünn geworden ist. Das wird mein Triumphzug. Los gehts!
»Na, da bin ich ja gespannt!«
»Halts Maul, Chris!«
Jetzt haben die Jungs noch eine große Klappe. Aber gleich sind sie so klein mit Hut und dann bin ich der absolute Dreher-König. Jetzt bin ich dran.
»Wolln wir doch ma sehn, was das Röllchen macht!«
»Laber nich, zieh lieber und gib weiter!«
»Na, was hab ich gesagt? Keine Qualitätsarbeit!«
»Wenn de so dran rumnuckelst, geht jeder Filter raus!«
»Ich hab nich dran rumgenuckelt!«
»Klar, hab ich doch gesehn!«
Die Jungs können sich einfach keine Fehler eingestehen. Dann bist du wieder schuld, weil du falsch geraucht hast. So wird das nie was. Naja. Aber der Pollen tut es trotzdem. Mann. Das ist, als wenn dir einer mit einem großen Gummihammer auf den Kopf haut. Original.
»Woher habtn ihr das Dope?«
»Fritz hatte gestern noch ne Platte dabei!«
»Das Zeug is komplett gut!«
»Da fällt mir ein, du bist gestern ohne zu zahlen einfach abgehaun!«
»Is mir hinterher auch aufgefalln!«
»Typisch Chris, schmeißt Runden und verpißt sich dann!«
»Kann doch ma vorkomm!«
»Hmhm!«
»Dann zahl ich eben heute abend!«
»Und wenn wir auf die Party fahrn?«

»Dann zahl ich das Benzin!«
»Das is ja wohl nich ganz das gleiche!«
»Mann. Wir kriegen das schon hin!«
»Hoffentlich!«
Die Jungs sind komplett geizig. Ich meine, Hauptsache, du hattest einen schönen Abend, oder nicht? Immer diese Pfennigumdreherei. Kannst du doch gleich zu Hause bleiben und Däumchen drehen. Ich will ja gar nicht erst nachrechnen, wie oft ich schon die Runden von den Jungs gezahlt habe.
»Ich hab schon so oft gezahlt!«
»Das liegt daran, weil de einfach immer Runden schmeißt!«
»Willste dich jetzt beschweren, oder was?«
»Ich meine, so viel wie du, säuft einfach keiner!«
»Is das mein Problem?«
»Vergiß es!«
Was ist denn jetzt wieder los? Wollen sich die Jungs etwa beschweren, daß ich Runden schmeiße? So was habe ich ja noch nie erlebt. Am besten, ich sage jetzt gar nichts mehr und denke mir meinen Teil. Bißchen Kiffen und Nachdenken ist auch nicht verkehrt. Ich höre einfach zu, wie sich die Jungs beweihräuchern und habe meinen Spaß dabei.
»Ich muß jetzt unbedingt mein Moped startklar kriegen, für die nächsten Partys aufm Land!«
»Na, dann viel Spaß!«
»An dem Ding is ja komplett alles kaputt!«
»Noch von deinem Unfall, oder was?«
»Klar!«
»Mann. Das war hart! Wir dachten, Alter, der is tot!«
»Du hast komplett Glück gehabt!«
»Klar! Nichts passiert! Außer Totalschaden an der Maschine!«

»Ich meine, hat dich der Typ im Auto nich gesehn, oder was?«
»Weiß nich! Der dachte, er hat Vorfahrt!«
»Fuck it! Ich meine, Rechts vor Links, oder?!«
»Der Typ war original fertig mit den Nerven. Der lag hinterher aufer Kühlerhaube und hat geheult!
»Haste das Auto nich gesehn?«
»Habt ihr das Auto gesehn? Ich meine, ihr wart ja direkt hinter mir!«
»Nee, die Sonne hat so geblendet, außerdem war der komplett vom Korn verdeckt!«
»Stimmt, das Korn stand verdammt hoch!«
»Da müssen se doch 'n Schild hinmachen! ›Stop!‹ oder so!«
»Stimmt! Ich meine, wenn das Korn gemäht is, kannste ja alles sehn. Aber so...!«
»Naja, is ja noch ma gutgegangen! Außerdem hab ich Schadensersatz bekomm. Jetzt muß nur noch die Maschine zum Laufen gebracht werden!«

Das war komplett der schrecklichste Moment in meinem Leben, als Lenny mit 80 Sachen gegen diesen Lieferwagen geknallt ist. Zack. Ich und die Jungs dachten, jetzt ist alles aus. Das wars mit Lenny. Der ist ungelogen 100 Meter weit geflogen und auf die Straße geklatscht und hat sich nicht mehr bewegt. Dann sind wir alle zu ihm hin und haben ihn erst mal auf den Rücken gedreht, damit wir den Helm abkriegen. Lenny war ganz grün im Gesicht, aber er hat gelächelt und gesagt: »Cooler Stunt, was Jungs?« Dann ist er ohnmächtig geworden und ich hätte am liebsten gekotzt.

Ich meine, wenn du mitkriegst, wie dein bester Freund mit Tempo 80 gegen so ein scheiß Auto rast, weißt du nicht mehr, wo dein Arsch sitzt. Danach wäre ich am liebsten zu Fuß nach Hause gegangen. Dann wäre ich allerdings heute noch unterwegs.

»Mann, ich wär am liebsten nach Hause gelaufen!«
»Wenn de so was siehst, haste erst ma keine Lust mehr auf Mopedfahrn!«
»Mir ham vielleicht die Knie gezittert!«
»Lenny hatte es gut, den ham se ja mit Blaulicht abtransportiert!«
»Ich wär lieber mit dem Moped weitergefahrn!«
»Kann ich mir denken!«
»Mann. Der Typ hat sich original 1000mal entschuldigt!«
»Ich dachte, der klappt auch gleich zusamm!«
»Is ja noch ma gutgegangen!«
»Du sagst es!«
»Ich hatte 1 Million Schutzengel dabei!«
»Lenny, du bist 'n alter Hippie!«

Original, Lenny ist ein Hippie. Der fährt komplett die Eso-Schiene. Für den ist die ganze Welt ein einziges Mysterium. Bei dem wirken immer 1000 kosmische Kräfte. Alles hat bei dem eine Bedeutung, egal, was passiert, und immer bringt er die Engel mit ins Spiel. Lennys Leben ist komplett überirdisch gesteuert, und dauernd bekommt er irgendwelche Zeichen aus dem All. Dann setzt er sich hin, frißt Pilze und überdenkt sein ganzes Leben und fragt sich, was er jetzt wieder falsch gemacht hat. Bei Lenny existiert der Zufall nicht. Ich meine, ist eine interessante Lebensanschauung, aber damit kommst du ja auch nicht weiter, oder?

»Was machen wirn jetzt?«
»Wir könn ja auf die Party fahrn!«
»Und dann?«
»Ma sehn!«

»Also ich will schon noch in Tempel!«
»Könn wir danach immer noch hinfahrn!«
»Aber die Party is so weit weg!«
»Dafür könn wir das Tempelprogramm jede Woche ham!«
»Aber da kriegen wir Pillen!«
»Du hast doch noch welche zu Hause!«
»Das sind auch nich mehr so viele!«
»Meinste nich, die reichen?«
»Willste extra deswegen zu mir fahrn?«
»Warum nich?«
»Blödes Hin-und-Her-Gefahre!«
»Hast recht!«
»Also, was is nun?«
»Ich bin für die Party!«
»Ich will in Tempel!«
»Wir fahrn jetzt auf die Party und danach in Tempel!«
»Dann laß uns jetzt aber gleich los!«
Mir wäre es ja lieber, wir würden gleich in Tempel fahren. Ich meine, das nervt doch. Wir werden komplett die ganze Nacht im Auto sitzen. Tolle Aussichten. Original. Willst du feiern und rast stattdessen über den Asphalt. So ein Quatsch, außerdem geht das Benzin auf meine Kosten. Aber was willst du machen, wenn du in der Minderzahl bist? Da mußt du dich einfach deinem Schicksal fügen. Jetzt muß ich nur noch mal schnell meine Kleine anrufen und sagen, was abgeht.

»Jungs, ich ruf noch schnell meine Kleine an!«
»Mach aber schnell!«
»Ja, Mann. Immer mit der Ruhe!«
»Wenn wir jetzt nich loskomm, könn wirs gleich vergessen!«
»Bepiß dich nich!«

Hier muß immer alles ganz schnell gehen. Original. Schnell, schnell, hetz, hetz. Ich meine, das dauert sowieso noch, bis sich die Jungs aus dem Bett geschwungen haben. Da kannst du glatt noch eine halbe Stunde telefonieren. Es ist immer das gleiche. Hier waltet komplett der Egoismus.
»Hallo?«
»Hallo!«
»Na, wie gehts?«
»Gut! Die Jungs und ich fahrn jetzt auf ne Party, aufm Land. Danach gehts in Tempel!«
»Hmhm!«
»Willste mitkomm?«
»Nö!«
»Dann bis später!«
»Tschüß!«
Ich wußte es. Meine Kleine kommt nicht mit. Die sitzt lieber zu Hause rum und glotzt fern. Kann ich echt nicht verstehen. Ich meine, wenn du die Möglichkeit hast, zu feiern, mußt du das doch nutzen, oder nicht? Das Leben ist doch schließlich da, damit du was erlebst! Wenn du 100 bist, kannst du immer noch zu Hause abhängen. Wenn du jung bist, kannst du nicht stillsitzen, da mußt du gucken, was passiert.
»Alles klar Jungs, wir könn los!«
»Auf gehts!«
»Habt ihr das Dope!«
»Wasn das für ne Frage?«
Und wieder 28 Treppenstufen runter. Aber dieses Mal geht es besser, weil ich weiß, daß ich sie nicht gleich wieder hochrennen muß. Jetzt merke ich aber doch das Piece, Mann, das macht ganz schön weiche Knie. Wenn du kiffst und einfach nur rumliegst, bist du einfach nur relaxed,

aber dann stehst du auf und läufst ein bißchen rum und dann merkst du erst, wie breit du bist. Heaven, das war komplett ein bißchen zu viel auf einmal. Ich glaube, ich muß mich erst mal hinsetzen, sonst spielt mein Kreislauf verrückt. Ich habe original keine Lust zu kotzen oder aus den Latschen zu kippen. Schön langsam, die letzten Stufen runter, sonst können mich die Jungs gleich zu Hause abliefern.

»Jungs, ich bin stoned!«
»Logisch! Is ja auch bester Pollen! Kannste nich meckern!«
»Mann, so gings mir ja schon lange nich mehr!«
»Alles klar, Chris!«
»Original! Ich bin komplett stoned!«

Unglaublich. Bei mir im Kopf ist nichts mehr am alten Platz. Da drehen sich die Synapsen um sich selbst und machen Purzelbäume. Da kannst du nur noch die Augen zumachen, sonst wird dir schlecht, weil deine Augen keinen Fixpunkt mehr finden. 1000 helle Punkte, verschwommener Hintergrund, Blitze im Treppenhaus, butterweiches Geländer, keine Kraft in den Fingern, die Beine sind irritiert, keine Anweisungen vom Gehirn, da drehen gerade die Synapsen durch. Keine Gedanken, nur noch verschwommene Wahrnehmung und Angst. Und Angst. Die darfst du aber nicht haben, sonst ist alles aus. Original. Du mußt dich drauf einlassen, losgelöst sein, deine Hilflosigkeit genießen.

So geht das und nicht anders.

Du darfst nicht zugeben, daß du Angst hast, da kennen die Jungs nichts. Die lachen dich aus und halten dich für ein Mädchen. Ich habe keine Angst, ich habe keine Angst, ich habe keine Angst. Mir geht es gut. Ich will nichts denken, ich will nichts fühlen, ich will nichts sehen, ich

will nichts hören. Das macht mich krank, ich will nur sitzen. Gleich kann ich mich ins Auto setzen, dann habe ich Ruhe.
»Jungs, wos das Auto?«
»Mit welchem fahrn wir überhaupt?«
»Wos das Auto?«
»Wir fahrn mit zwei Autos!«
»Warum?«
»Dann müssen wir uns nich in eins quetschen!«
»Okay! Wo sind die Autos?«
»Bleib ma locker, Chris! Die stehn da drüben auf der andren Straßenseite!«
»Na dann los!«
»Chris, da komm Autos!«
»Die sehn mich schon!«
»Chris, warte!«
»Mann. Jetzt reg dich nich auf!«
»Ich hab keine Lust, dich von der Straße zu kratzen!«
»Mußte ja auch gar nich!«
»Du bist komplett anstrengend, Chris!«
Die Jungs sind anstrengend. Die sollen mich lassen. Ich will nicht an der Jacke festgehalten werden, ich will mich ins Auto setzen, ich will nicht festgehalten werden, ich will mich ins Auto setzen, ich will nicht festgehalten werden, ich will mich hinsetzen. Ich setz mich jetzt hin.
»Laß mich los!«
»Nein!«
»Dann setz ich mich eben hin!«
»Chris, steh auf!«
»Nö!«
»Dann bleibste eben aufm Bürgersteig sitzen!«
»Ja!«
»Du kannst hier nich sitzen bleiben!«
»Doch!«

Mann. Die Jungs sollen locker bleiben. Ich will doch nur sitzen. Die sollen nicht an meiner Jacke zerren, ich will jetzt nicht stehen, ich will sitzen, mir ist schwindlig. Scheiße. Laßt mich sitzen.
»Ich bleib hier sitzen!«
»Chris, steh auf!«
»Laß mich los!«
»Nein, du stehst jetzt auf!«
»Du nervst!«
»Du bist 'n Arschloch!«
»Dann steh ich eben auf!«
Immer mit der Ruhe. Sollen die mich doch hochziehen, ich tue original nichts mehr. Die Jungs machen das schon. Ich verlaß mich jetzt einfach darauf. Die Jungs lassen mich nicht alleine, die bringen mich sicher über die Straße. Ich mache einfach die Augen zu und dann ist es wie früher. Da hat dich deine Mutti an die Hand genommen und sicher über die Straße gebracht. Ich fühle mich geborgen, ich will mich anlehnen, ich will mich nicht mehr kümmern. Die Jungs sollen mich tragen.
»Jungs, tragt mich!«
»Spinnst du?«
»Tragt mich, Jungs!«
»Du bist viel zu schwer!«
»Ich will getragen werden!«
»Biste 'n Baby, oder was?«
»Bitte!«
»Wo isn das Auto?«
»Hier! Setz dich hin!«
»Danke, Mann. Ich hab dich lieb!«
Ich habe die Jungs lieb. Die heben mich von der Straße auf, warum saß ich denn eigentlich auf der Straße? Ich saß auf der Straße, warum saß ich auf der Straße? Ich saß auf

der Straße, und die Jungs haben mich aufgehoben. Original. Die Jungs haben mich aufgehoben und über die Straße gebracht. Jetzt sitze ich im Auto. Fahren wir schon?
»Fahrn wir schon?«
»Gleich!«
»Warum fährste nich los?«
»Entspann dich, Alter!«
»Wo sindn die andren?«
»Hinter uns!«
»Dann fahr endlich!«
Jetzt fahren die Jungs und ich auf die Party. Jetzt habe ich doch glatt vergessen, wo die Party ist. Unter einer Brücke, oder? Aber wo ist die Brücke?
»Jungs, wo isn die Brücke?«
»Welche Brücke?«
»Na, die Brücke?«
»Was denn für ne Brücke?«
»Die Party-Brücke!«
»Die finden wir schon!«
»Wie denn?«
»Warts ab!«
»Wie wolln wir denn die Brücke finden?«
»Lenny weiß Bescheid!«
»Aber es gibt so viele Brücken!«
»Chris, relax!«
Ich weiß wirklich nicht, wie wir die Brücke finden wollen. Wo willst du denn da anfangen zu suchen? Es gibt so viele Brücken, kleine, große, mittelgroße und mittelkleine. 1000 Brücken und nur eine Party. Ich gucke mal aus dem Fenster und passe auf, ob ich eine Brücke sehe.
»Ich seh keine Brücke, Jungs!«
»Hier gibts auch keine Brücke!«
»Wie willste dann ne Party unter ner Brücke feiern?«

»Chris, komm runter!«

Geht grade nicht. Habe doch zu viel in meinen privaten Joint gebröselt. Das habe ich jetzt davon. Ich rauche erst mal eine und dann finden wir die Brücke.

»Hat einer von euch ne Zigarette?«

»Ja!«

»Danke!«

Das ist gut, hinten im Auto sitzen und eine Zigarette rauchen. Das ist gut. Sitzen, fahren, rauchen, stoned sein, und die Jungs finden die Brücke. Ich mache einfach die Augen zu, und die Jungs finden die Brücke. Wie früher. Im Kindersitz sitzen, schlafen, und deine Eltern finden das Ferienhaus irgendwo in Dänemark. Die wußten auch immer Bescheid.

»Wie lange noch?«

»Wir sind doch grade erst losgefahren!«

Zack, wenn das kein Déjà-vu ist. Irgendwoher kenne ich diesen Wortwechsel. Déjà-vus sind überhaupt das Beste, was es gibt. Für einen Augenblick befindest du dich komplett woanders, einmal quer durch Zeit und Raum und keiner kann es erklären. Du suchst in deinem Kopf und kannst den vergangenen Moment nicht wiederfinden, obwohl dir alles so vertraut ist. Du riechst, du fühlst, du siehst alles ganz klar, und trotzdem weißt du nicht, was und wer es war. Das ist komplett abgefahren.

»Jungs, ich hatte grade 'n Déjà-vu!«

»Chris, paß auf deine Zigarette auf!«

»Die hab ich ja komplett vergessen!«

»Willste uns alle abfackeln, oder was?«

»Ich hatte grade ein Déjà-vu!«

»Du hast gleich noch eins, wenn de weiter deine Zigarette an meine Hose hältst!«

»Bleib ma locker!«

»Hab ich Lust auf Brandlöcher, oder was?«
»Is doch nichts passiert!«
Jetzt haben die Jungs mir alles kaputt gemacht. Mein schönes Déjà-vu. Die Jungs haben für so was einfach kein Gefühl. Die nuckeln an ihren Bierflaschen und interessieren sich für komplett gar nichts. Da fällt mir ein, ich muß mal pissen.
»Lenny, halt ma an, ich muß pissen!«
»Warum biste denn nich bei mir gegangen?«
»Hab ich vergessen!«
»Mann!«
Kann ich doch auch nichts dafür. Ich mußte mit meiner Kleinen telefonieren, und dann habe ich das original vergessen. Kann doch mal passieren. Auf jeden Fall mache ich schon mal meine Knöpfe vorne auf, das drückt ja alles extrem auf die Blase. Mann, Mann, Mann, die ist vielleicht voll. Kein Wunder, bei dem Bier, was wir uns noch reingeschüttet haben. Das ist der Nachteil an der Sache, du mußt einfach dauernd pissen. Da bin ich aber wirklich froh, daß ich kein Mädchen bin. Die müssen sich ja die Hose immer ganz runter ziehen und dann auch noch in die Hocke. Nee, Danke. Auf so eine gewisse Art ist das ja ganz schön erniedrigend. Hockst du da rum und puscherst ins Gras. Dabei hast du permanent Angst, daß du daneben pinkelst und mit der nassen Hose rumlaufen mußt. Das passiert mir ja sogar manchmal. Du denkst, du bist fertig und dann tropft dir der Rest in die Hose, und die ganze Nacht hast du so ein nasses Gefühl am Schwanz. Unangenehm ist das.

Na klar.

Die Jungs müssen natürlich auch pissen. Hätte ich mir ja gleich denken können. Die haben nämlich auch alle original vergessen, bei Lenny zu pinkeln. Aber mich anmachen, daß wir halten müssen, die spinnen doch die Jungs. Jetzt stehen wir da alle am Straßenrand in einer Reihe und leeren unsere Blasen in einen Graben. Schönes Bild, oder?! Jetzt weiß ich auch, warum das Gras in diesen Straßengräben so gut wächst, weil alle Männer reinpinkeln und die Kühe auf der Weide von der anderen Seite auch. Das nenne ich kollektive Teamarbeit. Das ist nett. Ich meine, irgendwie ist es ein Gefühl von Zusammengehörigkeit und Freiheit. Wir Männer können überall pissen und alle gleichzeitig in einer Reihe. Das ist lustig. Jetzt noch ein bißchen Schwanz schütteln, einpacken und weiter gehts.

»Los Jungs, einsteigen!«
»Ja, Meister!«
»Rauchen wir noch einen, Freunde?«
»Klar!«
»Soll ich baun?«
»Nee, laß ma Chris!«
»Warum denn nicht?«
»Weil ich das jetzt mache!«
»Na gut! Denk aber ans Papierröllchen!«
»Vollidiot!«
»Jungs, is noch Bier da?«
»Nein!«
»Warum nicht?«
»Weils alle is!«
»Scheiße! Meint ihr, bei der Party ham die Bier?«
»Haste schon ma eine Party erlebt, wos kein Bier gab?«
»Kann doch sein, daß jeder sein eigenes mitbringen muß!«
»Dann wärs 'n Treffen, mit Eigenverpflegung!«
»Stimmt!«

Mann, meine Gedanken sind ganz schön durcheinander. Ich brauche jetzt dringend ein Bier, und zwar schnell. Dope macht immer komplett durstig, und ich bin bis heute nicht dahinter gekommen, woran das liegt.

»Ich hab Durst!«
»Wir sind ja gleich da!«
»Haste eigentlich noch gerattert, Lenny?«
»Logisch!«
»Gut! Ich nich!«
»Haste gefickt?«
»Nee, auch nich!«
»Warum nich?«
»Keine Zeit!«
»Wie, du warst doch bei deiner Alten, oder nich?«
»Ja, aber die regt sich immer komplett auf, wenns ma 'n bißchen flotter gehn soll!«
»Die soll sich ma locker machen!«
»Find ich auch! Die nennt mich dann immer ›Sechs-Minuten-Ficker‹!«
»Weiber! Immer diese Marathon-Fickerei!«
»Original. Haste alle Stellungen durch und deine Alte kommt nich!«
»Kannste 100 Stunden ficken, passiert original gar nichts!«
»Und deinen Schwanz kannste auch hinterher komplett wegschmeißen!«
»Aber echt. Irgendwann kannste einfach nich mehr!«
»Dann glotzen dich die Weiber ganz groß an und wolln wissen was los is!«
»Ich meine, irgendwann muß ma Schluß sein!«
»Du hampelst die ganze Zeit rum, und die halten einfach ihre Muschi hin!«
»Original! Da laß ichs lieber gleich!«

Ist doch wahr. Was soll das? Reicht doch, wenn du deinen Schwanz mal kurz reinhältst. Für mich hat das ganze nichts mit Liebe zu tun. Das ist einfach nur körperliche Befriedigung, sonst nichts. Wenn du es genau nimmst, kannst du das mit jeder machen, die eine gewaschene Muschi hat. So was darfst du ja nicht laut sagen, sonst wird dir unterstellt, daß du es wirklich mit jeder machst, wobei ich mich frage, warum ich es eigentlich nicht mit jeder mache. Ich hätte damit jedenfalls keine Probleme. Ich meine, du spritzt ab, machst die Hose wieder zu und schickst die Alte nach Hause. Ganz einfach. Dieses Gefasel von Liebe macht mich sowieso komplett krank. Also, meine Kleine habe ich schon lieb, und es ist gut, daß ich sie habe, ist doch okay, oder?

3

Die Jungs und ich haben original diese beknackte Party gefunden. Ein Haufen Leute hockt irgendwo fernab von jeglicher Zivilisation unter einer Brücke. Original. Hier gibt es nur Bäume. Und Kühe. Und ein Fluß. Bier und einen grasbewachsenen Hang, auf dem du dich ablegen kannst, um in den Himmel zu gucken. Jetzt aber erst mal los und Bier bunkern, bevor diese Idioten hier alles wegsaufen. Gleich drei Flaschen in den Jackentaschen verschwinden lassen und eine in die Hand. Du mußt auf solchen Partys vorsorgen, wenn du nicht zu kurz kommen willst, das habe ich mit der Zeit gelernt.

Original, das habe ich gelernt.

Nimm dir so viel du kriegen kannst und du feierst eine gute Party. Alle machen das so, nur manche Trottel kommen immer zu spät, und die können dann eigentlich gleich wieder nach Hause abhauen, und auf die Tour, »Haste ma 'n Bier für mich«, darfst du erst gar nicht drauf eingehen. Sonst hast du hinterher komplett schlechte Laune und kein Bier mehr. Ich meine, sind die Typen doch selber schuld, wenn sie nicht raffen, sich ihr Bier zu sichern, oder? Die Jungs stehen rum und fragen jeden, der vorbei kommt, ob Brian da ist. Es soll nämlich eine lange, gefeierte Nacht werden. Und ich bin dabei. Ich lege mich, glaube ich, mal ein bißchen ins Gras, dann kann ich ein bißchen in den Himmel gucken und relaxen. Ist doch nett, oder?

»Jungs, ich leg mich ma 'n bißchen an den Hang hier!«

»Alles klar!«

»Meldet euch, wenn ihr Brian gefunden habt!«
»Wenn er überhaupt kommt!«
»Der muß komm!«
Heute nacht kannst du die Sterne sehen, und der Mond ist auch fast voll. Richtig klare Luft hier draußen und die schönste Stille. Keine Hektik, nur schwarze Schatten um die Brücke und den Fluß rum. Da kannst du ja mal richtig tief durchatmen. Klasse ist das. Ich mache die Augen zu, und um mich rum sind überall Stimmen, die lauter und leiser werden. Ich wünschte, meine Kleine würde neben mir liegen und mir die Haare aus der Stirn streichen, mit ihrer kleinen, warmen Hand. Sie kann das so gut. Ganz langsam und vorsichtig. Immer wieder von vorne nach hinten, die gleiche, zärtliche Bewegung. Ich glaube, meine Kleine liebt mich wirklich. Ich meine, es ist gut, daß ich sie habe, und irgendwie vermisse ich meine Kleine grade ein bißchen, und eigentlich möchte ich ihr genau in diesem Moment und unter der Brücke sagen, daß ich sie liebe und daß ich froh bin, daß ich sie habe.

Ich bin froh, daß ich sie habe.

Sie sitzt jetzt alleine zu Hause rum und glotzt fern. Eigentlich wollte sie ein gemütliches Wochenende. Ist doch irgendwie auch blöd. Ich meine, ich habe sie ja gefragt, ob sie mitkommen will. Ich kann ja auch nichts dafür, wenn sie nicht so auf solche gefeierten Nächte abfährt. Ich kann sie ja nicht zwingen, oder?

Verdammt noch mal. Was ist denn jetzt los? Irgendjemand hat mal kurz bei mir das Licht ausgeknipst. Irgendwie ist plötzlich alles so dunkel. Und schwer. Was ist denn los? Das ist nicht auf der Haut, das ist irgendwie tiefer, ganz tief in mir drin. Ganz tief und es wird immer größer und schwerer. Es klopft und schreit wie verrückt und will nach draußen. Was ist das? Was mache ich denn jetzt bloß? Ich brauche erst mal ganz schnell, ganz schnell eine Pille, sonst drehe ich hier unter der Brücke noch durch. Auf Pillen ist Verlaß. Da drüben stehen die Jungs, ein Glück!

»Jungs, habt ihr mal ne Pille für mich?«
»Klar!«
»Meine Rettung!«
»Wieviel willste?«
»Zwei!«
»Komm her!«
»Nee! Ich will nich aufstehn!«
»Dann nich!«
»Na los, bringt ma her!«

Lenny kommt und setzt sich neben mich. Was war denn eben mit mir los? Seltsam. Ich habe jetzt komplett keine Lust zu reden. Ich will nur hier liegen und ein bißchen in den Himmel sehen und relaxen.

»Habt ihr die Pillen von Brian?«
»Ja!«
»Wieviel?«
»50 Mark!«
»Danke!«
»Alles klar, Chris?«
»Klar!«
»Ich geh wieder zu den Jungs!«
»Alles klar!«

Ich gebe mir die jetzt beide. Heute wird gefeiert. Die Jungs und ich haben uns geschworen, heute wird gefeiert. Ich meine, ist doch okay. Wann willst du das sonst machen, wenn nicht jetzt? Hauptsache, die Dinger sind gut. Manchmal kriegst du vielleicht eine Scheiße angedreht, wo du komplett speedig draufkommst. Da bist du nur noch am zappeln, egal, ob du willst oder nicht. Dein Körper hampelt permanent rum, und du kannst einfach nur mithampeln. Das kann auf die Dauer ganz schön anstrengend werden. Am besten sind die Pillen, die dich fließen lassen. Da bist du relaxed und freust dich einfach nur. Da wunderst du dich immer, wie entspannt du eigentlich sein kannst, wenn du nicht anfängst, über jeden Müll nachzudenken. Ändert sowieso nichts. Im Gegenteil, irgendwie wird alles nur noch schlimmer, je mehr du darüber nachdenkst.

Ich lebe jetzt, die Gegenwart zählt, was anderes gibt es nicht, und meine Kleine sitzt zu Hause in ihrer Gegenwart.

Ist das jetzt meine Gegenwart, ist das ihre Gegenwart, gehört die Gegenwart uns beiden? Gibt es eine Gegenwart oder so viele Gegenwarten, wie es Menschen und Tiere gibt? Woher soll ich das bitteschön wissen! Die Gegenwart von eben ist schon wieder vorbei, und grade findet eine neue Gegenwart statt. Wieviele Gegenwarten hat die Welt schon erlebt? Was in der letzten Gegenwart passiert ist, ist für immer vorbei. Die Gegenwart, die ich jetzt erlebe, kann ich nie mehr mit meiner Kleinen teilen. Ich meine, das ist komplett verwirrend, finde ich. Also hat meine Kleine ihre und ich meine, und sind wir zusammen, haben wir unsere gemeinsame Gegenwart. Ich weiß trotzdem nicht, ob wir sie dann genau gleich erleben. Ich weiß nur, in der letzten Gegenwart hatten wir keine Zahnpasta mehr, und was ist, wenn ich in der nächsten Gegenwart zu meiner Kleinen komme, und da ist immer noch keine Zahnpasta? Da kann ich den Dreck aus dieser Gegenwart nicht von meinen Zähnen putzen. Dann trage ich einen Teil aus der vergangenen Gegenwart in die übernächste Gegenwart in meinem Mund rum, und das ist eklig. Ich muß meine Kleine anrufen und fragen, ob sie in der vergangenen Gegenwart Zahnpasta gekauft hat! Jetzt muß ich doch aufstehen. Naja, geht doch. Was war denn vorhin mit mir los?

»Jungs, bin gleich wieder da!«
»Wohin gehstn du?«
»Weg!«
»Gehste pissen?«
»Nein, telefonieren!«
»Was?«
»Ich muß ma kurz telefonieren!«
»Hier gibts aber kein Telefon!«
»Dann such ich eins!«
»Bleib hier, Chris!«
»Warum denn?«
»Weils hier kein Telefon gibt!«
»Doch!«
»Warum mußte denn jetzt telefonieren?«
»Ich muß meine Kleine anrufen!«
»Warum denn?«
»Ich muß fragen, ob se Zahnpasta gekauft hat!«
»Is doch egal!«
»Nein!«
»Sie kann doch jetzt sowieso keine mehr kaufen!«
»Dann muß ich eben welche kaufen!«
»Wo willste denn jetzt Zahnpasta kaufen?«
»An der Tankstelle!«
»Hier is keine Tankstelle!«
»Irgendwo is doch immer ne Tankstelle!«
»Nein!«
»Scheiße, was mach ich denn jetzt?«
»Relax, Chris!«
»Nee, Jungs! Ich geh jetzt, Zahnpasta kaufen!«
»Bleib hier!«

»Bin ja gleich wieder da!«
»Bleib hier!«
»Laß mich los!«
»Hier is keine Tankstelle!«
»Das werden wir ja sehn!«
»Vollidiot!«

Vielleicht haben die Jungs ja recht, und hier ist wirklich keine Tankstelle. Was soll ich denn bloß machen? Ich meine, ich will mir nachher die Zähne putzen. Ich glaube, ich dreh mal eine Runde und höre mich mal um, ob jemand Zahnpasta dabei hat.

»Sag ma, haste Zahnpasta?«
»Nee!«
»Hast du Zahnpasta?«
»Was?«
»Ob de Zahnpasta hast, will ich wissen!«
»Was willstn damit?«
»Was machstn du mit Zahnpasta?
»Zähneputzen!«
»Was fragste dann so blöd?«
»Ich meine, was willste jetzt mit Zahnpasta?«
»Nich jetzt! Nachher, in der nächsten Gegenwart?«
»Was?«
»Vergiß es!«
»Hast du Zahnpasta?«
»Nö!«
»Ich brauch die nämlich, für die nächste Gegenwart!«
»Hä?!«
»Weil, in der letzten Gegenwart, hat meine Kleine vergessen, welche zu kaufen!«
»Alles klar, Alter!«
»Ich hab mir da so meine Gedanken drüber gemacht!«

»Verstehe!«
»Ich wette, du verstehst mich nich!«
»Doch!«
»Wir teilen nämlich grade unsere Gegenwart!«
»Is doch toll, oder?«
»Nee, ich finds Scheiße!«
Der Typ hat original nichts verstanden. Ich hasse Leute, die so tun, als ob sie dich verstehen. Aber eigentlich verstehen sie komplett gar nichts. Solche Leute hasse ich!
»Ich hasse dich!«
»Wasn jetzt los?«
»Nichts! Ich brauch Zahnpasta!«
Ich setze mich jetzt einfach wieder auf meinen Hang und vergesse das mit der Zahnpasta. Vielleicht hat meine Kleine ja doch welche gekauft! Ich meine, ich kann mich nicht original um alles kümmern, oder? Hey, da sind die Jungs.
»Hey, Jungs!«
»Wir dachten, du bist Zahnpasta kaufen!«
»Erinner mich nich daran!«
»Wieso!«
»Das Thema streßt mich!«
»Haste jetzt welche?«
»Nö! Woher denn?«
»Weiß nich!«
»Habt ihr noch Pillen?«
»Du hast doch schon zwei genommen!«
»Ich merke aber komplett gar nichts!«
»Warte doch 'n bißchen!«
»Worauf?«
»Vielleicht dauerts länger, bis se ankommen!«
»So lange? Merkt ihr was?«
»Also, mich spults schon 'n bißchen!«

»Na, also! Habt ihr jetzt noch welche, oder nich?«
»Wieviel willste?«
»Zwei!«
»Du spinnst doch!«
»Ich hab einfach zu viel Bier getrunken!«
»Hmhm!«

Was ist denn jetzt los? Seit wann kontrollieren die Jungs meinen Pillenkonsum? Die sollen mal ganz locker bleiben. Ich dachte, wir feiern heute!

»Wir wolln doch feiern, oder nich!«
»Klar!«
»Also, rück die Pillen raus!«
»Mann, Chris! Du hämmerst dich immer zu!«
»Laß mich doch! Is doch lustig!«
»Wenn de meinst!«

Klar meine ich das. Ich will heute nacht komplett wegbeamen, andere Sphären durchfliegen, mit den Flügeln schlagen, dem Mond guten Abend sagen und das Gras wachsen hören. Original, das geht. Wenn du dein Ohr auf den Boden preßt und vorsichtig atmest, kannst du hören, wie das Gras wächst. Das ist komplett abgefahren, und wenn du deinen Kopf wieder hochnimmst, ist das Gras einen Millimeter länger geworden. Ich will mit den Ameisen reden und fragen, ob sie auch an die Wiedergeburt glauben und wie sie so große Blätter mit ihrem kleinen Körper tragen können. Ich will wissen, wie die Maulwürfe unter der Erde atmen und ob sie den Mittelpunkt der Erde gefunden haben. Die Vögel sollen mir zeigen, wie sie Nester bauen und warum sie sich nicht vor Regenwürmern ekeln. Die Fische sollen mir sagen, wie sie im Wasser gucken können und ob sie Angst vor Gummibooten haben. Ich will auf Bäume klettern und sehen, wie die Welt von oben aussieht.

»Jungs, ich geh klettern!«
»Was machste?«
»Ich geh klettern!«
»Wo denn?«
»Da drüben, auf den Baum!«
»Und dann?«
»Weiß nich, ma sehn!«
»Ich komm mit!«

Cool. Mit Lenny auf Bäume klettern. Das hab ich ja schon 100 Jahre nicht mehr gemacht. Ich meine, du kommst jeden Tag an 1000 Bäumen vorbei und kommst nie auf die Idee, draufzuklettern. Merkwürdig ist das. Ich meine, wäre doch nett, wenn du einfach die Straße runtergehst und überall hängen Leute auf den Bäumen und werfen einen Blick in die Runde.

»Komisch, daß de eigentlich nie auf Bäume kletterst!«
»Wie meinstn das?«
»Ich meine, überall stehn Bäume und du kletterst nie drauf!«
»Weil de dich sonst dreckig machst!«
»Is doch egal!«
»Ich glaub, dir fällt auch gar nich auf, daß überall Bäume rumstehn!«
»Original. Gehste einfach dran vorbei und siehst die Bäume nich!«
»Merkwürdig. Wo die doch so groß sind!«
»Haste einfach keinen Blick dafür, weil de die ganze Zeit Angst hast, daß de in Hundescheiße trittst!«
»Gut möglich!«
»Wie komm wir da jetzt rauf?«
»Keine Ahnung!«
»Du kannst mich ja hochheben!«

»Und dann?«
»Dann zieh ich mich einfach an dem Ast da hoch!«
»Und ich?«
»Weiß nicht! Vielleicht kann ich dich ja hochziehen!«
»Warum hebste mich nich hoch und ich zieh dich dann hoch?«
»Weil ich zuerst auf den Baum will!«
»Na gut! Mann, bist du schwer!«
»Stell dich nich so an!«
»Kommste an den Ast!«
»Nee. Du mußt mich höher heben!«
»Wie soll ichn das machen?«
»Na los!«
»Jetzt weißte, warum de nich öfter auf Bäume kletterst! Is ja komplett anstrengend!«
»Ich hab den Ast! Jetzt laß mich ma auf deine Schulter steigen!«
»Mann, Chris, du stehst auf meinen Haaren!«
»Tschuldigung!«
»Hastes jetzt?«
»Mann. Gar nich so einfach!«
»Jetzt will ich hoch!«
»Warte doch ma! Ich muß mich erst ma ausruhen!«
»Kannste später machen! Ich will jetzt auch hoch!«
»Also los!«
»Das geht so nich!«
»Doch! Du mußt einfach hochspringen!«
»Aua, meine Arme, das tut weh!«
»Jetzt stell dich nich so an!«
»Du reißt mir meine Arme raus!«
»Quatsch! Das geht gar nich!«
»Und jetzt?«
»Du mußt dich am Ast festhalten!«

»Scheißidee!«
»Willste nun aufn Baum, oder nich!«
»Ja!«
»Dann zieh dich hoch!«
»Nächstes Mal hebste mich aber hoch!«
»Ma sehn!«
»Hilf mir doch ma!«
»Wie denn?«
»Halt mich einfach am Gürtel fest!«
»Meinste der Ast hält uns aus?«
»Klar, is doch 'n Baum!«
»Hast recht!«
»Was machen wir jetzt?«
»Runter gucken!«
»Und dann?«
»Bier trinken!«
»Haste welches?«
»Nö!«
»Ich auch nich!«
»Scheiße!«
»Dann sitzen wir hier eben und trinken kein Bier!«
»Okay!«
»Mann, mich spults!«
»Mich jetzt auch!«

Jetzt spults mich aber komplett. Spul, spul, spul. Ich sitze hier oben auf einem Baum und mich spults. Lenny sitzt neben mir, und den spults auch komplett. Da kannst du gar nichts mehr sagen. Einfach nur noch spulen lassen. Da kannst du original nur noch bis zum Baumstamm gucken und nicht weiter. Einfach auf dem Baum sitzen, festhalten und spulen lassen. Augen auf und Baumstamm beobachten, Rinde abtasten, gucken, ob du Formen findest. Auf dem Baum sitzen, auf dem Baum sitzen, auf dem Baum sitzen. Sitzen, sitzen. Augen auf, Baumrinde angucken, sitzen, gucken, sitzen, gucken. Vergessen, daß du sitzt, vergessen, daß du guckst. Jetzt passiert was.

»Wasn los?«
»Chris?«
»Lenny?«
»Chris, alles okay?«
»Wasn los?«
»Alter, du bist vom Baum gefallen!«
»Nee, wirklich?«
»Ja, Mann!«
»Wann denn?«
»Eben!«
»Ich hab komplett vergessen, mich festzuhalten!«
»Voll nach hinten gekippt, mit dem Kopf zuerst!«
»Mann, ich hab vergessen, mich festzuhalten!«
»Alter, ich dachte, du bist tot!«
»Vielleicht bin ich tot!«
»Mann, einfach vom Baum gefallen!«
»Cool!«
»Mann. Wie so 'n Stein!«
»Abgefahren!«

Original. Einfach vom Baum gefallen. Das gibt es ja wohl nicht! Komplett vergessen, mich festzuhalten. Habe ich ja noch nie erlebt. Da sitzt du auf dem Baum, fliegst runter. Und merkst nichts!

»Hab ich gar nich gemerkt, daß ich runtergeflogen bin!«
»Mann. Ich sitz neben dir und plötzlich biste weg!«
»Haste gedacht, ich bin weggeflogen?«
»Ich dachte, du bist runtergeklettert und ich habs vergessen!«
»Mann, oh Mann!«

»Deine Nase blutet!«
»Echt?«
»Ja, da auf deiner Nase blutets!«
»Ich merk nichts!«
»Original! Du bist verletzt!«
»Mach ma weg!«
»Wie denn?«
»Weiß nich! Haste 'n Taschentuch?«
»Nö! Ich kann ja mit meinem Ärmel drüber wischen!«
»Mach das!«
»Kannste aufstehn?«
»Weiß nich!«
»Versuch ma!«
»Warum denn?«
»Weil das Gras so naß is!«
»Hast recht!«
»Los, Chris, steh auf!«
»Gleich!«
»Los! Du kannst hier nich rumliegen!«
»Doch!«
»Das Gras is aber zu naß!«
»Is doch egal!«
»Los, Chris!«

Ich will liegenbleiben. Ich will nicht aufstehen, mich spults. Mich spults. Mich spults. Wo bin ich denn, was mach ich denn? Mich spults.

»Mich spults!«
»Steh auf! Du kriegst 'n ganz nassen Arsch!«
»Hilf mir ma!«

Original, ich stehe. Aber das macht keinen Spaß. Ich will nicht stehen. Ich will Bier und eine Zigarette.

»Besorg uns ma 'n Bier, Lenny!«
»Bier is alle!«

»Gibts ja nich! Gibts jetzt kein Bier mehr, oder was?«
»Nee!«

Kann ich ja gar nicht glauben. Hier soll es kein Bier mehr geben. Das ist ja vielleicht eine Party, Mann. Da muß es doch Bier geben. Ich frage mal nach.

»Hey, Mann, gibts noch Bier?«
»Nee, is alle!«
»Jetzt sag ma ehrlich!«
»Nee, wirklich. Is alle!«
»Gibts ja nich. Aber das is hier doch ne Party, oder?«
»Trotzdem is das Bier alle!«
»Kann man hier irgendwo was kaufen?«
»Nö, glaub nich!«
»Mann. Ne Party ohne Bier! Scheißparty!«

Hier muß es doch noch irgendwo Bier geben. Kann doch nicht sein, daß das alles ausgetrunken ist. So viel trinkt doch kein Mensch. Irgendwo liegen bestimmt noch Flaschen rum. Ich suche mal. Im Gras liegen bestimmt noch ein paar volle Flaschen rum. Das gibts ja gar nicht. Neben dem Typen steht doch noch eine Flasche. Alles klar. Den frage ich, ob das seine ist.

»Is das deine Flasche?«
»Ja!«
»Kann ich die ham?«
»Spinnst du?«
»Leck mich am Arsch!«

Muß ich eben weiter suchen. Der Typ soll doch an seinem Bier ersticken. Original. Ich habe doch nur gefragt. Ich meine, muß er sich doch nicht gleich so aufregen, der Arsch. Mann. Hier liegen verdammt viele Flaschen rum, aber die sind komplett alle leer, bis auf den letzten Tropfen ausgetrunken. Schweinerei.

»Schweinerei!«

»Was machstn da, Chris?«
»Ich such Bier!«
»Mußte deswegen übern Boden krabbeln?«
»Weiß nich, dacht ich eigentlich!«
»Was hastn du gemacht?«
»Warum?«
»Deine Nase blutet!«
»Ich bin vom Baum gefallen!«
»Was?«
»Vorhin, mit Lenny!«
»Was haste denn aufm Baum gemacht?«
»Gelangweilt!«
»Das sieht ja eklig aus mit deiner Nase! Tut das nich weh?«
»Nö! Haste noch Bier?«
»Nee. Ich dachte, wir fahrn jetzt in Tempel!«
»Gute Idee! Hier gibts nämlich kein Bier mehr!«
Die Jungs und ich fahren jetzt in Tempel. Das ist komplett gut. Hier gibt es kein Bier mehr, da müssen wir in Tempel fahren. Geht gar nicht anders. Feiern ohne Bier kannst du nämlich komplett vergessen.

»Feiern ohne Bier kannste vergessen!«
»Hast recht!«
»Auf gehts! Ich fahre!«
»Nix! Ich fahre!«
»Ich will aber fahrn!«
»Du spinnst!«
»Na los!«
»Setz dich ins Auto und halts Maul!«
»Na gut!«
Sowas Blödes. Jetzt will Lenny mich nicht fahren lassen. Das nervt ja. Wenn ich fahren würde, wären wir in Null Komma nichts da. Das schwöre ich. Aber wenn Lenny

meint, daß er fahren muß. Bitteschön. Ich halt mich da raus. Wird er schon sehen, was er davon hat. Kommen wir eben erst morgen an!

»Komm wir eben erst morgen an!«
»Quatsch!«
»Wenn ich fahre, gehts schneller!«
»Wenn du fährst, landen wir gleich im nächsten Straßengraben!«
»Dann freß ich eben noch ne Pille!«
»Du spinnst!«
»Haste noch eine, Lenny?«
»Nein!«
»Dann muß ich jetzt Brian finden!«
»Bleib hier!«
»Ich will aber noch ne Pille!«
»Mann. Dann geb ich dir eben eine!«
»Du hast ja doch noch welche!«
»Ja!«
»Warum sagste dann, daß de keine mehr hast?«
»Weil de schon vier geschluckt hast!«
»Is doch okay! Heute wird gefeiert!«
»Chris, du hast komplett ne Meise!«
»Macht nichts!«

Hab ich ja noch nie erlebt. Lenny lügt mich original einfach an. Das glaube ich ja wohl nicht.

»Warum lügstn du mich an, Lenny?«
»Ich hab dich nich angelogen!«
»Doch!«
»Nein!«
»Du hast gesagt, daß de keine Pillen mehr hast!«
»Weil ich nich will, daß de dich so zuhämmerst!«
»Is doch meine Sache!«

Jetzt mal ehrlich. Ich meine, ist doch komplett meine

Sache, wieviele Pillen ich schlucke. Wenn ich eine Pille will, dann will ich eine, und die Jungs brauchen mir da nicht reinzuquatschen, oder? Ich denke, wir wollen feiern!
»Ich denk, wir wolln feiern!«
»Ja!«
»Ja, oder nich?«
»Ja!«
»Na also!«
Ist das alles kompliziert. Ich will doch nur feiern und mich spulen lassen. Ist doch okay, oder nicht? Die Jungs sollen sich mal locker machen, sonst wird das hier sowieso nichts, mit der gefeierten Nacht. Zuerst reden sie die ganze Zeit davon, daß sie feiern wollen, und dann spinnen sie rum und teilen Pillen ein. Gibts ja nicht. Ich will jetzt Musik hören und aus dem Fenster gucken.
»Lenny, mach ma Musik an!«
»Moment!«
»Mach doch ma!«
»Mann, ich muß erst ma schalten!«
Lenny kann doch auch hinterher schalten. Musik ist jetzt komplett wichtiger. Musik hören und aus dem Fenster gucken und spulen. Bäume, Felder, Bäume, Scheinwerfer, Bäume, Lücke, Bäume, Lücke, Bäume, Musik. Mich spults. Ich will die Bäume anfassen, ich will einen Ast ins Auto holen, ich will einen Baum im Auto. Den bringe ich meiner Kleinen mit. Ich lehne mich aus dem Fenster und hole einen Baum ins Auto. Original. Ich schenke meiner Kleinen einen Baum.
»Ich schenk meiner Kleinen nen Baum!«
»Was machste?«
»Ich schenk meiner Kleinen nen Baum!«
Original. Das ist eine komplett gute Idee. Meine Kleine wird Augen machen, wenn ich mit einem Baum die

Treppe hochkomme. Ich lehne mich einfach aus dem Fenster und pflücke mir einen Baum.

»Ich pflück jetzt 'n Baum für meine Kleine!«
»Mach das Fenster zu, Chris!«
»Ich pflück jetzt Bäume!«
»Spinnst du, Chris! Du kannst keine Bäume pflücken!«
»Woher weißte das?«
»Mach das Fenster zu!«
»Gleich!«
»Mann, Chris, komm rein!«
»Gleich!«
»Chris, du fliegst ausm Auto!«
»Ich halt mich doch fest!«
»Der Griff macht das nich mit!«
»Hä?«
»Komm rein, Chris!«
»Ich pflück doch nur 'n Baum für meine Kleine!«
»Mir reichts!«
»Wasn jetzt los?«
»Ich fahr nich weiter!«
»Warum hältstn jetzt an!«
»Ich fahr nich, wenn de dich ausm Fenster hängst!«
»Ich halt mich doch fest!«
»Vorhin haste auch vergessen, dich festzuhalten!«
»Aber ich will meiner Kleinen einen Baum mitbringen!«
»Vergiß es, Chris!«

Das ist vielleicht eine Scheiße hier! Original. Nicht mal Bäume pflücken darfst du. Gucke ich eben weiter aus dem Fenster und höre Musik. Bäume, Felder, Bäume, Lücke, Bäume, Scheinwerfer, Bäume, Musik. Mich spults. Zahnpasta!

»Könn wir an ner Tankstelle halten?«
»Mußte pissen?«
»Nee..., ja, auch!«
»Was denn noch?«
»Ich muß Zahnpasta kaufen!«
»Relax doch ma, Chris!«
»Halt trotzdem an ner Tankstelle!«
Dann bringe ich meiner Kleinen wenigstens eine Tube Zahnpasta mit, wenn ich schon keine Bäume pflücken darf. Ich sehe mal aus dem Fenster und gucke, ob ich eine Tankstelle sehe. Bäume, Felder, Bäume, Lücke, Bäume, Tankstelle. Da ist eine Tankstelle.
»Halt!«
»Scheiße!«
»Komm gleich wieder!«
»Beeil dich!«
»Ich muß noch pissen!«
»Mach schnell, sonst komm wir nie an!«
Hoffentlich haben die hier überhaupt Zahnpasta. Kann ja sein, daß die hier gar keine Zahnpasta haben. Dann kann ich meiner Kleinen nämlich keine Zahnpasta mitbringen. Keinen Baum, keine Zahnpasta. Das ist dann komplett blöd, oder.
»Haste Zahnpasta?«
»Da drüben!«
»Wo?«
»Hinter den Keksen!«
»Wo denn?«
»Hier! Hast du keine Augen im Kopf?!«
»Kannste mich ma beraten?«
»Was willst du?«
»Welche istn davon gut?«
»Keine Ahnung!«

»Wie? Das mußte doch wissen!«
»Warum?«
»Du verkaufst das Zeug doch schließlich!«
»Na und?«
»Du mußt doch wissen, ob das Zeug gut is, das de verkaufst!«
»Zahnpasta is Zahnpasta!«
»Und warum gibts dann so viele Sorten?«
»Weiß ich nich! Kann ja nich nur eine geben!«
»Dann nehme ich von jeder Sorte eine!«
»Okay! 25 Mark!«
»Mach 28 Mark!«
»Danke!?«
»Ich probier die jetzt ma aus!«

Ich glaube das ja nicht. Der Typ kennt sich mit seiner eigenen Ware nicht aus. Das kann ja komplett der letzte Schrott sein, und er weiß es nicht mal. Merkwürdig. Ich pisse jetzt noch schnell an die Tanksäule und dann geht es weiter.

»Komme gleich, Lenny!«
»Spinnst du, du kannst doch da nich hinpinkeln!«
»Warum nich?«
»Der holt die Polizei!«
»Quatsch! Ich hab dem drei Mark Trinkgeld gegeben!«
»Warum?«
»Warum nich? Der Typ kennt sich original nich mit seiner Zahnpasta aus!«
»Tut er nich, so?«
»Verkauft Zahnpasta und kennt sich nich damit aus!«
»Macht doch nichts!«
»Doch. Jetzt mußte ich von jeder Sorte eine kaufen!«
»Warum?«
»Weil der Typ nich wußte, welche gut is!«

»Is doch alles das gleiche Zeug!«
»Werden wir ja sehn!«
»Steig ein, Chris!«
»Fahr los, Lenny!«
Jetzt bin ich ja mal gespannt. Kann original nicht sein, daß es da keine Unterschiede geben soll. Die hat zum Beispiel rote Streifen. Schmeckt nach Zahnpasta. Diese hier hat zum Beispiel grüne Streifen. Schmeckt nach Zahnpasta. Diese hat zum Beispiel gar keine Streifen und schmeckt trotzdem nach Zahnpasta. Kann doch nicht sein, daß die alle gleich schmecken, egal ob die rote oder grüne oder gar keine Streifen haben. Gibts ja nicht. Das ist original alles das gleiche Zeug und mir ist schlecht.

»Mir is schlecht!«
»Wenn de Zahnpasta frißt!«
»Ich muß doch rausfinden, welche am besten is!«
»Und?«
»Alles das gleiche Zeug!«
»Hab ich doch gesagt!«
»Scheiße!«

Die anderen beiden probiere ich lieber gar nicht mehr. Hinterher muß ich noch kotzen. Was mich jetzt aber doch mal interessiert, wie kommen eigentlich diese Streifen da so sauber drauf. Vielleicht sollte ich mal eine Tube aufmachen. Da müßte man doch was erkennen. Ist ja sowieso alles das gleiche Zeug. Ich meine, ist komplett egal, welche Tube ich meiner Kleinen mitbringe. Da mußt du original selber deine Zahnpasta testen, weil der Typ nicht weiß, welche die beste ist. Ich weiß es. Ist alles das gleiche Zeug.

»Weißte, wie die Streifen da drauf komm?«
»Nö!«
»Ich prüf das jetzt ma nach!«

»Wie willste das denn machen?«
»In die Tube gucken!«
»Aber nich hier im Auto!«
»Schon passiert!«
»Scheiße!«
»Scheiße, hast du 'n Taschentuch?«
»Nein!«
Jetzt klebt das Zeug überall an meiner Jacke. Scheißzeug. Was mache ich denn jetzt? Ich gucke aus dem Fenster. Bäume, Lücke, Bäume, Lücke, meine Finger kleben. Original. Rockstar mit Zahnpasta an den Händen. Ist ja lustig. Hast du schon mal einen Rockstar mit Zahnpasta an den Händen gesehen? Ich nicht. Meine Kleine. Dein Rockstar hat Zahnpasta an den Händen.

»Wasn los?«
»Aussteigen!«
»Warum denn?«
»Weil hier der Tempel is!«
»Ach so!«
»Mann. Der ganze Sitz is ja voller Zahnpasta!«
»Echt?«
»Du bist 'n Schwein, Chris!«
»Selber!«
»Guck dir das ma an! Alles voll!«
»Stimmt!«
»Ich faß es nich!«
»Wo sindn die Jungs?«
»Keine Ahnung!«
»Wo sindn die?«
»Wahrscheinlich schon drin!«
»Wieso sindn die schon da?«
»Weil de noch Zahnpasta kaufen mußtest!«
»Ach so!«

Die Jungs sind original schon drin und feiern ohne uns.
Jetzt aber los. Ich glaube, ich brauche noch eine Pille!
»Haste noch ne Pille, Lenny?«
»Nö!«
»Jetzt sag doch ma!«
»Nein. Ich hab keine mehr!«
»Warum denn nich?«
»Weil du die letzte gefressen hast!«
»Wann denn?«
»Vorhin im Auto!«
»Kann ich mich gar nich dran erinnern!«
Wann soll ich die denn gefressen haben? Kann ich mich jetzt original gar nicht dran erinnern. Wann soll das denn gewesen sein? Im Auto? Ich kann mich nicht erinnern. Ich habe doch keine Pille gefressen.
»Wann soll das denn bitteschön gewesen sein?«
»Vorhin im Auto!«
»Wann denn?«
»Als wir losgefahrn sind!«
»Hm!«
Davon merke ich ja gar nichts. Ich habe doch keine Pille gefressen. Das kann doch gar nicht sein. Ich will jetzt eine Pille.
»Ich will ne Pille, Lenny!«
»Du spinnst!«
»Kann sein!«
»Nee. Is ne Tatsache!«
»Wenn de meinst! Ich besorg mir jetzt ne Pille!«
Ich besorge mir jetzt eine Pille. Der Typ an der Kasse, der die Stempel verteilt, hat immer Pillen. Original. Ein ganzes Sortiment. Der weiß komplett, wie du feiern kannst.
»Ich besorg mir noch ne Pille!«
»Ich geh schon ma rein!«

»Bestell schon ma 'n Bier!«
»Geht klar!«
»Ich komm gleich!«
Ich besorge mir jetzt eine Pille und dann wird gefeiert und Bier getrunken. Ich meine, was willst du mehr? Das ist der beste Abend meines Lebens. Ich besorge mir jetzt eine Pille. Da ist ja der Typ mit dem Stempel.
»Haste Pillen?«
»Hmhm!«
»Wie sindn die?«
»Sind die besten, die de kriegen kannst!«
»Dann zwei!«
»Alles klar!«
Na optimal. Der Typ hat die besten. Ich meine, zum Feiern brauchst du die besten Pillen, die du kriegen kannst, oder nicht? Der Typ hat die Dinger original in einem Aktenkoffer unter der Kasse liegen. Ist ja abgefahren. Habe ich ja noch nie erlebt. Für die Performance müßtest du ihm eigentlich ein halbes Dutzend abnehmen. Gibts ja nicht. Der holt original so einen blöden Aktenkoffer unter dem Tisch vor und zieht zwei Pillen raus.
»Danke!«
»60 Mark!«
Jetzt wechselt der das Geld auch noch direkt in der Kasse. Ich glaube es nicht. Habe ich ja noch nie gesehen. Jetzt aber rein. Die Jungs warten schon mit dem Bier auf mich. Mann, ist das voll hier. 1000 Leute komplett am Abfeiern. Und ich bin dabei. Wo ist denn hier die Bar? Das habe ich ja jetzt komplett vergessen. Wußte ich doch sonst immer. Am besten ich frage mal.
»Wo isn hier die Bar?«
»Was?«
»Wo die Bar is?«

»Da hinten!«
»Alles klar!«

Mann, ist das heiß hier, da tropft der Schweiß ja schon von der Decke. Dahinten ist die Bar. Dahinten. Dahinten? Wo ist diese Scheißbar?

»Wo isn die Bar?«
»Was?«
»Wo isn die Bar?«
»Dahinten!«

Wo ist denn jetzt dahinten? Dahinten. Mann, ist das laut hier. Brauchst du bald gar keine Ohren mehr, um was zu hören. Dahinten, dahinten. Dahinten kann überall sein. Hier kannst du ja auch nichts sehen, so dunkel und neblig ist das hier. Wenn die hier mal kurz Licht anmachen könnten, würde ich auch die Bar finden. Und die Jungs. Aber so. Warum machen die immer solchen Nebel hier? Da kannst du ja die Bar nicht finden. Die sollen mal Licht machen.

»Kannste ma kurz das Licht anmachen?«
»Was?«
»Licht an!«
»Hier gibts kein Licht!«
»Hier muß es doch Licht geben!«
»Nö!«
»Hier muß es doch 'n Lichtschalter geben!«
»Warum denn?«
»Hier isses so dunkel!«
»Is doch gut!«

Was ist denn jetzt daran bitte gut? Das ist doch komplett scheiße. Wo ist die Bar? Dahinten? Wo? Nebel. Ich brauche jetzt Licht. Wo ist der Schalter, Mann? Irgendwo an der Wand muß doch der Lichtschalter sein. An jeder Wand ist ein Lichtschalter. Das ist immer so. Das muß so sein. Ich suche jetzt mal den Lichtschalter.

»Haste den Lichtschalter gesehn?«
»Wen?«
»Den Lichtschalter!«
»Nö!«
Komisch. An jeder Wand muß ein Lichtschalter sein. Taste ich mal eben die Wand ab. Scheiße ist die naß. Klebt der ganze Schweiß von den ganzen Idioten dran. Ist ja eklig. Vielleicht war dem Lichtschalter heiß und der ist mal kurz frische Luft schnappen. Oder der hat sich versteckt, weil er gemerkt hat, daß ich ihn suche. Kann ja sein. Hier irgendwo muß der doch sein. Hier irgendwo. Irgendwo.
»Hallo, Lichtschalter!«
»Chris, was machstn da?«
»Ich such den Lichtschalter!«
»Warum?«
»Weiß nich!«
»Los, komm. An die Bar!«
»Die ham hier keinen Lichtschalter!«
»Warum auch?«
»Weiß nich!«
»Hier, dein Bier!«
»Prost!«
»Alles klar, Chris?«
»Logisch! Die ham hier kein Lichtschalter!«
»Jaha!«
Habe ich ja noch nie erlebt. Ein Raum ohne Lichtschalter. Ist ja abgefahren. Wie wollen die denn hier Licht machen?
»Jungs, die ham hier keinen Lichtschalter!«
»Was hastn du da Ekliges auf der Jacke?«
»Wo?«
»Na, da, überall!«
»Wo denn?«

»Das weiße Zeug, da!«
»Zahnpasta!«
»Was?«
Original. Auf meiner Jacke klebt überall Zahnpasta. Lustig, oder? Ist komplett alles voll. Da kannst du dir ja 100 mal die Zähne mit putzen. Ist doch praktisch!
»Is doch praktisch!«
»Warum haste denn Zahnpasta auf der Jacke?«
»Chris hat vorhin Zahnpasta gefressen!«
»Warum das denn?«
»Keine Ahnung!«
»Chris, du spinnst!«
Dann spinne ich eben. Ist doch auch okay. Ich bin ein Rockstar und gehe jetzt tanzen.
»Jungs, ich geh jetzt tanzen!«
»Biste sicher?«
»Warum nich?«
»Du bist doch komplett zu!«
»Kann ich doch trotzdem tanzen, oder nich?«
»Wenn de meinst!«
Klar. Tanzen geht immer. Ich gehe jetzt tanzen. Im Nebel tanzen, ich tanze jetzt im Nebel. Ist doch nett. Ich tanze jetzt. Mit 1000 Leuten tanzen. Heute wird gefeiert und getanzt. Tanzen, tanzen, tanzen. Schwitzen, schwitzen, schwitzen. Mann, ist mir heiß. Ich ziehe mal meine Jacke aus. Zahnpasta auf der Jacke. Ich schenke meiner Kleinen eine Zahnpastatube. Ist alles das gleiche Zeug. Zahnpasta ist Zahnpasta und ich tanze jetzt. Ich lasse meine Jacke fallen. Da ist Zahnpasta drauf. Kannst du dir 1000mal mit die Zähne putzen. Ich putze mir nachher die Zähne und meiner Kleinen schenke ich Zahnpasta. Das ist alles das gleiche Zeug, und ich tanze jetzt und dann trinke ich Bier. Ich trinke jetzt Bier.

»Jungs, wo isn mein Bier?«
»Hier!«
»Prost!«
»Wo isn deine Jacke?«
»Da is Zahnpasta drauf!«
»Was hastn mit deiner Jacke gemacht?«
»Ausgezogen!«
»Wo denn?«
»Weiß nich!«
»Wo hastn die hingelegt?«
»In die Zahnpasta!«
Weiß ich doch nicht, wo meine Jacke ist. Ist doch egal, da ist Zahnpasta drauf. Eine Tube Zahnpasta, alles voller Zahnpasta. Alles weiß, alles voller Zahnpasta. Die ganze Jacke voller Zahnpasta. Ich trinke jetzt Bier.
»Prost!«
»Prost!«
Ich glaube, ich setze mich mal hin. Ich muß mich mal hinsetzen. Mir ist das alles grade ein bißchen unruhig. Ich muß mich mal hinsetzen. Wo kann ich mich denn hier hinsetzen? Ich will mich hinsetzen.
»Ich will mich hinsetzen!«
»Alles klar, Chris?«
»Ich will mich hinsetzen!«
»Warte!«
»Ich muß mich hinsetzen!«
»Hier is 'n Stuhl!«
»Ich muß ma sitzen!«
»Is alles okay mit dir, Chris?«
»Klar!«
Ich muß nur mal sitzen. Sitzen ist gut. Meine Beine tun weh. Die hampeln rum. Die zappeln und hampeln rum. Meine Beine tun weh, die hampeln rum. Die schlagen

sich immer übereinander. Meine Beine. Von einer Seite auf die andere. Meine Beine tun weh und hampeln rum.
»Meine Beine tun weh!«
»Dann bleib sitzen!«
»Meine Beine tun weh!«
»Das geht gleich wieder!«
»Die hampeln rum!«
»Versuch ruhig zu bleiben!«
»Geht nich! Die hampeln rum!«
Die hampeln rum. Die machen einfach nicht das, was ich will. Die schlagen sich immer übereinander. Von einer Seite auf die andere. Die hampeln rum und tun weh. Ich will das nicht. Das nervt. Meine Beine hampeln rum. Ich trinke Bier und meine Beine hampeln rum, von einer Seite auf die andere. Ich will noch ein Bier.
»Noch 'n Bier!«
»Sitz ma still Chris!«
»Noch 'n Bier!«
»Chris, du trittst mich andauernd!«
»Bestellst du mir noch 'n Bier?«
»Dann hör auf rumzuhampeln!«
»Ich geh jetzt tanzen!«
Ich tanze jetzt. Meine Beine wollen tanzen. Hampeln und tanzen. Alle tanzen, ich tanze jetzt auch. Auf der Tanzfläche tanzen die Leute, und ich tanze auf die Tanzfläche zum Tanzen. Die Leute sollen mich durchlassen. Ich will zur Tanzfläche tanzen.
»Ich will tanzen!«
»Aua!«
»Ich will tanzen!«
»Arschloch!«
Tanzen, Nebel, bunte Lichter, Musik. Tanzen. Augen zu und tanzen. Rhythmus hören und tanzen, zum Rhythmus

tanzen, Augen zu. Arme bewegen, Beine bewegen, fließen, tanzen, Augen auf. Leute auf der Tanzfläche, die Leute tanzen, ich tanze, Augen zu. Mir ist schwindlig. Mir ist so schwindlig. Ich habe Angst. Mir ist so schwindlig. Du darfst keine Angst haben. Du mußt dich drauf einlassen. Mir ist schwindlig. Ich habe Angst. Laß dich drauf ein. Es ist so dunkel. Ich habe Angst. Ich kann nicht mehr tanzen. Mir ist so schwindlig. Es ist so dunkel. Ich habe Angst. Laß dich drauf ein. Alles wird gut. Warum ist mir so schwindlig? Es ist alles so dunkel. Ich muß hier raus. Ich will raus. Laßt mich raus. Wo sind die Jungs? Lenny tanzt. Lenny, wo ist meine Kleine? Mir ist schwindlig. Ich habe Angst. Ich muß raus. Mir ist schlecht. Meine Beine, meine Beine, meine Beine. Die wollen nicht. Ich will raus, Lenny, Lenny, ich habe Angst.

»Lenny...!«
»Wasn los?«
»Lenny...!«
»Alter, alles klar mit dir?«
»Lenny...!«
»Hey, was is los?«
»Mir is schlecht!«
»Kein Wunder!«
»Ich muß raus!«
»Scheiße!«

Scheiße, Scheiße, Scheiße. Meine Beine, meine Beine, meine Beine sind weg. Ich kann nicht laufen. Was ist bloß los? Ich will raus, ich habe Angst, meine Beine sind weg. Lenny muß mich tragen. Ich kann nicht mehr. Ich habe Angst. Laß dich drauf ein. Lenny muß mich tragen. Meine Beine.

»Meine Beine!«
»Was is mit deinen Beinen?«

»Meine Beine!«
»Los, Chris! Nich schlapp machen!«
»Ich kann nich mehr!«
»Wir sind gleich draußen!«
»Ich kann nich mehr!«
»Los, Chris!«
Ich kann nicht mehr. Ich lasse mich fallen. Ich habe keine Angst. Das geht vorbei. Morgen ist alles wieder vorbei. Morgen. Morgen lachen die Jungs und ich wieder drüber, original, oder? Ich lasse mich fallen. Ich lasse mich fallen. Ich kann nicht mehr.
»Laß mich, Lenny!«
»Steh auf Chris!«
»Nein!«
»Los! Raus hier! Du mußt an die Luft!«
»Trag mich!«
»Scheiße!«
»Ich versuchs!«
Ich muß aufstehen. Ich versuche es. Ich muß raus. An die Luft. Mir ist schlecht. Ich kann nicht. Ich kann nicht. Ich kann nicht. Mir ist schlecht. Lenny. Meine Beine. Ich kann nicht mehr. Lenny. Die Tür. Da ist die Tür. Ich kann nicht mehr. Wohin will Lenny denn mit mir? Ich muß hier raus.
»Ich muß raus!«
»Wir sind gleich beim Parkplatz!«
»Park...?«
»Dann kannste dich ins Auto setzen!«
Ich kann nicht mehr. Der Himmel ist unter mir. Ich kann ihn fühlen. Ich kann ihn sehen. Der Himmel. Meine Beine. Der Himmel ist so blau, mit kleinen Wolken. Meine Kleine. Lenny. Euer Rockstar sieht den Himmel. Meine Beine, meine Beine, meine Beine sind weg. Da ist ja meine Kleine.

»Zahnpasta!«
»Lenny, was is mit Chris?«
»Der hat zu viel gefeiert!«
»Was isn mit Chris?«
»Ich weiß nich!«

Meine Kleine. Der Himmel ist blau. Meine Kleine. Meine Kleine ist da. Ich habe Zahnpasta für dich, meine Kleine. Ich habe Zahnpasta. Ich habe Zahnpasta, ich habe Angst. Meine Kleine ist da.

Ich sehe in den Himmel, er ist ganz nah. Da ist der Mond und meine Kleine ist da. Leg dich neben mich, meine Kleine. Ich habe Zahnpasta für dich.

»Wir müssen ihn ins Krankenhaus bringen!«
»Meinst du?«
»Chris kann nich aufm Parkplatz liegen bleiben!«
»Wir könn ihn ja ins Auto tragen!«
»Chris, hier is deine Kleine!«
»...!«
»Chris, hörst du mich?«
»...!«

Meine Kleine, streicht mir das Haar aus meiner Stirn. Von vorne nach hinten. Meine Kleine. Meine Kleine. Ich habe Angst, meine Kleine.

»Chris! Rede mit mir!«
»...!«
»Chris! Das is nich lustig!«
»...!«
»Chris? Ich liebe dich!«
»...!«
»Chris?«
»...!«
»Chris! Ich liebe dich!«
»...!«

»Ich liebe dich, ich liebe dich, ich liebe dich, ich liebe dich!«
»...!«
»Chris, rede mit mir!«
»...!«
»Mach die Augen auf!«
»...«
»Chris! Ich liebe dich, mach die Augen auf, hier is deine Kleine!«
»...«
»Chris, Chris, Chris!«
»...«
»Chris?... Ich liebe dich!... Hier is deine Kleine!«
»...«

II
Die Kleine

1

Ich habe Angst vor dem Wochenende. Nee, echt. Richtig Panik habe ich davor, und ich bin echt froh, wenn das beknackte Wochenende vorbei ist.
Am Donnerstag geht es los. Da fällt mir plötzlich ein, daß morgen Freitag ist, und dann kriege ich die absolute Paranoia. Wochenende heißt nämlich immer warten und warten. Mal ehrlich, warten ist das absolut Beschissenste, was es gibt. Jedes Wochenende muß ich auf Chris warten, weil Chris dann nämlich immer feiern geht. Ich sitze dann blöde zu Hause rum und warte, daß Chris vom Feiern kommt. Ich weiß echt nie, wie das Wochenende wird. Ich meine, ob ich viel warten muß oder nicht. Manchmal muß ich nicht soviel warten, und dann ist das Wochenende auch okay, aber manchmal muß ich ewig warten, und dann könnte ich nur noch kotzen. Dann lege ich mich erst mal aufs Bett und heule eine Runde, weil ich nicht weiß, was ich sonst machen soll. Heute ist Freitag, und Chris ist bei sich zu Hause und wartet auf die Jungs. Zuerst kiffen die einen Joint nach dem anderen, machen sich locker und reißen blöde Witze und garantiert auch über mich. Ich weiß nicht, die machen immer blöde Witze über Frauen. Das habe ich mal hautnah mitgekriegt. Die machen einfach Witze, egal, ob es witzig ist oder nicht. Dann hauen sich diese Idioten auf die Schenkel, wälzen sich auf dem Bett rum und finden sich unheimlich komisch. Echt. Diese Trottel denken, sie sind Helden, und das stimmt ganz und gar nicht. Ich meine, diese Typen sind einfach nur absolut beknackt. Außerdem haben die alle keine Freundin. Nur Chris. Chris ist der einzige, der eine Freun-

din hat. Und zwar mich. Aber ich muß absolut vorsichtig sein. Ich kann nicht einfach sagen: »Chris, geh nich feiern!« Das erzählt Chris dann nämlich garantiert den Jungs, und die Jungs sagen: »Mann, mach Schluß mit der Alten, die streßt doch nur!« Darum sage ich geschickter Weise lieber nichts. Ich will Chris nämlich nicht verlieren, weil er ganz pauschal gesehen ein ziemlich lässiger Typ ist. Auch wenn ich warten muß. Das ist eben bei lässigen Typen so. Naja. Aber sonst würde ich Chris überhaupt nicht sehen. Ich meine, manchmal wünsche ich mir schon, daß Chris merkt, wie ich warte. Dann wüßte er nämlich, wie beschissen das ist, zu warten. Aber Chris merkt es nicht, also warte ich. Ich meine, was kann man da machen? Wenn ich nicht warten würde, würde ich Chris echt nie sehen. So sehe ich ihn wenigstens nachts und dann bin ich absolut glücklich. Das ist echt soft, wenn Chris neben mir im Bett liegt und ich mir vorstelle, wie wir mal in Las Vegas richtig schick heiraten. Echt.

Ich will Chris in Las Vegas heiraten. Mit einem grünen Plastikring und ich ziehe den absolut grünsten, engsten Overall an, den es gibt. Das ist cool. Chris in Las Vegas heiraten. Das ist mein Traum. Barb sagt, ich kann das vergessen. In meinem Schlafzimmer sieht es auch aus wie in Las Vegas. Das ist echt superlässig. Ich habe da nämlich 40 von diesen kleinen, bunten Plastiklichtern aufgehängt und überall gelbe und pinke Plastikblumen hingestellt, und am Bett steht ein riesen Engel aus Porzellan. Der kniet und hat die Hände gefaltet. Soll wohl so ein Zeichen sein, daß der betet. Das ist mein Las Vegas, und hier läßt es sich einigermaßen gut warten.

Ich meine, auf meine Art habe ich mich aufs Warten eingestellt. Das geht so: Freitag nachmittag hau ich mich aufs Bett, stelle das Telefon daneben, falls Chris anruft, und dann lese ich meinen »Vampirella«-Comic. Der ist echt richtig gut. Vampirella ist überhaupt die coolste Frau, die es gibt. Mann, über die macht keiner Witze. Jetzt ist Freitag nachmittag, und ich hole das Telefon aus dem Flur, stelle es schön neben das Bett auf den Boden und nehme mir meinen »Vampirella«-Comic, der liegt immer auf der anderen Seite, unterm Bett. Ich kenne die Story echt schon in- und auswendig, und darum lese ich ihn auch nicht wirklich mehr wegen der Geschichte. Das ist mehr so ein Ritual. »Vampirella«-Comic lesen, Zeit vergehen lassen, mir die Riesentitten von Vampirella angucken und scharf werden. Nee, echt. Vampirella macht mich absolut scharf. Eigentlich muß ich nur eine Seite lesen und schon zieht es in meinem Unterleib, als würden 1000 Männerfinger dran rumfummeln. Das ist echt komisch. Ich meine, ich sehe echt nur die Titten, und schon bin ich absolut sex-orientiert. Da denke ich immer, jeder, der den Comic liest, will Sex haben. Das ist einfach so. Ich schlage die erste Seite auf, und schon denke ich nur noch ans Ficken oder Rattern. Das ist doch echt komisch, oder nicht?

Ich meine, das Ding ist einfach besser als jeder Porno. Vampirellas Titten angucken schockt einfach absolut. Da kann ich mir 100 Fotos von Schwänzen angucken, aber nichts turnt mich so an wie Vampirella. Aber ich bin stark. Ich zwinge mich erst mal, den ganzen Comic durchzulesen. Jedes Wort. Da bin ich absolut abergläubisch. Ich denke immer, wenn ich nicht jedes Wort von Anfang bis Ende durchlese, passiert was extrem Schlimmes. Da darf man mich auch echt nicht bei stören. Wenn ich Vampirella anfange zu lesen, muß ich durchhalten bis zum süßen Ende, sonst passiert, wie gesagt, was Schlimmes. Die ersten Seiten sind noch richtig langweilig. Aber ab Seite 8 wird es richtig gut. Da kommt nämlich der Liebhaber von

Vampirella angeritten und mit dem trifft sie sich erst mal heimlich im Stall. Da geht es dann aber auch sofort los. Die beiden liegen nackt im Stroh rum, und Vampirella sagt: »Ich versteh immer noch nicht, warum du unbedingt wolltest, daß wir uns im Stall treffen. Ich bin eine emanzipierte Frau und kann schlafen mit wem ich will!« Cool was? Das ist echt mein Lieblingssatz: »Ich bin eine emanzipierte Frau und kann schlafen mit wem ich will!« Vampirella ist echt eine coole Frau. Ich meine, die wartet nicht blöde auf ihren Typen. Da kommt zufällig einer vorbeigaloppiert, und schon schläft Vampirella mit dem.

Irgendwie erinnert Vampirella mich immer an meine Mutter. Ich meine, nicht weil sie mit jedem Typen pennt, sondern weil es so ein Foto von meiner Mutter gibt, wo sie nackt am Strand liegt, und da sieht sie echt aus wie Vampirella. Auf Seite 8 bin ich deshalb immer so ein bißchen peinlich berührt, weil ich das Bild einerseits ja ziemlich scharf finde, und auf der anderen Seite habe ich immer das Gefühl, meine Mutter liegt da und macht mich scharf. Das ist schon verrückt. Also lese ich schnell alles auf Seite 8 durch und blätter um und dann geht es wieder. Das ist wirklich nur das eine Bild, was mich an meine Mutter erinnert. Ein Glück. Auf Seite 22 taucht dann immer die »Göttin von Drakulon« auf. Die hat das genialste gelbe Kleid an, das ich mir vorstellen kann. Das schockt total. Ich meine, das ist so sexy. Oben rum hat die Göttin einfach nur einen mikrokleinen gelben BH an. Da quillt echt alles raus und unten hat sie nur so eine Art Lendenschurz rumgeschnürt. Ey, das ist so sexuell. An der Stelle ziehe ich immer meine Hose aus und ziehe meine Unterhose hinten in die Porille. Dann fühle ich mich absolut wie die Göttin von Drakulon, und was die kann, kann ich schon lange.

Ich habe mir extra meine Muschi rasiert, damit ich meine Unterhose ganz hochziehen kann und damit das dann nicht so widerlich aussieht, wenn die ganzen Haare da so am Rand rumfusseln. Da bin ich auch mal an einem Freitag drauf gekommen, als ich mit allem fertig war, und mich gelangweilt habe. Da habe ich gedacht: »Jetzt rasier ich meine Muschi. Is doch schick. Chris findet es bestimmt auch gut.« Und schwupp habe ich angefangen, vor dem Spiegel meine Muschi zu rasieren. Immer ein Stückchen mehr und ganz vorsichtig. Damit da nichts schief geht. Das sieht dann nämlich echt blöd aus. Dann habe ich weiter auf Chris gewartet und irgendwie ist es immer beschissener mit dem Warten geworden, weil ich Chris ja meine neue Muschi präsentieren wollte. Der ist dann erst am nächsten Mittag vom Feiern gekommen. Da konnte ich meine Muschi echt schon fast wieder neu rasieren. Nee, echt. Das war richtig blöd. Chris hat gesagt, ich soll nicht mehr wegrasieren, weil er sonst das Gefühl hat, daß er ein kleines Mädchen fickt, und darauf hat er keine Lust. Ich war echt beleidigt. Ich meine, ich denke mir was Nettes aus, und der Typ sagt einfach, ich soll nicht mehr wegrasieren, weil er sonst denkt, daß er ein Mädchen fickt.

Manchmal ist Chris echt absolut unsensibel.

Naja, jedenfalls ziehe ich mir auf Seite 22 immer die Unterhose hinten hoch, damit vorne am Bauch so ein schickes »V« entsteht. Das sieht dann echt aus wie im Comic. Richtig sexy. Jetzt fehlt mir eigentlich nur noch der gelbe Umhang von der Göttin und die Titten. Ich habe ja leider keine Titten. Vielleicht finde ich das ganze deshalb so scharf, weil ich keine Titten habe. Kann ja sein. Ich meine, manchmal denke ich echt, daß es mir so wie den Männern geht. Ich meine, die haben auch keine Titten, genau wie ich, und deshalb finden ich und die Männer Titten so absolut scharf. Kann doch sein. Jetzt zuckt es aber schon gewaltig zwischen meinen Beinen. Ich schlage die jetzt mal lieber übereinander, sonst fange ich noch an, rumzufummeln und dann gibts kein Halten mehr. Aber ich muß ja zuerst durchlesen, sonst passiert was Schlimmes. Auf den nächsten Seiten hampelt Vampirella nur noch im Bikini rum, und das ist echt die Krönung. Ich meine, ich fände es schon schick, den ganzen Tag im Bikini rumzurennen. Aber das kann ich echt nicht bringen, ich meine, da hält mich doch jeder für absolut bescheuert und unzurechnungsfähig. Der Rest vom Comic schockt irgendwie nicht mehr so. Da geht es nur noch um Mord und Totschlag, und da vergeht es mir echt schon fast wieder. Eigentlich müßte ich mir jetzt noch mal Seite 8 und Seite 22 angucken, aber dann müßte ich ja den ganzen Comic noch mal durchlesen und immer so weiter. Also stelle ich mir einfach noch mal kurz die Seiten 8 und 22 vor, liege in meiner pinken Bettwäsche, die Unterhose in der Porille und denke an Vampirella und die Göttin. Jetzt habe ich aber echt Lust zu rattern. Das ist schon komisch. Ich meine, ich will rattern, aber ich denke nicht an Chris und an seinen Schwanz oder an seine Hände, sondern ich denke einfach nur an Vampirella. Das kann ich echt keinem erzählen. Ich meine, wenn mich einer fragt, nur mal angenommen: »Woran denkst du, wenn du ratterst?« und ich sage: »An Vampirella!« Das nimmt mir doch keiner ab. Da denkt doch jeder, ich bin lesbisch oder so. Ich glaube, das liegt echt einfach nur an den Titten.

Wenigstens ist jetzt schon mal eine Stunde vergangen, und es ist halb sechs. Das ist gut. Das ist richtig gut. Die Stunde habe ich schon mal rum. Perfekt. Aber bloß nicht länger drüber nachdenken, sonst werde ich absolut hampelig. Ich muß jetzt rattern. Ich darf jetzt nicht ans

Warten denken, sonst ist echt alles zu spät. Ich kenne das schon. Ich nehme jetzt Harald aus der Schublade und dann geht es los. Harald ist hellgrün, hat Riffel und vibriert wie blöde, wenn man hinten an dem Rad rumdreht. Harald ist so laut, daß man den echt nur unter der Decke verwenden kann. Alles andere ist zwecklos. Harald habe ich eigentlich mal Chris geschenkt. Aber Chris wollte Harald nicht haben. Ich weiß auch nicht so genau warum. Chris hat gesagt: »Ich hab selber einen!«, und ich habe gedacht, Chris hat echt einen Vibrator zu Hause, komisch. Aber dann habe ich gecheckt, daß Chris seinen Schwanz damit meint, und das ist ja wohl nicht ganz das gleiche, oder? Ich meine, ein Schwanz hat keine Riffel und vibriert nicht, oder? Trotzdem wollte Chris Harald nicht haben, weil er dachte, daß ich will, daß er sich Harald in den Po schiebt. Aber so war das echt nicht gemeint. Ich dachte eher, daß Chris dann einfach nur schicker Weise die Vibrator-Harald-Gewalt hat. Chris hat das nicht kapiert, oder ich habe es vielleicht auch nicht richtig erklärt. Ich meine, hinterher denkt Chris immer noch, daß er sich Harald in den Po stecken soll, das ist schon peinlich, oder? Bloß nicht drüber nachdenken, sonst kann ich das mit dem Rattern echt vergessen.

Aber das ist überhaupt immer so. Wenn ich rattern will, dann fallen mir lauter nervige Sachen ein. Zum Beispiel, daß ich Barb anrufen muß oder daß mein Papa bald Geburtstag hat oder daß ich noch Wäsche waschen muß. Lauter komische Sachen hängen dann in meinem Kopf ab, und die werde ich dann auch einfach nicht mehr los und so richtig entspannend ist das echt nicht. Also, stop! Ich denke jetzt an meine Titten-Frauen und sonst an gar nichts. Harald aus der Schublade nehmen und an Titten denken. Jetzt die U-Hose aus. Langsam wird es auch unangenehm, mit der Unterhose in der Porille. Ich mache jetzt meine Augen zu und ratter. Zuerst ohne Harald. Einfach nur mit der rechten Hand. Ganz langsam. Nur ein bißchen rumfummeln. Erst mal ruhig werden, entspannen und rumfummeln. Ah, sind meine Hände kalt. Harald liegt neben mir unter der Decke. Genau neben meiner linken Hand, damit ich mir den gleich grabschen kann. Ich lege mir noch schnell mein Schnuffeltuch über die Augen und dann fummel ich weiter. Ich streichel die Göttin. Ich ziehe die Göttin aus. Ich bin ein Mann. Ich streichel die Göttin. Sie liegt vor mir. Ich habe sie an Händen und Füßen ans Bett gefesselt. Sie windet sich. Die Göttin windet sich. Sie will sich befreien. Ich binde ihr die Augen zu und dann streichel ich sie. Ganz vorsichtig. Ihre Beine sind gespreizt und ich streichel sie zwischen ihren Beinen. Ihre Muschi ist rasiert, und sie ist ganz nackt. Ich habe sie ausgezogen, meine Göttin mit den Riesentitten. Ich sitze zwischen ihren Beinen, und ich sehe mir ihren Körper an. Ihre Brüste sind zur Seite gefallen, sie hat sich beruhigt. Sie liegt einfach nur da und läßt sich von mir streicheln. Ich sehe mir ihre Muschi an. Sie ist rosa und ganz klein. Richtig unberührt sieht meine Göttin aus. So was hat die Göttin echt noch nie erlebt. Das erste Mal wird die Göttin von mir zwischen ihren Beinen gestreichelt. Plötzlich sind meine Hände die Hände von Chris. Chris sitzt jetzt zwischen den Beinen der Göttin. Chris' Hände streicheln die Göttin, ich bin die Göttin von Drakulon. Meine Augen sind verbunden, ich bin gefesselt und Chris sitzt da und streichelt mich. Ich fühle, wie Chris mich ansieht, er sieht, daß ich rasiert bin. Chris ist vorsichtig. Die Göttin atmet schwer, meine Hände greifen nach Harald. Es ist soweit. Die Göttin hat Angst. Harald in meiner Hand. Ich drehe das Rad unter der Decke. Die

Göttin bebt. Sie hat Lust und Angst. Sie spürt Harald immer näher kommen. Jetzt ist er da. Die Göttin ist still und genießt. Harald, die Göttin, ich und Chris. Ich streichel weiter, und die Göttin kann nicht mehr, ich kann nicht mehr. Chris' Hände spielen verrückt, und ich schmeiß Harald schnell in die Schublade zurück. Ich hasse Harald, wenn ich einen Orgasmus habe. Ich hasse ihn wirklich. Plötzlich ist er nämlich nur noch grün und aus Plastik. Bloß weg mit Harald. Den will ich heute echt nicht mehr sehen, und die Geräusche von Harald sind auch absolut tödlich. Dieser blöde, kleine Harald-Motor. Bloß weg mit dem Ding. Sechs Uhr, das Telefon klingelt. Ich fühle mich grade ein bißchen dreckig und irgendwie erwischt. Ich liege hier auf meinem Bett rum, mit Harald in der Schublade, der noch ganz schleimig ist, und meine rechte Hand riecht nach Muschi. Die Göttin hat sich verpißt, meine Unterhose liegt auf dem Boden, und das Telefon klingelt. Ich bin nackt und hebe den Hörer ab.

»Hallo?«
»Hallo, hier is Barb!«
»Tach, Mutti!«
»Tach, Alte. Was machste grade?«
»Nichts!«
»Du klingst so verschlafen!«
»Ich lieg einfach aufm Bett rum!«
»Kommste mit ins Kino?«
»Heute?«
»Gestern geht ja wohl nich mehr!«
»Ach, nö!«
»Warum nich?«
»Weiß nich, keine Lust!«
»Is Chris da?«
»Nö, der geht mit den Jungs feiern. Was sonst!«

»Dann komm doch mit!«
»Nö!«
»Willste zu Hause rumsitzen, oder was?«
»Yes!«
»Los, komm mit!«
»Nö, komm du doch her!«
»Und dann?«
»Weiß nich, mal sehn. Ich ruf später noch mal an!«
»Okay!«

Barb will echt immer ins Kino gehen. Aber ich kann nicht einfach aus der Wohnung abhauen, weil Chris vielleicht nochmal anruft, und dann will ich auf jeden Fall zu Hause sein. Womöglich ruft Chris an, und ich bin nicht zu Hause. Dann kommt er vielleicht nach dem Feiern nicht zu mir und dann muß ich alleine im Bett liegen und das ist doof. Ich will Chris unbedingt noch sehen und gedrückt werden. Sonst fühle ich mich einsam. Ich meine, mit Barb ins Kino gehen ist gut, aber Chris sehen ist besser. Da bleibe ich vorsichtshalber echt lieber zu Hause und warte.

Ich muß sowieso noch Wäsche waschen. Aber eigentlich muß ich ja sowieso immer Wäsche waschen. Das liegt daran, weil Chris hier immer seine kleinen Dreck-Socken liegen läßt. Chris kommt vom Feiern, zieht seine Schuhe und Socken aus und schmeißt die dann irgendwo in die nächste Ecke. Zack. Dann bleiben sie da erst mal liegen, und ich sammle sie irgendwann ein und wasche sie, weil: Chris braucht immer frische Söckchen. Ich nicht. Ich ziehe erst gar keine an. Ich hasse Söckchen. Das ist doch nur nerviger Ballast. Söckchen. Das ist doch echt das letzte. Ich meine, immer dieser Streß mit dem Zwei-gleiche-Socken-finden. Idiotisch. Ich finde, es geht echt auch ohne. Ich steige immer ohne Socken in meine Stiefel. Ist genauso gemütlich. Aber Chris ist auf seine Socken abso-

lut angewiesen, und die werden auch höchstens nur einmal angezogen. Jeden Tag braucht Chris frische Socken. Ich meine, die Socken sieht doch sowieso kein Mensch. Da kann man die eigentlich auch zwei Tage länger anziehen, oder etwa nicht? Aber Monsieur ist da eigen. Der braucht immer frische Socken, und ich habe mich auch noch darauf eingelassen. Dann wasche ich eben seine Socken, und Monsieur ist glücklich. Das ist die Hauptsache. Außerdem habe ich dann was zu tun. Ich mache eigentlich ganz gern was für Chris. Wenn er schon nicht da ist, kann ich wenigstens was für ihn tun, oder?! Ich meine, ich kann ihm ja nicht sagen: »Ich würde für dich sorgen, wenn du da bist!« Das schockt ja nicht. Also sorge ich dafür, daß Monsieur frische Socken hat, und Monsieur findet es schick.
Mann.
Meine rechte Hand riecht echt nach Muschi. Da könnte ich echt endlos dran riechen. Ich finde, das ist ein guter Geruch. Irgendwie süßlich. Manchmal reibe ich an meiner Muschi rum, und dann halte ich Chris meine Muschi-Finger unter die Nase und sage: »Riech mal, Muschi-Duft!« Chris sagt dann: »Laß das, das is eklig!« Ich finde das überhaupt nicht eklig. Ich rieche das gerne. Auf dem Bett liegen und an Muschi-Fingern riechen. Ist doch soft. Außerdem erinnert mich das irgendwie an Früher. Als ich klein war, habe ich nämlich auch immer im Bett gelegen und heimlich an meiner Muschi rumgefummelt und dann an meinen Fingern gerochen. Das ist einfach so ein ursprünglicher Geruch. Ist doch prima. Ich finde das echt nicht eklig. Chris macht immer so komische Muschi-Fisch-Witze mit seinen Jungs. Zum Beispiel: »Kommt 'n Blinder innen Fischladen und sagt: ›Hi, Mädels!‹« Hahaha. Ich meine, ich möchte echt mal wissen, an was für

Muschis die Jungs und Chris rumgelutscht haben. Eine saubere Muschi riecht doch nicht nach Fisch, sondern eher nach Haut und süß und sexy. Die Jungs haben absolut keine Ahnung. Die sollen mal an ihren Schwänzen riechen. Das ist viel ekliger. Ich meine, so ein ungewaschener Männerschwanz kann schon mal extrem widerlich sein. Nee, wirklich. Da habe ich schon lange Gespräche mit Barb drüber gehabt, und wir sind uns einig: Ungewaschene Männerschwänze sind das Abstoßendste, was es gibt. Monsieur ist ein Glück beschnitten. Da gibts nicht solche Probleme. Ich mag Monsieurs Schwänzchen richtig gerne. Manchmal, wenn wir unterwegs sind, habe ich plötzlich so eine Lust auf Chris' Schwanz, dann hole ich den einfach raus. Chris flippt dann total aus. Das kann der echt überhaupt nicht haben. Der hat dann immer absolute Panik, daß das alle sehen. Aber ich passe da schon auf, aber komisch finde ich es trotzdem. Ich meine, die Jungs und Chris tun immer so, als wenn sie nichts erschüttern könnte, und wenn ich denn mal Chris' Schwanz auspacken will, kriegt der absolut Schiß. Ich meine, das ist schon komisch, oder?

Irgendwie bin ich matschig. Ich bin immer matschig nach einem Orgasmus. Obwohl, ich habe mal gelesen, daß Männer matschiger sind als Frauen. Eigentlich sollen Frauen dann eher wach und unternehmungslustig sein. Bei mir ist das echt anders.

Mann, ich habe überhaupt keine Lust aufzustehen. Ist grade so gemütlich. Aber ich kann die Waschmaschine nicht mehr so spät anstellen, sonst flippt die fünfköpfige Familie unter mir aus. Ich meine, wegen dem Schleudergang und so. Die sind auch froh, wenn ihre Kinder mal pennen, und wenn ich dann anfange, Chris' Söckchen zu schleudern, schleudert es die Kinder gleich mit aus dem

Bett, und dann ist Feierabend. Dann stehen die gleich vor meiner Tür und schreien rum und wollen wissen, was mir einfällt. Nee danke. Bloß nicht. Ich stehe jetzt auf, packe die Söckchen in die Trommel und lege mich einfach wieder hin. Also los.

Bah, ist das kalt. Nackt durch die Wohnung hüpfen ist echt kein Spaß. Nicht mal im Sommer. Ich meine, es ist sowieso besser, wenn man das nicht macht, weil von allen Seiten die kranken Nachbarn reingucken können. Echt, von überall. Ich kenne das schon. In dem Moment, wo es draußen dämmert und man Licht in der Wohnung macht, kann man alles wunderbar beobachten. Ich spüre sie schon, die lüsternen Blicke von all den notgeilen Männern, die mich umgeben. »Ah, die Kleine läuft wieder nackt durch ihre Wohnung. Super. Ich hol mein Fernglas. Seit letztem Freitag hat sie sich ihre Muschi rasiert. Schick!« Was soll ich machen? Ich kann mich doch nicht extra anziehen, nur weil ich Chris' Söckchen waschen muß. Das ist ja dann doch ein bißchen kleinkariert, oder?

Husch, husch durch den Flur, Söckchen aus dem Wäschekorb nehmen und rein in die Maschine. Chris sagt, ich soll nicht nackt durch die Wohnung rennen, daß kann man von draußen sehen. Ist mir jetzt echt egal und überhaupt. Chris ist ja auch gar nicht da. Der kann mich mal. Ich laufe soviel nackt durch die Wohnung, wie ich will. Ich meine, auf diese Weise sieht mich überhaupt mal jemand nackt. Chris interessiert das ja schon lange nicht mehr, der kommt ja wohl sowieso nur noch zum Pennen, wenn er fertig ist mit seinem blöden Feiern. Der hat doch keine Lust, sich mit meinem Körper eingehend zu beschäftigen. Das ist so. Ganz schön traurig, was?

Naja.

Ich wasche jetzt die Söckchen, und dann hüpfe ich

einmal vor der Balkontür rum, hole mir was zu trinken und lege mich wieder hin. Im Liegen wartet es sich übrigens echt am besten. Habe ich alles schon rausgekriegt. Weichspüler rein, auf volle Pulle stellen und ab in die Küche. Mann. Durst! Was trinke ich denn? Bier, Wasser, Wein oder Apfelsaft? Ich glaube, ich genehmige mir heute mal Wein. Unter uns, ich finde es schrecklich, wenn Frauen Bier trinken. Das ist so unweiblich, finde ich. Außerdem kriegt man einen Bierbauch davon, und den kriegt man nicht so schnell wieder weg. Ich meine, Chris hat auch schon so ein bißchen so einen Bauch. Das darf ich aber nicht laut sagen, sonst flippt der total aus. Nee, echt. Ich meine, das ist eine Tatsache. Aber davon will er naturellement nichts hören. Chris sagt, erst ab 30 kriegen Männer Bierbäuche, früher nicht, und da hat er ja noch ein paar Jährchen Zeit. Alles Quatsch. Chris hat einen Bierbauch. So, jetzt winke ich noch mal meinen schmierigen Verehrern mit ihren Ferngläsern zu, nehme meinen Wein und dann schmeiße ich mich wieder ins Bett.

Ich liege ganz still da. Ich bewege mich nicht. Ich stelle mir einfach vor, wie es ist, sich nicht mehr bewegen zu können. Wie der Schauspieler, der Superman gespielt hat. Der hatte ja so einen Reitunfall, und jetzt sitzt er im Rollstuhl und kann sich nicht mehr bewegen. Nur noch den Kopf, und jetzt hat er sogar einen Preis gekriegt, weil er so tapfer ist. Ich finde den aber auch echt ziemlich tapfer. Ich meine, das ist echt schrecklich, wenn man sich nicht mehr bewegen kann. Das muß man echt mal ausprobiert haben. Ganz grade aufs Bett legen, die Arme neben den Körper, die Beine zusammen und nichts machen. Da fällt einem ein, daß man trinken möchte. Geht nicht. Man kann sich ja nicht bewegen. Also, das ist echt unpraktisch. Da kann man nicht mal rattern. Das ist richtig blöd. Da kann man nicht rattern, weil man sich nicht bewegen kann, aber die Lust ist da. Das ist richtig doof. Mann. Das hält ja kein Mensch aus. Ich mache schnell mal eine Kerze, damit ich weiß, daß bei mir noch alles klar ist. Bloß tüchtig dehnen und strecken und Beine in die Luft und radfahren. Immer mit den Beinen strampeln. Alles klar. Funktioniert noch. Na, ein Glück.

Da fällt mir auf, ich muß mal wieder meine Fußnägel lackieren. Die sehen ja nicht mehr so richtig schön aus. Da ist ja echt überall der Lack ab. Also, wenn ich eins hasse, dann sind das unordentlich lackierte Fußnägel. Dann soll man es lieber gleich lassen. So was geht echt nicht. Ein Glück steht alles parat neben meinem Bett. Vom letzten Freitag noch. Da habe ich nämlich auch schon Pediküre gemacht oder wie man das nennt. Also, Maniküre ist für die Hände. Dann muß Pediküre für die Füße sein. Geht gar nicht anders. Ich mache den Lack ab. Mit einem Wattepad. Ganz vorsichtig, sonst verschmiert der Restlack auf der Haut und das kriegt man so gut wie nicht mehr runter. Ich weiß das. Ich kenne mich da aus. Das ist mir einmal passiert. Ey, nie wieder. Das sieht dann nämlich echt so aus, als hätte man eine Nagelbettentzündung oder so, und das schockt echt nicht. Also, mein Nagellack heißt »Rouge-Noir«. Hübsch, was? In Amerika heißt er sogar *Vamp*. Das ist original Chanel-Nagellack. Richtig nobel. Aber der sieht auch voll schick aus. Richtig vampig. Ich meine, der heißt ja nicht umsonst *Vamp*. Das sind echt die tiefsten Wünsche und Bedürfnisse jeder Frau: Vamp sein. Die Männer liegen einem zu Füßen und nuckeln an den Vamp-Fußnägeln. Ja, so soll es sein. Immer tüchtig Nagellack auf die Füße, und schon bist du ein Vamp. Naja. Das möchte ich echt mal erleben, daß Chris an meinen Fußnägeln knabbert und den Teppich vor lauter Unterwerfung zerfetzt. Ich schwöre es, das wird nie passieren.

Ich meine, bevor ich mit Chris zusammengekommen bin, da haben Barb und ich uns echt geschworen, der nächste Typ, der muß gehorchen. Der muß uns erobern. Wir laufen den Idioten nicht mehr hinterher. Wir machen uns doch nicht lächerlich. Und was ist? Jetzt sitze ich hier und warte. Tolles Vorhaben, echt. Ich meine, als Frau bleibt dir gar nichts anderes übrig, als zu warten. Nee, wirklich. Ich habe da mal mit Chris drüber geredet. Ich sage zu Chris: »Frau sein is Scheiße!«

Chris sagt: »Stimmt!«

Ich sage: »Willst du mal ne Frau sein?«

Chris sagt: »Bin ich blöd?!«

Ich sage: »Warum nich?«

Chris sagt: »Das is Scheiße. Also, wenn ich eins nich sein will, dann is das ne Frau!«

Ich sage: »Danke, Arschloch!«

Chris sagt: »Du kannst mir komplett alles bieten, aber ich will original nich einen Tag ne Frau sein!«

Ich meine, das sagt doch alles, oder? Diese Arschlöcher wissen auch noch, wie scheiße die drauf sind, und daß sie Schiß haben, eine Frau zu sein. Na, das macht ja Mut, Mädels. Also, ich habe echt mit Barb dagesessen und wir haben gesagt: »Der nächste Typ, der kommt, der wird gequält. Dem zeigen wir mal, wos lang geht!« Ey, Pustekuchen. Zuerst, da hat Chris noch richtig gekämpft, wie so ein Ritter aus dem letzten Jahrhundert. Und dann kam nichts mehr. Jetzt sitze ich da, und der Typ quält mich.

Ich glaube, das geht gar nicht anders.

Du bist als Frau auf der Welt, um gequält zu werden. So ist das einfach. Emanzen haben es da ja noch schwerer, weil Männer Emanzen hassen. Da bleibt einem gar nichts anderes übrig, als sich quälen zu lassen, damit die Männer einen wenigstens ein bißchen mögen.

Tolle Aussichten.

Also, ich lackiere mir da lieber die Fußnägel. Besser Vamp als Frau. Ich meine, ich bin echt schnell zu manipulieren. Aber ohne Nagellack habe ich ja echt überhaupt kein Selbstwertgefühl mehr. Nee, nee, nee. Als Frau ist es nicht leicht auf dieser Welt, und jetzt mal ich auch noch daneben. Scheiße. Mir reichts. Mir reichts echt. Das war das letzte Mal mit dem Nagellack. Ich lasse mich nicht manipulieren. Die Männer haben den Streß ja auch nicht. Ich meine, man stelle sich mal vor, wie Chris seine Fußnägel lackiert. Hahaha. Ich befreie mich jetzt davon. Heute ist der letzte Nagellack-Freitag. Ich schwörs. Und dann auch noch das Warten, bis der Scheiß trocken ist. Nee, wirklich. Warten, warten. Ehrlich. Das ist die Aufgabe der Frau der 90er. Warten und sich quälen lassen. Hilfe! Ich schwinge jetzt erst mal ein bißchen mein Schnuffeltuch durch die Luft. Das ist echt mein einsamer Trost. Mein Schnuffeltuch. Sollte sich echt jede Frau zulegen. Ich glaube, ich mache mal ein Seminar: »Frauen, greift zu euren Schnuffeltüchern!« Nee, echt. Mein Schnuffeltuch ist echt meine letzte Rettung. Das Ding ist cool. Ey, voll relaxed und klar im Kopf. Also, mein Schnuffeltuch habe ich, seit ich geboren bin und ich werde das behalten, bis ich 90 bin. Nee, echt. Ich nenne es »Schnuffi!« So heißt es schon die ganzen verdammten 20 Jahre meines Lebens, und wenn ich alt und klapprig bin, heißt es immer noch so. »Schnuffi!« Mein Schnuffi, ich liebe es wirklich. Schnuffi, Schnuffi, Schnuffi. Ich schwinge dich durch die Luft, ich habe dich lieb, mein Schnuffi, du bist Mamas Schoß, mein Herz, mein Trost, mein Leben. Ich liebe dich, mein Schnuffi. Dich habe ich lieb. Ich schwinge dich durch die

Luft. Dann wirst du schön kühl, und ich fühle mich wie 5. Erinnerst du dich, Schnuffi? Da haben wir zusammen in meinem Kinderbett gelegen. Jede Nacht. Jeden Morgen und jeden Nachmittag. Ich habe dich durch die Luft geschwungen. Immer kreisrum und dich dann auf mein Gesicht gelegt. Mein Schnuffi. Du hast meine Tränen getrocknet und mir meinen ersten Zahn gezogen. Du bist mein Bruder, meine Schwester, meine Mutter und mein Vater. Du bist mein Zuhause. Schnuffi, du bist gut. Mann, da kommen mir ja fast die Tränen. Ach, mein Schnuffi, was wir nicht schon alles mitgemacht haben. Ein Glück, daß ich dich habe. Ehrlich.

Jetzt liegt es wieder auf meinem Gesicht. Ganz kühl und riecht gut. Ich nehme jetzt erst mal einen Schluck Wein. Eigentlich hasse ich das Zeug ja echt, aber wenn man sich genug davon reinschüttet, erledigt sich das wenigstens mit dem Nachdenken. Cin-Cin.

Es ist 7, und jetzt vergeht die Zeit nicht mehr so richtig schnell. Ich meine, ich könnte mir zum Zeitvertreib noch mal meinen »Vampirella«-Comic grabschen und mir die Muschi wund reiben, aber dann wird es doch schon anstrengend. Original, 2mal rattern schockt einfach nicht. Ich meine, in diesen Pornoheften steht immer: »Sie schwammen von einem Lustgipfel zum nächsten!« oder »Mit Michi erlebte ich 5 Orgasmen hinternander!« Echt, das geht einfach nicht. Ich komme höchstens auf 2 beim Rattern. Nee, echt. 3 habe ich noch nie geschafft. Das geht gar nicht. Danach ist man tot und die Muschi auch. Die kann man dann echt wegschmeißen. Also laß ich das lieber mit dem »Vampirella«-Comic. Ist auch echt öde, den noch mal ganz durchzuackern. Ist ja zwanghaft. Vielleicht befreie ich mich mal davon. Aber dafür sollte ich mir einen Ausgleichzwang organisieren.

Nee, wirklich.

Mein ganzes Leben wird sowieso von Zwängen bestimmt. Ich habe echt 1000 Zwänge. Einer ist zum Beispiel, daß ich ganz viel 3mal machen muß. Ich rauche also zum Beispiel eine Zigarette. Die rauche ich aber nicht, wie jeder normale Mensch, sondern ich ziehe immer 3mal hintereinander. Zuerst im rechten Mundwinkel, dann in der Mitte und dann im linken Mundwinkel. Wenn ich dann noch was dazu trinke, wird es richtig kompliziert. Dann ziehe ich nämlich zuerst 3mal, rechts, Mitte, links, dann trinke ich 3 Schluck hintereinander, ohne das Glas abzusetzen, und dann rauche ich wieder 3mal, rechts, Mitte, links, 3 Schlucke trinken, 3mal ziehen, 3mal schlukken und dann habe ich Ruhe. Puh! Wenn ich mich dabei verzähle, muß ich noch mal von vorne anfangen. Das ist echt ein Streß. Oder ich muß 3mal 3 mit den Augen zwinkern. Das hatte ich einmal so schlimm, daß alle gedacht haben, ich habe eine Psycho-Macke, oder so. Nee, echt. Ich habe 1000mal am Tag 3mal 3 gezwinkert. Krank was? Am schlimmsten ist es beim Rattern. Wenn mir da nämlich zum Beispiel einfällt, daß ich alles 3mal machen muß, wird es richtig nervig. Da muß ich 3mal hoch und runter streicheln, dann 3mal Harald rein und raus, dann 3mal hoch und runter streicheln, dann wieder Harald 3mal rein und raus, dann wieder streicheln, dann wieder Harald. Ah. Schrecklich. Das ist doch kein Spaß mehr. Das ist doch Zwang statt Lust. Kraß, echt. In solchen Momenten hasse ich meine Zwangsneurose.

Früher, als ich 15 war, da hatte ich eine Waschneurose. Das muß ich mal kurz beschreiben. Ich hätte mich echt fast aus dem Fenster gestürzt. Das war richtig unerträglich. Morgens bin ich aufgestanden, habe geduscht, mich mit einem frischgewaschenen Handtuch abgetrocknet,

habe mir eine frischgewaschene Unterhose aus dem Schrank genommen und bin ganz vorsichtig, ohne was zu berühren, reingestiegen. Dann habe ich mir ein frisches T-Shirt angezogen, eine frische Jeans, habe mir die Hände gewaschen, bin zu meiner Mutter gerannt, habe gefragt:
»Is das T-Shirt frisch gewaschen?«
 Meine Mutter: »Ja!«
Ich: »Wirklich?«
Meine Mutter: »Ja!«
Ich: »Riech mal, is das wirklich frisch gewaschen?«
Meine Mutter: »Ja!«
Ich: »Is die Hose frisch gewaschen?«
Meine Mutter: »Jaaa!«
Ich: »Fühl mal, is die wirklich frisch gewaschen?«
Meine Mutter: »Jaaaa!«
Ich: »Bin ich frisch geduscht?«
Meine Mutter: »Das weißt du doch selber!«
Ich: »Nee, weiß ich nich!«
Meine Mutter: »Du mußt doch wissen, ob du geduscht hast!«
Ich: »Ich weiß es nich. Ich bin mir nich sicher!«
Meine Mutter: »Ja, du bist frisch geduscht!«
Ich: »Hab ich ne frische Unterhose an?«
Meine Mutter: »Jaaa!«
Echt. Das ging die ganze Zeit so. Ich war nie sicher, hatte ich nun geduscht oder nicht?! Darüber habe ich den ganzen Tag nachgedacht, und irgendwann habe ich es nicht mehr ausgehalten und habe wieder geduscht. Dann ging das ganze Theater von vorne los. Krank, was? Irgendwie hat es meiner Mutter dann plötzlich gereicht. Und ich mußte zur Therapie latschen. Nee, echt. Ich bin zu einer richtigen Psychiaterin gegangen, damit das mit dem Waschzwang aufhört. Einmal die Woche. Ey, ein Glück.

Länger hätte ich es mit dem Waschzwang nämlich nicht gemacht. Meine Haut war so trocken vom ganzen Waschen und so, daß meine Beine richtig blutig waren. Mann, Mann, Mann. Die Therapeutin war aber richtig lässig und hat mit mir so eine Art Hypnose gemacht. Da mußte ich mich auf einen Stuhl setzen, Augen zu und relaxen. Dann hat die Therapeutin zum Beispiel »Haus« gesagt, und ich mußte erzählen, was mir dazu einfällt. Da sind echt Sachen bei rumgekommen. Meine ganze Kindheit haben wir durchgekaut. Kau, kau, kau. Das Spiel haben wir ungefähr 100 000mal gemacht, weil meine Therapeutin meinte, daß ich als Kind mißhandelt worden bin. Also mal ehrlich. Ich konnte mich beim besten Willen nicht daran erinnern und darum haben wir das Spiel immer und immer wieder gemacht. Das war echt gut. Ich bin absolut meinen Waschzwang losgeworden. Na, am Ende hatte ich Panik vor meinem Vater, weil meine Therapeutin meinte, daß da mal was war. Echt. Ich kann mich nicht erinnern. Vielleicht sollte ich das Spiel mal mit Chris machen. Kann ja sein, daß ich ihm so das Feiern abgewöhne. Naja, aber meine kleinen Alltagszwänge werde ich wohl nie los.

Unter uns, vielleicht bin ich einfach ein zwanghafter Mensch. Das darf ich echt nicht laut sagen. Sonst verwendet Chris das noch gegen mich. So nach dem Motto: Wenn ich was sage, sagt er: »Du bist ja auch 'n zwanghafter Mensch!« Nee, danke. Das wird man dann nie wieder los, und keiner nimmt einen mehr ernst, nur weil man so ein paar Zwänge hat. Mit intimen Informationen muß man echt vorsichtig sein.

Meine Nägel sind trocken. Das Telefon klingelt.
»Hallo?«
»Hallo, Alte!«

»Tach, Barb!«
»Kommste jetzt mit ins Kino?«
»Nö!«
»Dann komm ich zu dir!«
»Jetzt?«
»Was denkste wohl?!«
»Okay!«
»Bis gleich!«
Das paßt mir ja eigentlich nicht so richtig. Ich meine, dann muß ich jetzt aufstehen und duschen, sonst riecht Barb noch, daß ich gerattert habe. Da habe ich echt auch so eine Phobie. Früher, da habe ich absolut diese Jugendbücher geliebt, wo es immer darum ging, daß jemand zuckerkrank, blind oder stumm ist. Das war echt immer spannend, und ich glaube, man sollte darüber so ein gewisses Sozial-Verhalten lernen. Na jedenfalls habe ich diese Bücher echt geliebt, und ich war richtig süchtig danach. Dann habe ich mir ein neues Buch geholt, wo hinten drauf stand, daß einer querschnittsgelähmt ist. Ich dachte: »Wow, das klingt gut!« Ich habe mir also das Buch gekauft, und plötzlich merke ich, das ist gar kein Jugendbuch. Das ist ein Erwachsenenbuch. Da ging es dann darum, daß ein Typ querschnittsgelähmt war und über sein Leben erzählt hat, als er noch nicht im Rollstuhl saß. Mann. Der Typ hat nichts anderes gemacht, als Frauen zu ficken. Echt. Nichts anderes. Das war sein ganzer Lebensinhalt. Also stand in dem Buch die ganze Zeit was von irgendwelchen Fick-Orgien. Irgendwo stand dann der Satz: »Das ganze Zimmer roch nach Sex. Nach gutem, wildem Sex. Es duftete nach Möse, nach Schweiß und nach Sperma!« Super. Ich meine, das hat mich echt geprägt. Seitdem glaube ich immer, daß mein Las Vegas nach Rattern riecht und daß ich nach Sex rieche und

darum muß ich immer duschen, wenn ich gerattert habe und jemand kommt.

So einfach ist das.

Das Buch war super. Echt. Nur Sex. Das war besser, als die ganzen Geschichten über blinde, taube oder zuckerkranke junge Leute, die versuchen, ihr Leben in den Griff zu kriegen. Ich schwörs.

Na, dann wollen wir mal duschen gehen.

Rein in die Dusche, Wasser aufdrehen, pinkeln, abduschen, Duschgel verteilen, abduschen, abtrocknen, fertig. Das ist echt das einzig Praktische am Duschen. Man kann in die Wanne pinkeln, und wenn mir jetzt einer sagt, er pinkelt nie in die Dusche, wenn er duscht, dann ist das die größte Lüge, die ich je gehört habe. Das geht doch gar nicht anders, außer man war vielleicht kurz vorher auf dem Klo, aber selbst dann kommen immer noch ein paar Tröpfchen. Das ist doch genauso wie früher im Schwimmbad. Man steigt ins Becken, die Blase oder so zieht sich irgendwie komisch zusammen und alles entspannt sich. Man schwimmt auf der Stelle oder hält sich am Beckenrand fest und pißt ins Wasser. Danach fuchtelt man ein bißchen mit den Armen und Beinen rum, damit sich alles gut verteilt, und schwimmt schnell weg. Das merkt keiner. So ist es auch beim Duschen. Man macht das Wasser an, alles entspannt sich, und dann macht man Pipi.

So einfach ist das.

Außerdem ist das wirklich lässig, weil es im Klo immer so kalt ist, und irgendwelche Idioten klappen immer den Klodeckel runter. Wenn ich eins hasse, dann sind das zugeklappte Klodeckel. Ich meine, niemand faßt die Dinger gerne an. Also kann man sie auch gleich oben lassen, oder? Na jedenfalls muß man sich dann extra die Hose runterziehen, sich auf die Klobrille setzen oder sich hinhocken, weil wieder irgendein Schwachkopf auf die Brille gepißt hat, und dann muß man sich auch noch abwischen und die Hose wieder hochziehen. Da ist es doch praktischer, beim Duschen zu pinkeln. Das macht jeder. Ich weiß das. Mit Wasser ist das eben so eine Sache. Mütter nutzen das ja auch gnadenlos aus. Die setzen ihr Kind aufs Pöttchen und machen immer: »Psch, psch, psch!«, damit das Kind endlich pißt und Ruhe herrscht. Da ist man echt völlig machtlos.

Außerdem hasse ich diesen Duschvorhang. Ich meine, der ist so was von häßlich. So richtig geschmacklos. Da sind überall kleine, fickende Karnickel drauf. Nee, echt. Ich meine, wer will das? Den habe ich mal von so einem Typen geschenkt gekriegt, der nichts Besseres zu tun hatte, als Bierdosen aus aller Welt zu sammeln. Ich meine, das sagt doch schon alles. Jedenfalls muß ich diese schrecklichen Karnickel irgendwie mal los werden. Ich meine, die machen mich wahnsinnig.

So, jetzt anziehen und Fenster auf im Las Vegas. Die Jalousie muß ich auch mal auswechseln. Die ist nämlich total im Arsch. Das liegt daran, weil ich da mal reingegriffen und dann volle Kanne runtergezogen habe. Da habe ich mich nämlich mit Barb gestritten, und ich war richtig wütend, und da habe ich gedacht: »Machste mal die Jalousie kaputt. Das kommt gut. Wie im Film.« Seitdem ist das Ding kaputt. Das ist auch schon wieder ein Jahr her, aber immer, wenn ich die Jalousie sehe, denke ich an den Streit, und schwups bin ich erst mal wieder eine Runde böse auf Barb, und das nervt. Das Problem ist auch, daß das Ding sich nicht mehr hochziehen läßt, weil die blöden Blechstreifen absolut verbogen sind. Jetzt noch schnell Vampirella unters Kopfkissen legen. Hahaha. Ich meine, wenn Barb die findet, dann geht es ab. Hinterher wird die scharf wie sonstwas und dann haut sie gleich wieder ab, weil sie rattern muß. Nee, echt. Ein Blick auf Seite 8, und man muß einfach rattern. Geht nicht anders. Da ist man völlig machtlos. Barb behauptet zwar, daß sie nie rattert. Aber wer das glaubt, wird heilig. Ich meine, es gibt auf dieser ganzen verfickten Welt keinen Menschen, der nicht rattert. Das kann mir einfach keiner erzählen. Vielleicht lasse ich Vampirella doch einfach mal liegen und gucke was passiert. Kleiner Trick unter Freunden. Ich locke Barb in die Falle und beobachte, wie sie reagiert. Wollen mal sehen, ob sich ihre Pupillen weiten, ob ihr Atem schneller geht und ihre Brüste anschwellen. Habe ich mal gelesen, das sind die Anzeichen für sexuelle Erregung. Hahaha. Ich lach mich tot. Barb sitzt da, guckt sich Seite 8 an, und dann geht es ab. Ich meine, dann ist sie echt voll geoutet. Dann weiß ich Bescheid. Kein Mensch kommt ohne Rattern über die Runden. Jetzt klingelt es. Was mache ich denn jetzt? Mache ich den Test oder nicht? Ach, heute lieber nicht. Ich muß das besser vorbereiten. Heute laß ich Barb noch mal in Ruhe.

»Hallo?«
»Ich bins, Barb!«
»Komm hoch, Alte!«
»Alles klar!«

Meine kleine Barb. Echt. Die behauptet, sie rattert nicht. Das glaubt ja kein Schwein. Irgendwann teste ich das wirklich mal aus, und dann muß die süße Barb Farbe bekennen. Ob die Alte will oder nicht. Da führt kein Weg dran vorbei. Und mal ganz nebenbei, Chris hat immer noch nicht angerufen. Das ist echt komisch. Der meldet sich sonst immer. Da werde ich ja gleich mal ein bißchen unruhig. Ich meine, vielleicht hat er mich mal kurz vergessen oder er kommt heute nacht überhaupt nicht zu mir oder sonstwas Schlimmes ist passiert. Vielleicht rufe ich gleich mal bei ihm durch und prüfe nach, ob er zu Hause ist. Wenn er ran geht, dann lege ich ganz schnell auf und wenn der Anrufbeantworter rangeht, lege ich auch auf. Ey, der soll bloß nicht denken, daß ich ihm nachlaufe. Mann. Dann ist nämlich echt alles vorbei. Die Typen müssen denken, daß man lässig ist, daß man nicht wartet, daß man am besten gar nicht an sie denkt.

So funktioniert das.

Ich meine, das kann man echt überall nachlesen. Bloß nicht klammrig sein. Immer schön Freiheit lassen. Das wirkt. Scheiße, echt. Ich hasse diese pissigen Spielchen. Also, warum kann man nicht einfach sagen: »Baby, ich liebe dich, ich kann nich ohne dich, ich sterbe ohne dich!«

Die Alte braucht immer so um die 100 Jahre, bis sie oben ist. Die Tussi hat einfach keine Kondition. Chris hat ja auch so seine Probleme damit und sagt, daß ich Mietminderung beantragen soll, weil es hier keinen Fahrstuhl gibt. So ein Quatsch. Ich meine, in alten Häusern gibt es nie Fahrstühle. Monsieur ist echt einfach zu bequem. Nur weil er bei sich zu Hause so ein Gerät hat, muß ich doch so was nicht haben. Wenn der mal das Haus verläßt, schafft er es man grade bis zur nächsten Bushaltestelle. Da muß er sich dann erst mal hinsetzen und eine Zigarette rauchen. Der Typ vergreist echt voll. Nur auf Pille, da wird er zappelig, wie so ein wechselwarmes Tier. Wenn es kalt ist, erstarren diese Viecher, aber kaum scheint wieder die Sonne, flitzen sie rum, wie angestochen. So ist Chris. Das ist schon alles komisch.

Na, da kommt ja die Mutti. Ausnahmsweise mit ihren Glasbausteinen auf der Nase.

»Tach, Mutti!«

»Tach, Omek!«

»How are you?«
»Fine, thanks!«
»Haste gerattert?«
»Wieso?«
»Weil de frisch geduscht bist!«
»Nö. Ich kann doch auch so duschen!«
»Naja, bißchen verdächtig kommt mir das schon vor!«
»Wieso, duschst du immer, wenn du gerattert hast?«
»Ich ratter ja nich!«

Blablabla. Barb ist echt zu. Ich meine, das Thema ist echt ein Problem für die. Ich meine, die soll sich endlich mal locker machen. Also, auf eine Art ist das ja schon auffällig, wenn jemand permanent behauptet, daß er nicht rattert, oder? Außerdem frage ich mich ja, wie sie darauf kommt, daß ich gerattert habe, wenn ich geduscht habe. Sehr seltsam, weil dann müßte sie ja die Angewohnheit kennen, nach dem Rattern zu duschen. Aber ich finde das schon noch raus, was mit der Alten abgeht. Keine Sorge. Obwohl, wenn ich mir Barb so angucke, wie sie hier so dusselig im Flur rumsteht, glaube ich auch nicht, daß die an ihrer Muschi rumfummelt. Also, weil die Omek echt aussieht wie ein Alien vom andern Stern. Barb ist nämlich grade inkognito unterwegs und ich bin die einzige auf der Welt, die sie so sehen darf.

Barb ist nämlich halb blind, und normal läuft sie nur bei sich zu Hause mit dieser gräßlichen Glasbaustein-Brille rum, weil sie die Kontaktlinsen nicht so gut verträgt. Für die Brille hat Barb ein Vermögen ausgegeben. 600 Mark hat das häßliche Ding gekostet, und damit sieht sie ungelogen aus wie so ein beschränkter Alien. Nee, wirklich. Das habe ich ihr einmal so aus Spaß gesagt, und da ist sie voll Amok gelaufen und hat mit ihren beknackten Plastik-Monstern rumgeschmissen. Barb sammelt nämlich wie verrückt Plastik-Monster. Die hat die ganze Bude voll gestopft mit Monstern. Irgendwie krank, finde ich. Aber Barb sagt, sie braucht die Dinger, und irgend jemand muß sie ja beschützen. Die spinnt echt, und außerdem hat sie auch immer eins von diesen Helden in ihrer Handtasche, falls ihr ein Typ zu dicht auf die Pelle rückt.

Na jedenfalls ist Barb inkognito, wenn sie ihre Brille auf hat. Vielleicht sollte ich mit Barb mal das Hypnose-Spiel machen, das ich von meiner Therapeuten-Tante gelernt habe. Vielleicht komme ich so hinter das Ratter-Geheimnis von Barb. Ich kann ja mal ganz ungezwungen den Vorschlag machen.

»Barb, wolln wir 'n Spiel machen?«
»Wasn für 'n Spiel?«
»'N Hypnose-Spiel!«
»Warum?«
»Nur so!«
»Woher hasten das?«
»Von meiner Therapeutin!«
»Dann is das kein Spiel!«
»Doch. Das is ganz harmlos. Das is ja auch nich richtig Hypnose!«
»Also, ich bin vorsichtig mit Hypnose!«
»Das is ja keine richtige Hypnose!«
»Also, einmal hab ich bei so einem Selbsterkennungs-Seminar mitgemacht und da wurden wir auch hypnotisiert. Da dachte unser Trainer aber, das klappt sowieso nich und plötzlich hats doch geklappt und dann ham sich drei Weiber aufm Boden rumgewälzt und sind nich mehr wach geworden!«
»Echt?«
»Klar. Die ham geträumt, die stehn unten anner Treppe und komm nich hoch. Die ham voll gelitten!«

»Dann befindet sich Chris in ständiger Hypnose. Der kommt auch nich die Treppen hoch!«
»Ey, das war echt nich witzig!«
»Aber das Spiel is nich mit richtiger Hypnose. Das is ganz ungefährlich!«
»Na gut. Was muß ich machen?«
»Du mußt dich einfach auf mein Bett legen!«
»Da penn ich ein!«
»Quatsch. Wir spielen doch jetzt!«
»Aber keine gemeinen Sachen, bitte. Ich behalt meine Sachen an und ich laß mich auch nich fesseln!«
»Wie kommstn jetzt darauf?«
»Ich weiß nich. Aufs Bett legen hat immer sowas komisches!«
»Du mußt einfach nur die Augen zumachen!«
»Ja, und dann kitzelst du mich!«
»Quatsch!«
»Ich verlaß mich drauf!«

Hahaha. Jetzt quetsche ich Barb aus. Wenn die wüßte. Ich schiebe die jetzt mal hübsch in mein Las Vegas und befreie sie von der Panik vor ihrer Muschi. Ich meine, das ist ein echter Freundschaftsdienst, weil Rattern einfach das Lässigste ist, was es gibt. Ich meine, das ist doch einfach geradezu genial, man legt sich einfach hin, grabbelt an einer Körperstelle rum, und schwups gibt es überirdische Gefühle, und der ganze verkrampfte Körper entspannt sich. Das ist lebensnotwendig, das ist ja nicht umsonst so eingerichtet, oder?

Ich glaube, irgendwann mache ich Aufkleber, wo draufsteht: »Ich ratter gerne!« Super. Jetzt muß ich Barb erst mal entspannen.

»Entspann dich, Barb!«
»Wie denn?«

»Mach die Augen zu!«
»Dann hab ich Angst, daß du mich kitzelst!«
»Ich kitzel dich nich! Mann. Das gibts ja nich!«
»Ich verlaß mich drauf!«
»Jetzt mach die Augen zu und entspann dich!«
»Ich kann mich nich entspannen, wenn du neben mir sitzt!«
»Dann setz ich mich eben aufn Stuhl!«

Mann, das gestaltet sich ja richtig kompliziert. Also, ich war da aber echt umgänglicher bei meiner Therapeutin. Die hätte mir was erzählt, wenn ich so ein Theater gemacht hätte. Naja. Barb ist eben blutige Anfängerin. Dann setze ich mich eben auf den Stuhl neben dem Bett, schlage die Beine übereinander, zünde mir eine Zigarette an und fange mit den Entspannungsübungen an.

»Ich fang jetzt mit den Entspannungsübungen an!«
»Okay!«
»Du mußt jetzt deinen Mund halten, bis ich dir ein Wort sag. Das mußt du auf dich wirken lassen und dann erzählen, was für Bilder und Gedanken in deinem Kopf dazu auftauchen!«
»Okay!«
»Du mußt aber die ganze Zeit liegenbleiben und Augen zu!«
»Okay... aber hör auf, mir die ganze Zeit, den Rauch in die Fresse zu blasen!«
»Hab ich gar nich!«
»Doch, voll!«
»Schnauze!... Also, deine Arme und Beine sind ganz schwer ... alle Gespräche und Gedanken sind weit weg ... du kommst zu dir ... dein Körper is ganz schwer...!«
»...!«

Prima. Soweit scheint das ganze ja schon mal zu funktionieren. Barb ist anscheinend echt entspannt. Das ging flotter, als ich dachte, und jetzt weiß ich nicht, was ich für ein Wort sagen soll. Ich meine, wenn ich jetzt ganz konkret »Rattern!« sage, dann weiß Barb sofort, woher der Wind weht. Ich muß das viel vorsichtiger angehen. Barb ist nämlich schlau. Was sage ich denn, was sage ich denn, was sage ich denn? Ich muß jetzt was sagen, sonst pennt die Alte wirklich noch ein. Ich muß jetzt was sagen. Hm. Ha! Ich habe es. Ja klar. Das ist super. Ich sage einfach »Warten!«

»Warten!«

»...!«

»Laß das Wort auf dich wirken und sag mir dann, was du siehst und spürst!«

»Ich warte auf meinen Traummann!«

»Laß das Wort auf dich wirken. Was ist ›Warten!‹ für dich?«

»Ich warte auf meinen Traummann. Das ist anstrengend. Ich warte schon lange!«

»Konzentrier dich auf deine Kindheit. Was bedeutet ›Warten!‹ für dich als Kind?«

»...!«

»Denk nach!«

»...!«

Mann. Barb ist echt komisch. Die hängt hier auf meinem Bett mit ihrer Glasbaustein-Brille rum und sagt: »Ich warte auf meinen Traummann!« So was affiges. Hier geht es ums Eingemachte, und die Tussi sagt: »Ich warte auf meinen Traummann!« Das weiß ich sowieso. Ich will Fakten.

Ich will alles aus Barb rausholen. Ich muß Barb von ihren Urängsten befreien. Wir müssen zu Barbs tiefstem

Innern vordringen. Hier geht es um frühkindliche Erfahrungen. Ich teste mal an, wie weit Barb ist.

»Und?«
»Ich stehe am Fenster, es regnet, und ich warte!«
»Wo?«
»Bei meinen Eltern, zu Hause!«
»Wie fühlst du dich? Wie alt bist du?«
»Ich bin fünf Jahre alt, und ich fühl mich scheiße!«
»Beschreib mal den Raum!«
»Es is warm. Ich steh am Fenster und draußen regnets. Ich warte auf meine Mutter. Ich guck raus und warte auf meine Mutter. Die wollte schon längst da sein. Drinnen isses warm, und mir is langweilig...!«
»Was machst du jetzt?«
»Ich guck auf die Uhr und es is schon halb fünf und meine Mutter wollte um vier da sein!«

Mann. So kommen wir echt nicht weiter. Ich meine, das is nicht wirklich außergewöhnlich, oder? Ich muß konkretere Fragen stellen, sonst erzählt Barb mir noch in zwei Stunden, daß sie am Fenster steht und auf ihre Mutter wartet. Ich meine, hinterher ist die Mutter erst um acht gekommen, und das kann auf die Dauer echt langweilig werden. Ich teste mal weiter.

»Wie fühlst du dich?«
»Mir is langweilig. Das Fensterbrett is kalt, und draußen regnets. Meine Mutter wollte schon längst da sein!«
»Was machst du?«
»Ich warte. Der Teppich is weich, das Fensterbrett is kalt, und ich drück meine Nase an die Scheibe!«
»Was willst du machen?«
»Ich will, daß meine Mutter kommt und mir was zu essen macht. Ich hab Hunger!«

»Dann mach dir doch selber was zu essen!«
»Nö, das macht meine Mutter immer!«
»Aber wenn du Hunger hast, mußt du was essen!«
»Okay. Dann geh ich eben in die Küche, aber eigentlich darf ich nich in die Küche, weil da so viele spitze Messer rumliegen. Aber Mama kommt nich, und ich hab Hunger. Ich mach den Kühlschrank auf. Da is Käse. Den nehm ich raus, und dann schneid ich Brot. Mit dem ganz großen Messer. Das darf ich nich, aber ich machs trotzdem, weil ich Hunger hab und Mama nich da is. Ich bin auch ganz vorsichtig, weil ich ja kein Brot schneiden darf. Aber ich kann Brot schneiden. Ich kann das sogar richtig gut. Ich kann Brot schneiden. Ich steh auf einem Stuhl und schneide Brot. Das Brot is richtig dick und hart, aber ich schneid es. Ganz langsam. Ich drück das Messer ins Brot und beweg es immer hin und her. Wie Mama das immer macht. Jetzt leg ich das Messer ganz nach hinten, damit es nich runterfällt. Ich hab die Butter vergessen. Ich steig vom Stuhl, geh zum Kühlschrank, hol die Butter und steig wieder auf den Stuhl. Sonst komm ich nich an mein Brot. Ich seh meine Scheibe Brot aufm Tisch, und ich bin richtig stolz. Meine erste Scheibe Brot. Dann nehm ich ein neues, kleines Messer und schmier Butter auf mein Brot. Ganz vorsichtig. Die Butter is hart und das geht ganz schwer, aber ich bin vorsichtig, damit das Brot nich kaputt geht. Jetzt leg ich den Käse auf mein Brot. Ich beiß noch nich rein. Ich tu erst den Käse und die Butter wieder in den Kühlschrank. Zuerst alles ordentlich machen, dann essen. Ich bin ganz schön stolz. Ich machs mir gleich aufm Sofa gemütlich und dann eß ich mein erstes selbstgemachtes Brot. Jetzt geh ich zurück zum

Stuhl und guck mir mein Brot an. Die Scheibe is ganz gleichmäßig geschnitten, die Butter gleichmäßig unter dem Käse verteilt, und der Käse bedeckt das ganze Brot. Mein Brot sieht aus, als hätte Mama das gemacht. Irgendwie will ich das Brot jetzt nich mehr essen. Das sieht einfach so schön aus, und ich will es unbedingt Mama zeigen. Ich stell mich wieder ans Fenster im Wohnzimmer und warte auf Mama. Es regnet immer noch, und Mama kommt nich. Jetzt warte ich doppelt. Ich will Mama unbedingt das Brot zeigen. Dann kommt Mama. Ich freu mich, und ich will Mama das Brot zeigen. Mama kommt, und ich sage: ›Ich hab ein Brot gemacht!‹ Mama streicht mir über den Kopf und sagt: ›Ich mach dir gleich was zu essen!‹ Ich sage: ›Ich hab schon ein Brot gemacht!‹ Mama sagt: ›Hast du schön gespielt?‹ Mama denkt, ich mach Spaß. Aber ich hab ein Brot gemacht, gleich zeig ichs ihr. Ich geh mit Mama in die Küche, und ich freu mich wirklich. Ich sage: ›Da aufm Tisch liegt das Brot!‹ Mama sagt: ›Da liegt kein Brot. Ich mach dir jetzt eins!‹ Das Brot is weg. Einfach weg. Da liegt mein Brot nich mehr. Es is weg, und Mama glaubt mir nich, daß ich ein Brot gemacht habe...!«
Ich meine, das ist eine ganz nette Geschichte, aber damit kann ich nichts anfangen. Ich meine, damit komm ich nicht weiter. Schließlich weiß ich immer noch nicht, warum Barb nicht rattert, und darum geht es ja im Moment. Wieso heult Barb denn jetzt? Ey, die Alte heult voll. Scheiße. Was mache ich denn jetzt? Ich muß sie zurückholen.

»Barb, mach die Augen auf. Laß die Bilder verschwinden, setz dich hin!«
»Was?«

»Setz dich hin!«
»Ich weiß nich, wo das Brot is!«
»Setz dich hin!«
»Ich weiß einfach nich, wo das Brot geblieben is!«
»Ich hab gesagt, du sollst dich hinsetzen!«
»Das war mein erstes Brot, und meine Mutter hats mir nich geglaubt! Ich konnte es einfach nich beweisen!«
»Jetzt vergiß das mal und setz dich hin!«
Mann. Barb ist ja völlig aus dem Häuschen. Die ist voll am abflennen. Das gibts ja gar nicht. Das muß echt schlimm gewesen sein. Barb muß sich beruhigen.
»Beruhig dich!«
»Ich ruf jetzt meine Mutter an!«
»Warum?«
»Ich sag ihr, daß ich wirklich 'n Brot gemacht habe!«
»Wenn de meinst!«
Na bitte. Wenn sich dadurch die Sache aufklärt. Aber ich bin ja immer noch nicht weiter, und langsam kann Chris mal anrufen. Das gibts doch nicht. Ich meine, der ruft immer an, bevor er feiern geht. Womöglich hat Chris mich wirklich vergessen, oder er hat einfach keine Lust, mich anzurufen. Vielleicht hat er überhaupt keine Lust mehr, mich zu sehen. Vielleicht hat er die Schnauze voll. Kann doch sein. Ich meine, man kann nie wissen. Vielleicht hat er eine andere. Ich sage nur: »Ich warte auf meinen Traummann!« Kann der Idiot vielleicht mal anrufen? Immerhin ist es schon fast 10. Ich sterbe. Ich gehe jetzt rüber in die Küche und mache mir erst mal einen Nerventee. Barb kann ja anscheinend auch einen gebrauchen. Echt. Fängt die einfach an zu heulen. Habe ich nicht grade mit gerechnet. Mann, Mann, Mann. Da liegen vielleicht noch 21 andere Leichen vergraben. Vielleicht muß ich mit Barb mal ein paar Sondersitzungen machen, damit sie den ganzen

Scheiß mal loswird. Die ist ja absolut verkrampft. Da kommt sie ja.

»Willste auch 'n Nerventee?«

»Ich hab meine Mutter angerufen!«

»Und?«

»Ich hab ihr das mit dem Brot gesagt!«

»Und?«

»Sie hat gelacht und gesagt, daß mein Vater das Brot gegessen hat!«

»Dann is doch alles klar!«

»Nö! Die hätten mir das doch mal sagen können! Die ganze Zeit dachte ich, meine Mutter glaubt mir nich, und jetzt lacht se und sagt, mein Vater hat das Brot gegessen!«

»Na, dann weißte wenigstens, daß se dir geglaubt haben!«

»Toll. Nach 100 Jahren erfahre ich das dann mal!«

»Willste jetzt auch 'n Nerventee?«

»Okay!«

Schon komisch, daß die das Barb nicht gesteckt haben. Ich meine, der Vater frißt das Brot, und niemand sagt es Barb. Schon komisch. Ich meine, Barb hat das jetzt echt die ganze Zeit mit sich rumgeschleppt, und der Vater ißt das Brot, und die Alte kann deshalb vielleicht nicht rattern. Kann doch sein. Komisch. Wieso sagen sie Barb das denn nicht?«

»Wieso ham se dir das nich gesagt?«

»Weiß nich! Ich glaub, ich muß jetzt ein Brot machen!«

»Okay. Wenn de willst, könn wir das Spiel öfter machen!«

»Mal sehn. Ich mach erstmal 'n Brot!«

»Und ich mach Tee. Der is gut. Is Nerventee!«

»Hmhm!«
Barb macht ihr Brot, mein Wasser kocht, und Chris ruft nicht an. Gleich klingel ich da wirklich mal durch. Also, ich gebe Chris noch eine halbe Stunde, dann ist Feierabend. Barb kann ich jetzt auch nicht damit belasten. Ich laß die mal schön ihr Brot machen, und dann trinken wir den Nerventee.
»Nerventee is fertig!«
»Brot is fertig!«
»Super!«
»Mann, das Spiel is hart!«
»Aber gut, oder!«
»Auf jeden Fall!«
»Komm, wir setzen uns an den Tisch. Du kannst ja noch 'n Bild malen. Das macht man eigentlich nach dem Spiel. Man malt das wichtigste auf!«
»Ich hab mir doch jetzt schon Brot gemacht. Das is doch, wie 'n Bild malen!«
»Hast recht!«
»Außerdem geh ich gleich nach Hause. Ich muß nachdenken!«
Ja, genau. Ladet euren Scheiß bei mir ab und geht dann alle nach Hause. Ich meine, wer fragt mich denn, wie es mir geht? Ich sitze hier und warte, höre mir komische Brot-Geschichten von Barb an, und dann werde ich alleine gelassen. Echt super. Naja. Ich denke mir meinen Teil. Irgendwann wandere ich noch mal aus. Ich schwörs.
»Irgendwann wander ich aus!«
»Kann ich dann deine Wohnung haben?«
»Ich meins ernst!«
»Ich auch!«
»Ich wander wirklich noch mal aus, nach Afrika!«
»Ach was?!«

»Da wollte ich immer schon mal hin!«
»Ich geh jetzt!«
Toll, toll, toll. Barb ist wirklich eine Freundin. Die alte Schabracke. Ich meine, so geht es nicht. Ich wander echt aus, und dann sollen die alle mal sehen, was sie davon haben. Ich wandere aus, und Chris ruft auch nicht an.
»Chris ruft gar nich an!«
»Der wird sich schon melden!«
»Meinste?«
»Klar!«
Barb hat gut reden. Die hängt jetzt in ihrer Psycho-Brot-Geschichte fest, und ich sitze hier absolut unentspannt am Tisch, trinke meinen Nerventee, und der Tisch ist voller Brotkrümel, die Barb aus dem Mund gefallen sind. Da kann man ja nur verrückt bei werden.
»Ich werd noch mal verrückt!«
»Haste zufällig Wein da?«
»Im Kühlschrank!«
»Super!«
Ich merk schon, Barb interessiert sich wirklich brennend für meine Lebens-Problematik. »Haste zufällig noch Wein?« Ich meine, brennt die Alte? Die Leute denken echt immer nur an sich. Ich meine, wenn ich hier halb tot unterm Tisch rumliegen würde, würde sich Barb trotzdem erst mal den Wein aus der Küche holen. Das ist doch wirklich alles sehr bedenklich, oder? Wenn sich die Tussi wieder an den Tisch gesetzt hat, teste ich das mal weiter an. Ich erzähle Barb einfach von gestern abend, und wenn sie dann nicht richtig reagiert, verliere ich den Glauben an Nächstenliebe. Dann ist echt alles zu spät.
»Gestern hab ich ja den Fehler meines Lebens gemacht!«
»Wasn?«

»Ich bin mit Chris und den Jungs ausgegangen!«
»Is der Wein noch gut? Wie lang stehtn der da schon drin?
»Weiß nich. Noch nich so lange!«
»Na, so genau wollt ichs auch nich wissen!«
»Ich bin gestern mit Chris und den Jungs weggewesen!«
»Äh! Und wie wars?«
»Scheiße!«
»Warum?«
»Die ham doch alle 'n Schatten!«
»Sind ja auch Männer!«
»Ey, das sind keine Männer! Das sind Penner!«
»Is das gleiche!«
»Stimmt!«
»Was war jetzt so schlimm?«
»Alles. Ich meine, die ham mich permanent beleidigt!«
»Echt?«
»Klar. Die ham gesagt, daß ich 'n Sprachfehler hab, daß se meine Jacke scheiße finden, daß ich fett bin und daß meine Fisch-Kette häßlich ist!«
»Welche Fisch-Kette?«
»Na, die Kette mit dem kleinen grünen Fisch, den man so hin und her biegen kann!«
»Ach so!«
»... und dann hat mich einer von diesen Arschlöchern voll gerasselt!«
»Quatsch!«
»Klar. Voll aufn Boden hat der mich gerasselt!«
»Warum?«
»Nur so. Hatte eben Lust dazu!«
»Spinner!«

»Jetzt hab ich 'n riesigen blauen Fleck am Knie!«
»Ey, voll die Spinner!«
»Ich meine, bin ich fett?«
»Nö!«
»Sag doch mal!«
»Nö, biste nich!«
»Findste mich zu pummlig?«
»Quatsch!«
»Und wieso sagt der das dann?«
»Weils 'n Arschloch is!«
»Hast recht!«
»Was hat Chris gesagt?«
»Nix!«
»Wie, ›Nix‹?«
»Ja, nix eben!«
»Der muß doch was gesagt haben!«
»Nö!«
»Arschloch!«
»Wieso?«
»Die Penner beleidigen dich, und Monsieur sagt nix?«
»Nö!«
»Ey, das is auch voll der Penner!«

Stimmt. Chris ist voll der Penner. Die Jungs beleidigen mich, und Monsieur sagt nix. Ey, danke schön. Ich meine, die dürfen mich sogar in der Bar auf den Boden schmeißen und sonstwas mit mir machen. Ich meine, gehts noch? Wer bin ich denn? Irgendwann dürfen die mich sogar ficken, und Chris sagt nix. Ey, danke schön.

»Irgendwann dürfen se mich noch ficken, und Chris sagt nix!«
»Ja klar. Kannste voll mit rechnen!«
»Ich brauch 'n Schluck Wein!«
»Das glaub ich auch!«

»Bloß nich drüber nachdenken!«
»Besser nich!«
»Das sind echt alles Idioten!«
»Hast recht, Alte!«
Das sind echt alles Idioten. Ich meine, die machen, was sie wollen. Ah, rassel ich mal kurz die Kleine von Chris. Kein Problem. Habe ich grade Lust zu. Die steht da so blöde an der Bar, rassel ich sie eben mal kurz.
»Die glauben echt, die könn sich alles erlauben!«
»Klar, sind ja auch Männer!«
»Nee, Penner!«
»Prost, Mutti!«
»Prost!«
Da kann man sich ja nur betrinken. Ich meine, ich bin eine Frau. Das geht nicht. Finde ich. Man kann doch nicht einfach so Frauen in der Bar auf den Boden schmeißen, oder? Da fehlt doch absolut der Respekt.
»Da fehlt doch absolut der Respekt!«
»Respekt? Das kenn die gar nich!«
»Ich glaub auch!«
»Was haste dann gemacht?«
»Ich bin aufgestanden, hab mir 5 Mark bei Chris ausser Tasche gezogen und hab Autorennen gespielt!«
»Wasn das?«
»Kennste nich?«
»No!«
»Das is so 'n Computerteil. Da setzte dich dran, schmeißt Geld rein, hast 'n Lenkrad und dann fährste Autorennen!«
»Is das gut?«
»Klar! Das is genial. Echt. Hab ich erst mal ne halbe Stunde Autorennen gespielt!«
»Coole Aktion!«

»Ja, oder nich?«
»Voll!«
»Dann sind aber die Arschlöcher nachgekommen, ham gesagt: ›Ey, Alte, schwing deinen Arsch vom Sitz. Jetzt sind wir dran!‹«
»Quatsch!«
»Klar! Die ham nämlich voll die Paranoia, daß ich besser sein könnte als sie, wenn ich zu lange übe!«
»Was haste gemacht?«
»Was soll ich machen? Ich bin aufgestanden, hab mich an den Tresen gesetzt und mich zulaufen lassen!«
»Und Chris?«
»Der hat mit den Arschlöchern Autorennen gespielt!«
»Ich glaubs nich. Ey, kein Wunder, daß de Nerventee brauchst!«
»Ja, oder nich!«

Ich meine, was soll ich machen? Ich hatte echt keine Lust auf Diskussion. Kann man sich einfach nur zulaufen lassen. Alles Arschlöcher. Die merken nichts mehr. Echt. Nichts mehr merken die. Vampirella ist da ganz anders. Die macht so eine Scheiße nicht mit. Die sagt: »Ich bin eine emanzipierte Frau, und ich kann schlafen, mit wem ich will!« Die Jungs sollen das noch einmal wagen. Der Arsch soll mich noch einmal rasseln. »Los, rassel mich, du Arsch!« Jetzt macht er den Fehler. Er rasselt mich, mitten in der Bar, auf den Boden. Blitze krachen, Donnergrollen. Vampirella wird langsam böse. Noch liegt sie am Boden, aber ihre Muskeln spannen sich, und ihr Umhang weht. Ich stehe auf, ganz langsam, fixiere den Idioten mit stahlharten Blicken. Er geht eins, zwei, drei Schritte zurück. Meine Wut ist unendlich, und ich sehe furchterregend schön aus. Meine Brust bebt, und ich atme tief.

Plötzlich ist alles ganz still. Die Gläser stehen unberührt auf dem Tresen, Kippen fallen aus den Mundwinkeln. Vampirella ist da. Schwingt ihre Peitsche. Zack, zack, zack. Das Hemd von diesem Idioten ist durchschnitten, auf seiner nackten Brust steht blutig ein riesengroßes »V«. Jetzt ist er gebrandmarkt für den Rest seines Lebens. Jede Frau weiß, er hat den Fehler seines Lebens gemacht. Er hat aus Versehen Vampirella gerasselt. Ich drehe mich um und gehe. Dabei denke ich: »Die sind absolut zu und unsensibel, diese Idioten!«

»Das is doch absolut unsensibel, oder nich?«
»Klar, voll!«
»Ey, in dem Moment war mir echt alles egal. Ich dachte, gleich bring ich mich um!«
»Echt. Du spinnst doch!«
»Wieso?«
»Wegen so was bringt sich keiner um!«
»Ich schon!«
»Da gibts echt härtere Sachen, wegen denen man sich umbringt!«
»Ach. Was denn?«
»Weiß nich!«
»Siehste!«
»Aber wegen sowas bringste dich echt nich gleich um!«
»Findestes jetzt doch nich so schlimm, oder was?«
»Doch. Aber es gibt schlimmeres!«
»Dann sag mir was!«
»Wenn de querschnittsgelähmt bist zum Beispiel!«
»Das is ja mehr ne körperliche Sache!«
»Ja, aber da würd ich mich umbringen!«
»Meins war ja ehr ne psychische Sache!«
»Trotzdem nich!«

Barb kann reden. Ich meine, die macht das ganze Theater ja nicht mit. Aber ich stecke da voll drin. Barb muß sich ja nicht auf den Boden schmeißen lassen. Ich schon. Ich meine, das ist echt der Unterschied. Barb kann das gar nicht beurteilen.

»Du kannst das gar nich beurteiln!«
»Was?«
»Wie schlimm das is!«
»Ich sag doch, daß das alles Idioten sind!«
»Ja, aber den psychischen Schmerz kannste nich nachvollziehn!«
»Ich bin ja auch nich so blöd und laß mich auf Chris ein!«
»Was hatn das jetzt mit Chris zu tun?«
»Der hängt doch mit den Idioten ab!«
»Schon. Aber Chris is kein Idiot!«
»Klar is das 'n Idiot!«
»Is er nich!«
»Voll!«

Chris ist kein Idiot. Chris ist lässig.

Die Jungs sind die Idioten. Kann er ja auch nichts für, oder? Ich meine, Chris will eben Rockstar sein, und da muß er einfach aufpassen, daß er sein Gesicht nicht verliert oder so. Man stelle sich vor, der steht auf und sagt: »Ey, Alter, rassel meine Kleine nich um!« Also, da denken die Jungs doch echt, Chris hat eine Schramme. Chris muß cool sein, sonst verliert er absolut sein Gesicht vor den Jungs.

»Chris muß eben cool sein!«
»Und was is mit dir?«
»Das is doch in dem Moment völlig egal!«
»Super Beziehung!«
»Darum wollte ich mich ja auch umbringen!«

»Da kannste dich ja jeden Tag umbringen. Immer wieder!«
»Will ich ja auch!«
»Na super!«
Nee, echt. Ist wirklich wahr. Immer wenn so eine Scheiße passiert, will ich mich umbringen. Das ist so ein richtiger Ausgleichgedanke. Wenn ich mich über Chris und die Jungs aufrege, stelle ich mir immer vor, wie ich aus dem Fenster springe, mir die Pulsadern aufschneide oder mich vor ein Auto werfe. Das ist echt ein guter Ausgleichgedanke. Dann können die Jungs mal sehen, was sie sich da immer so geleistet haben. Nee, irgendwann bringe ich mich noch mal um.
»Und irgendwann bring ich mich doch um!«
»Und dann?«
»Dann könn die Jungs mal sehn, was se davon haben!«
»Und was hast du davon?«
»Daß die Jungs mal anfangen nachzudenken!«
»Vergiß es!«
»Wieso? Stell dir mal vor, ich schmeiß mich ausm Fenster, lieg da zermatscht aufm Asphalt rum und blute mir die Seele ausm Leib!«
»Ja, eklig!«
»Ich meine, da müssen die doch anfangen, nachzudenken!«
»Quatsch. Die denken höchstens, die Alte von Chris hatte ne Macke!«
»Meinste?«
»Klar. Die komm doch nich auf die Idee, daß das was mit denen zu tun hat!«
»Dann schreib ich eben nen Abschiedsbrief!«
»Und was willste da dann reinschreiben?«

»Ich schreib rein, daß se alle Idioten sind, daß se rücksichtslos, unsensibel und gemein sind!«
»Das interessiert die doch 'n Scheißdreck!«
»Glaub ich nich!«
»Mann. Die sind unreif. Die könn nich anders!«
»Was soll ich dann machen?«
»Dich nich ausm Fenster schmeißen!«

Hahaha. Wirklich komisch. Ich meine, irgendwo muß ich ja mit meiner Aggression bleiben. Wenn ich sie nicht gegen die Jungs richten kann, muß ich sie eben gegen mich richten. Echt.

Das funktioniert so. Habe ich mal gelesen. Da war so ein Bericht über eine Frau, die den totalen Streß in ihrer Ehe hatte. Die hat dann angefangen, mit einer Gabel auf ihrem Handrücken rumzustochern, um ihre Aggressionen loszuwerden, und irgendwann wollte sie sich mit Schlaftabletten einschläfern. Ist aber leider schiefgelaufen, weil ihr Mann dann nach Hause gekommen ist und gemerkt hat, daß mit der Alten was nicht stimmt. Seitdem ist sie irgendwie dumm im Kopf, wegen den ganzen Schlaftabletten. Und ihr Mann ist zu einer anderen Frau abgewandert. Toll, was? Ich meine, mit Schlaftabletten darf man sich echt nicht umbringen. Besser ist wirklich der Sprung aus dem Fenster. Das ist wenigstens sicher. Aber vorher probier ich doch mal die Sache mit der Gabel. Man soll nichts unversucht lassen.

»Dann ramm ich mir eben jedes Mal ne Gabel in meine Hand!«
»Wozu das denn?«
»Um meine Aggressionen loszuwerden!«
»Meinste, das funktioniert?«
»Klar. Wenn de dir selber wehtust, geht irgendwann deine Wut weg!«

»Warum hauste das Ding dann nich Chris in die Hand oder noch besser in den Bauch?«
»Erstens werd ich dann verhaftet, und zweitens macht Chris dann 100 Prozent Schluß!«
»Ja, dann bistn endlich los!«
»Ich will ihn aber nich los sein!«
»Dann hau dir doch diese beschissene Gabel in die Hand!«
»Am besten, ich fang gleich mal damit an!«
»Ey, nee. Bitte nich. Mach das, wenn ich weg bin!«
»Du bist ne Freundin! Kannst ruhig mit mir den Schmerz teilen!«
»Was denn, soll ich mir jetzt auch die Hand zerstochern, oder was?«
»Klar!«
»Du spinnst!«

Dann spinne ich eben. Barb hat einfach keine Ahnung vom Leben. Die ist auch unreif. Alle sind sie unreif. Ist hier eigentlich überhaupt jemand reif, denkt hier eigentlich überhaupt jemand mal nach? Nee, bloß nicht. Ist alles viel zu anstrengend. Ey, am besten ich wander echt aus.

»Ich wander echt aus!«
»Und wohin?«
»Nach Afrika. Hab ich doch vorhin schon gesagt!«
»Und was willste da?«
»Leben und glücklich sein!«
»Meinste, da biste glücklicher als hier?«
»Klar. Ich glaube, in Afrika sind die Leute lässiger!«
»Warum solln die ausgerechnet in Afrika lässiger sein als hier?«
»Weil die Leute da reif sind!«
»Wie kommstn jetzt darauf?«
»Ich weiß nich. Da scheint wenigstens die Sonne!«

»Was hat die Sonne bitteschön mit der Reife zu tun?«
»Ne Orange brauch auch Sonne, um reif zu werden!«
»Das is ne Logik!«

Ja, oder nicht? Ich stelle mir das wirklich so vor. Ich meine, vielleicht ist das ein bißchen abstrakt, oder so, aber kann doch sein. Die Leute in Afrika haben mehr Sonne und deshalb sind sie reifer als hier. Außerdem sehen die immer irgendwie so fröhlich aus. Das ist doch das wichtigste. Wenn man mal so eine Statistik machen würde, würde man garantiert feststellen, daß die Selbstmordrate bei uns höher ist als in Afrika.

»In Afrika bringen sich bestimmt nich so viele Leute um wie hier!«
»Kann schon sein, weils denen insgesamt schlechter geht als uns!«
»Dann müßten sich ja eigentlich mehr Leute umbringen!«
»Nee. Die halten einfach besser zusammen!«
»Siehste, die sind einfach reifer!«
»Mann. Jetzt trink deinen Nerventee!«

Echt. Barb denkt auch nicht nach. Die hat einfach kein Gefühl für Afrika. Ich gehe ja sowieso davon aus, daß mein Traummann in Afrika sitzt. Echt. Das wußte ich schon als kleines Kind, daß der da irgendwo rumlungert und auf mich wartet. Das ist doch echt ein Grund auszuwandern, wie soll ich den denn sonst jemals finden? Ich werde das jetzt erst mal in Ruhe überdenken. Der Mensch braucht schließlich Ziele. Und dann werde ich einen Plan machen. Meinen Afrika-Plan. Gefällt mir echt gut, die Idee mit Afrika.

»Ich find, das mit Afrika und Auswandern und so ist echt ne gute Idee!«
»Wenn de meinst. Ich glaub, da isses genauso wie hier!«

»Geht gar nich!«
»Warum?«
»Weil die da zum Beispiel gar keine Autos und Fernseher haben und keine Clubs!«
»Klar ham die da Fernseher, Autos und Clubs!«
»Dahin, wo ich auswander, ham die das nich!«
»Dann mußte innen Busch oder in die Wüste auswandern!«
»Ja, klar. Was dachtest du denn?«
»Ich hab gar nichts gedacht, ehrlich gesagt!«
»Nee, echt. Ich wander nach Amazonien aus!«
»Das is aber nich in Afrika!«
»Wo denn bitte sonst?«
»Süd-Amerika!«
»Quatsch! Also, du hast hier Nord-Afrika, hier is die Wüste und da fließt der Amazonas. Also ist das hier Amazonien!«
»Du bist so blöd. Der Amazonas ist in Süd-Amerika!«
»Quatsch. Ich hol mal meinen Atlas. Dann beweis ichs dir!«
Barb hat ja echt überhaupt keine Peilung von Afrika. So ein Quatsch! Der Amazonas fließt durch Nord-Afrika. Ich werde Barb das jetzt mal beweisen. Ich hole einfach meinen alten Schulatlas und dann wollen wir doch mal sehen. Wo ist denn jetzt das Scheiß-Ding. Also, ich meine ja, daß der da irgendwo in diesem Karton mit den Schulbüchern rumliegen muß, und der Karton steht unterm Bett. Na, dann wollen wir mal gucken. Äh, ich kotze ja. Physik. Kotz, kotz, kotz. Da bin ich doch tatsächlich mal rausgeflogen. Habe mich halt ein bißchen gelangweilt und habe rumgehampelt, und plötzlich hat mein Lehrer geschrien, daß ich mal ganz schnell vor die Tür verschwinden soll,

weil ich nerve. Arschloch. Ich habe echt nur ein bißchen rumgehampelt. Da muß man doch nicht gleich so ausflippen, finde ich. Irgendwann besuche ich das Arschloch noch mal und werde die Peitsche schwingen. Das mache ich vor allen Leuten, genau, mitten auf dem Schulflur. Wird der eine Panik kriegen. Ich sage einfach: »Tachchen!«, knall mit der Peitsche, und dabei gehen leider die ganzen Vitrinen mit den eingelegten Küken und Schlangen kaputt. Schade eigentlich. Aber das ist mir dann so was von scheißegal. Ich will Rache. Mich schmeißt niemand vor die Tür. Das soll der sich mal schön merken. Und leiden soll er. Meine Titten wackeln, und am liebsten würde er sie anfassen. Aber das geht leider nicht, weil ich schon wieder meine Peitsche schwinge und ihm ein wunderschönes »V« auf die Brust knalle. Da ist er ja, der Schulatlas. Wunderbar. Dann wollen wir doch mal sehen.

»Dann wolln wir doch mal sehn!«

»Ja, da wolln wir doch mal sehn!«

»Um was wolln wir wetten?«

»Um 1000 Mark!«

»Okay. Ich sag dir, du machst 'n riesengroßen Fehler!«

»Du machst 'n riesengroßen Fehler. Ich freu mich schon. Mal so eben 1000 Mark gewinnen!«

»Pff. Mal so eben 1000 Mark verlieren!«

»Jetzt laber nich, schlag die Seite auf!«

»Ja, ja, ja. Kleinen Moment bitte!«

Barb wird sich noch wundern, und die 1000 Mark kann ich gut für mein Auswandern brauchen. Also, Seite 103. Na, ich bin ja mal gespannt. Gleich ist Barb arm wie eine Kirchenmaus.

»Bitteschön, hier is Afrika!«

»Bitteschön, und hier fließt der Nil und nich der Amazonas!«

»Kann gar nich sein!«
»Ach nee. Meinste die Leute vom Atlas ham sich geirrt?«
»Also, für mich is das der Amazonas!«
»Du spinnst. Her mit den 1000 Mark!«
»Moment, bitte. Ich meine, da steht vielleicht Nil dran, aber vom Gefühl her isses der Amazonas!«
»1000 Mark, bitte!«
»Mein Erdkundelehrer hat immer Sahaha gesagt!«
»Und was sollte das heißen?«
»Sahara. Ich finde, solche Leute darfste einfach nich unterrichten lassen!«
»1000 Mahark!«
»Ich hab keine 1000 Mark, außerdem ham wir keinen Vertrag abgeschlossen!«
»Wir ham aber gewettet, und das zählt!«
»Pff. Ich muß jetzt sparsam sein!«

Echt. Ich kann jetzt nicht einfach so 1000 Mark aus dem Fenster schmeißen. Ich muß jetzt sparen. Auswandern ist schließlich nicht billig, und vom Gefühl her ist das doch der Amazonas. Ich hole mir jetzt einen Stift und schreibe das da mal rein. Dann gibts wenigstens einen Atlas, wo es richtig drin steht.

»Ich hol mir jetzt 'n Stift!«
»Erst 1000 Mark!«
»Quatsch. Ich hol jetzt 'n Stift und schreib das da mal richtig rein!«
»Du hast ne Macke, Mutti!«
»Ich weiß!«

Barb hat einfach kein Gefühl für sowas. Also, für mich ist das Gefühl wichtig. Ich meine, wenn die Leute glauben, den Amazonas Nil nennen zu müssen, muß das ja noch lange nicht richtig sein. Für mich ist das der Amazonas und Ende. Ich hole jetzt den Stift, und dann steht es da schwarz auf weiß. Der Amazonas fließt durch Afrika, und da sollen die in Süd-Amerika sich mit dem Nil rumärgern. Wo ist den jetzt der Stift? Der lag doch die ganze Zeit neben dem Telefon, und wenn ich da jetzt mal genauer hingucke, liegt da eigentlich nur Staub. Manchmal frage ich mich echt, wo der ganze Staub herkommt. Fegt man einen Tag durch die Wohnung, ist es am nächsten Tag schon wieder absolut staubig. Nee, echt. Das nervt. Unter dem Bett war es eben auch schon so ein bißchen eklig, und trotzdem ist der Stift weg. Ich meine, ich habe ja nur den einen, und das ist denn doch wohl richtig doof, wenn der weg ist. Ich meine, der kann einfach nur im Flur sein. Das geht gar nicht anders. Hier ist es ja eigentlich ganz übersichtlich. Ich meine, Stühle, Tisch und Telefon. Da muß der doch zu finden sein. Mann. Ich flipp aus. Ich bin ganz nervös, und nervös kann man einfach keine Stifte suchen und finden. Ganz ruhig. Zuletzt lag er neben dem Telefon, jetzt nicht mehr. Was habe ich denn zuletzt mit dem Stift gemacht? Ach ja, den Teebeutel aus der Tasse gezogen, das war am Tisch. Also muß er ja wohl noch auf dem Tisch liegen

»Sag doch, daß der Stift aufm Tisch liegt!«
»Ich seh den jetzt auch erst zum ersten Mal!«
»Mann, Mann, Mann. Ich sag, ich such den Stift, und er liegt genau vor deiner Fresse. Haste den echt nich gesehn?«
»No!«
»Merkwürdig!«

Kann nicht gucken, die Alte. Ich renne hier blöd im Flur rum und suche den Stift, dabei liegt er genau vor ihrer Nase. Echt merkwürdig. Ich möchte mal wissen, wo Barb ihre Augen hat.

»Wo hastn du deine Augen?«
»Im Kopf, wo sonst?«
»Am Arsch. Ich meine, ich finds nur merkwürdig, daß de den Stift nich gesehn hast!«
»Is doch so was von egal!«
»Ich mein ja nur!«
»Haste noch Wein?«
»Willste noch was?«
»Sonst würd ich ja nich fragen!«
»Ich glaub, neben dem Bett steht noch ne halbe Flasche!«
»Wieso hastn du überall halbe Weinflaschen stehn?«
»Weiß auch nich. Vielleicht, weil ich die nie ganz austrinke!«
»Wie wärs, wenn de erst mal eine austrinkst und dann die nächste aufmachst?«
»Keine schlechte Idee!«

Das ist doch jetzt egal. Es gibt echt wichtigere Sachen, zum Beispiel den Atlas vervollständigen und den Amazonas endlich mal richtig eintragen. Dafür brauche ich Ruhe. Barb soll sich die Flasche holen, sich hinsetzen und mal kurz ihre Klappe halten, sonst wird das hier nie was mit dem Amazonas. Ich schreibe das da jetzt einfach rein. Einfach über den beschissenen Nil drüber, dann mal ich noch neben den Viktoriasee einen kleinen Hügel mit einer Schirmakazie drauf. Sehr wichtig. Da stelle ich mich dann drauf, und die Schirmakazie spendet mir Schatten. Wunderbar. Von da aus kann ich dann ganz Amazonien überblicken. Genial. Afrika. Der Hügel ist echt gut.

»Ich hab hier neben den Viktoriasee noch 'n kleinen Hügel gemalt, damit ich mich dann da drauf stellen kann, um mal 'n Blick in die Runde zu werfen!«

»Und was is dieser komische Kruckel aufm Hügel?«
»Mann, das is kein Kruckel, das is ne Schirmakazie!«
»Ach was?!«
»Schirmakazien sind super!«
»Willst du auch noch Wein?«
»Ja, schütt ein. Schirmakazien sind echt die besten Bäume, die es gibt!«
»Is der Wein eigentlich noch gut? Ich meine, wie lang stehtn der schon da neben dem Bett?«
»Weiß nich, vielleicht ne Woche!«
»Meinste, der is noch gut?«
»Klar, Wein kann nich schlecht werden!«
»Klar kann Wein schlecht werden!«
»Is doch egal, jedenfalls ham Schirmakazien ganz viele Stacheln und Dornen am Stamm!«
»Probier mal, ob der Wein noch gut is! Ich meine, der stand jetzt nich im Kühlschrank!«
»Mann. Ich erzähl hier was von Schirmakazien, und du machst dir Gedanken, ob der Wein noch gut is!«
»Will ich kotzen oder was?«

Mann. Sowas unwichtiges. Hier geht es schließlich um Schirmakazien. Barb muß echt noch lernen, sich um wichtige Dinge zu kümmern und nicht um Wein, der vielleicht schlecht ist. Naja. Ich probiere jetzt den Wein, und dann ist Ruhe.

»Klar is der Wein noch gut. Schmeckt doch prima!«
»Dann bin ich ja beruhigt!«
»Ich find das gut, daß die solche Stacheln haben. Da ham se echt nen natürlichen Abwehrmechanismus. Kann ihnen niemand auf die Pelle rücken!«
»Wem?«
»Mann. Den Schirmakazien!«
»Wer soll denen denn auf die Pelle rücken?«

»Ich meine, mehr so bildlich gesehen. Wenn de Stacheln hast, is jeder vorsichtig mit dir, weil alle Panik haben, daß se sich sonst an dir verletzen, wenn se dir zu nahe komm. Ich meine, wenn ich gestern son paar Stacheln gehabt hätte, hätte mich dieses Arschloch nich einfach aufn Boden geschmissen!«

»Hast recht!«

Echt. Ich will auch Stacheln haben. Überall. Dann kann mich keiner mehr auf den Boden schmeißen. Alle denken sie: »Ah. Vorsicht, die Kleine von Chris hat Stacheln. Ey, lieber nicht auf den Boden schmeißen!« Ich meine, es gibt doch diese komischen Lederarmbänder, die so Metallstacheln haben. Solche Anzüge müßte es geben. Echt. Am ganzen Körper Metallstacheln. Super Vorstellung. Da faßt dich keiner mehr an, alle haben Angst, daß sie sich wehtun. Jeder ist nett zu dir, und du hast deine Ruhe.

»Ey, solche Anzüge müßte es geben, die überall Metallstacheln dran ham, da schmeißt dich keiner mehr aufn Boden!«

»Du spinnst. Dann faßt dich aber auch keiner mehr an!«

»Ja, ein Glück!«

»Und was is, wenn dich jemand umarmen will?«

»Dann steig ich eben mal kurz aus meinem Anzug raus. Einfach Reißverschluß auf und weg damit!«

»Das kann dann aber auf die Dauer ganz schön stressig werden, glaub ich!«

»Besser, als wenn de dauernd hingeschmissen wirst!«

»Dann muß man das aber immer erst anmelden, wenn man dich umarmen will!«

»Ja, richtig so. Weiß man wenigstens, daß es ernst gemeint is!«

»Dann komm se alle an, oder was? ›Hallo, Kleine, in

fünf Minuten will ich dich umarmen!‹ Den Zirkus macht doch keiner mit!«
»Hmhm!«
Ey, kann wirklich sein. Das ist ja dann auch blöd. Ich meine, dann tut dir zwar keiner mehr weh, aber lieb ist dann auch keiner mehr. Das ist echt ganz schön scheiße. Was mache ich denn nun? So ein Mist, echt. Geht eben doch nur noch Auswandern.
»Wenn ich auswander, brauch ich son Anzug sowieso nich!«
»Sei froh!«
»Ey, voll. Stell dir mal vor, latschste da die ganze Zeit wie son Stachelschwein durch die Gegend!«
»Ey, da denken alle, die is krank, die Alte!«
»Ja, oder nich?!«
»Voll. Stell dir mal vor, dir kommt einer mit sonem Anzug entgegen, denkste auch, der is pervers oder so!«
»Ja, ey. Kannste voll die Paranoia kriegen!«
Nee, echt. Kommt einem so ein Typ auf der Straße mit so einem Stachelanzug entgegen. Wechselt man doch gleich auf die andere Straßenseite, weil man Schiß hat, daß der einem gleich seine Stachelkeule in die Fresse schwingt. Ey, bloß nicht. Naja, aber vielleicht besorge ich mir ja mal so ein Armband. So pro-forma-mäßig.
»Aber son Stachelarmband is nich schlecht. Da haste wenigstens 'n bißchen das Gefühl, das de geschützt bist!«
»Ja, das is nich schlecht, irgendwie sogar richtig schick!«
»Find ich auch. Aber trotzdem, Schirmakazien sind lässig. Wenn ich sterbe, will ich unbedingt auf ner Schirmakazie begraben werden!«

»Wie solln das bitte funktioniern. Man kann niemanden aufm Baum begraben!«
»Was soll ichn sonst sagen? Aufm Baum einäschern, oder aufm Baum versenken?«
»Vielleicht aufn Baum binden!«
»Das klingt so, wie annen Marterpfahl gefesselt!«
»Hast recht!«
»Aufn Baum legen!«
»Das is gut. Das klingt richtig gemütlich!«
»Hast recht!«

Also, wenn ich mal tot bin, laß ich mich auf jeden Fall auf einen Baum legen. Das ist echt perfekt. Ich meine, woher weiß man, daß man wirklich tot ist, wenn man tot ist. Vielleicht braucht man da ja trotzdem noch Sauerstoff, oder so. Ich meine, lebendig würde man sich doch nie freiwillig unter die Erde buddeln lassen oder verbrennen lassen oder gestatten, daß die einen ins Meer schmeißen. Ich finde das auf eine Art unnatürlich. Auf einem Baum rumliegen ist echt das beste. Da kann man wenigstens im Notfall wieder runterklettern, falls man doch nicht richtig tot ist. Aber versuch mal einer, aus einem Sarg wieder rauszukommen. Kann man echt voll vergessen. Da hat sich dann die Sache total erledigt. Ah, ey. Da kriege ich ja jetzt schon die absolute Platzangst.

»Da krieg ich voll Platzangst, wenn ich dran denke, innem Sarg zu liegen. Und da liegste echt nich nur fünf Minuten drin, sondern 100 000 Jahre!«
»Ey, hör bloß auf. Laß uns lieber schnell noch 'n bißchen Wein reinschütten!«

Mann. Das ist ein Scheiß-Thema. Ich denke da echt nicht gerne dran. Unter der Erde liegen, in so einem engen Sarg, ohne Licht und Luft und allein. Barb ist auch schon ganz nervös. Die frißt grade ihre widerliche Brille auf.

»Ey, Barb. Friß deine Brille nich auf!«
»Hm?«
»Ich bin zwar froh, wenn das Scheiß-Ding weg is, aber dann findste ja nich mehr nach Hause und ich hab keine Lust, den Blindenführer zu spielen!«
»Alte, du bist so ne Sau!«
»Kann ich was dafür, wenn deine Brille häßlich is?«
»Die is nich häßlich!«
»Und warum ziehste die dann immer nur heimlich an?«
»Weil ich mich mit Kontaktlinsen besser finde!«
»Nee, weil de mit der Brille einfach wie 'n Alien aussiehst und du Schiß hast, daß se dich einfangen und auseinandernehmen!«
»Ich geh jetzt!«
»Warum denn?«
»Weil ich keine Lust hab, mich von dir beleidigen zu lassen!«
»Ich bin doch ganz lieb!«
»Blablabla!«

Mann. Barb is echt absolut sensibel. Hauptsache, die Alte flippt nicht aus und schmeißt mit ihrem Monster rum, das in ihrer beknackten, roten Handtasche rumfliegt. Dann soll sie eben Leine ziehen. Ist auch besser so, weil ich langsam echt ein bißchen genervt bin von der ganzen Rumdiskutiererei. Und außerdem will ich mich jetzt mal wieder auf mein Warten konzentrieren und die ganze Sache mit Chris noch mal überdenken. Ich muß innerlich einfach mal abchecken, warum der Pisser nicht anruft, und dafür brauche ich Ruhe.

»Chris ruft nich an!«
»Is mir doch egal!«
»Deine Brille is häßlich!«

»Du bist häßlich. Ich hau jetzt ab!«
»Und dann?«
»Nichts und dann! Hier isses mir einfach 'n bißchen zu gefährlich!«
»Warum?«
»Hier mach ich nur Scheiße! Freß meine Brille auf und mach komische Psychospiele mit dir! Ich meine, das muß man auch erst mal verdauen!«
»Wenn de meinst! Dann mach ich meinen Auswander-Plan und warte, daß Chris anruft!«
»Laß das jetzt mal mit dem Auswandern!«
»Okay!«
»Bis dann!«
»Tschüs!«
Tschüs und Tür zu.

Wie still es plötzlich ist. Still. So still. Man kann das Warten richtig hören. Hör mal. Nee, echt. Wenn es so still ist, hört man das Warten.

Das ist scheiße.

Die Stühle sind still, der Tisch, das Sofa und der Fernseher. Alles ist still. Der Fußboden, die Wände, die Decke. Kein Laut. Nur das Warten schreit rum.

Ich sollte vielleicht jetzt ein bißchen glotzen, doch dann kann ich nicht nachdenken, und das ist auch doof, weil ich mir dann noch mehr Sorgen mache, warum Chris nicht anruft, und wenn ich darüber nachdenke, kann ich so lange darüber nachdenken, bis ich weiß, warum er nicht anruft. Vielleicht mache ich mir jetzt erst mal meinen Auswander-Plan. Wenn Chris nicht anruft, brauche ich echt einen Ausgleichgedanken. Auswandern. Das ist ein guter Ausgleichgedanke. Hat ja auch ein bißchen was mit Rache zu tun. Früher, wenn ich auf meine Mutter wütend war, habe ich immer zu ihr gesagt: »Ich hau ab!« Dann bin ich raus auf die Straße gerannt und meine Mutter mit ihren Hausschuhen hinterher. Das war echt komisch. Plötzlich hatte ich ganz viel Macht, und meine Mutter dachte echt, ich haue ab. Ich meine, ich hätte es nie gemacht, aber die Macht war gut. Und alle haben sich Sorgen gemacht, und dann waren sie alle ganz nett zu mir.

Aber dieses Mal haue ich wirklich ab. Echt. Planmäßig. Ich packe mich ins Bett und dann mache ich einen Plan, und wenn Chris immer feiern gehen will, dann soll er das doch machen, und sich gefälligst nicht wundern, wenn ich für immer weg bin. Dann merkt er vielleicht mal, wie scheiße das ist, wenn man alleine ist. Und warten muß auf Monsieur. Das ist ein richtig guter Gedanke. Das ist Rache. Das ist wirklich richtig echte Rache, und Rache macht Spaß. Ich lege mich jetzt in mein Bett.

Die 40 bunten Plastiklichter leuchten, mein Zimmer ist bunt, ich liege in pinker Bettwäsche, und der Engel betet und sieht mich dabei an. Er betet, und ich frage mich, wofür eigentlich. Da gibt es echt nichts zu beten. Ich nehme mein Schnuffeltuch und starre wie bekloppt an die Zimmerdecke. Die ist auch rosa, weil das Pink von der Bettwäsche bis an die Decke leuchtet, und die Plastikblumen blühen. Und ich bin allein. Ich bin allein mit meinen Beinen, meinen Armen, meinem Bauch und meinem Mund. Meine Augen sind allein, und die sehen, daß ich alleine bin. Auf meinem Bauch liegt keine Hand, und es ist ein Bauch, in dem Kinder wachsen können. Nee, echt. Wer paßt hier bitteschön mal auf meinen Bauch auf?

Der Rockstar tanzt.

Drüben bei meinen Nachbarn brennt Licht, und bei mir leuchten 40 bunte Plastiklichter, wie in Las Vegas. Fehlt eigentlich nur die runde Spiegelkugel, die sich an der Zimmerdecke dreht und den Raum mit ihren Lichtreflexen betupft. Wen streicheln meine Hände, wenn nicht die Göttin? Manchmal streiche ich Chris die Haare aus der Stirn, wenn er kommt und nichts mehr peilt. Dann streichen meine Hände seine Haare aus der Stirn. Chris merkt es nicht. Er liegt nur da, in meinem Bett und schwitzt wie Sau, weil er zu viel Speed gezogen hat. Ich streichel ihn, und er merkt es, glaube ich, echt nicht. Ich gucke ihn dann einfach bloß an, und er ist ganz still. Er liegt da und schwitzt. Friedlich. Manchmal könnte ich echt heulen, aber dann denke ich an Las Vegas und spüre ganz genau, daß wir da eines Tages heiraten werden. Chris und ich in Las Vegas. Das ist echt ein guter Gedanke, und er macht mich absolut glücklich. Dann muß ich auch nicht mehr heulen. Praktisch, was? In solchen Momenten sehe ich Chris vor mir, wie er tanzt. Ich liebe Chris, wenn er tanzt. Echt. Am Anfang, da bin ich immer mit Feiern gegangen. Ich habe mich einfach nur auf einen Barhocker gesetzt und Monsieur beim Tanzen zugeguckt. Ich fand das schick. Aber auf die Dauer wurde es dann doch langweilig, und ich wollte nach Hause gehen und pennen oder ein bißchen rumficken. Chris nicht. Der tanzt lieber weiter. 100 Jahre. Darum gehe ich jetzt nicht mehr mit. Außer gestern. Das war echt ein Fehler. Außerdem ist das total beknackt als einzige Frau unter den idiotischen Jungs. Ich meine, die nehmen auch echt keine Rücksicht. Wie gestern. Ich meine, beleidigt mich der Idiot einfach. Sagt, daß ich einen Sprachfehler habe, daß meine Jacke häßlich ist, daß ich fett bin. Ich meine, das ist doch wohl echt unglaublich. Aber ich liebe Monsieur wirklich, wenn er tanzt. Das ist echt super-sexy.

Er steht breitbeinig in der Mitte der Tanzfläche und wiegt seinen Körper hin und her, seine Haare hängen ihm ins Gesicht, und alles ist ganz soft und fließend. Schick, was? Mann, Mann, Mann. Wenn ich mir das jetzt so vorstelle, denke ich: »Ey, lieber nich dran denken, sonst passiert noch was!« Da bin ich echt abergläubisch. Ich denke immer, wenn ich mir schöne Gedanken über Monsieur mache, dann geht alles schief. Das ist ganz komisch. Die einzige Ausnahme ist der Gedanke mit Las Vegas. Das liegt aber daran, weil Las Vegas ist mehr so ein Traum, nicht richtig Wirklichkeit. Aber ein tanzender Chris ist Wirklichkeit, und wenn ich mir jetzt so vorstelle, wie sexy der aussieht, dann denke ich, der knutscht bestimmt mit einer anderen rum.

Chris steht da, mitten auf der Tanzfläche, ein riesiger Scheinwerfer ist direkt auf Monsieur gerichtet, und er sieht echt und absolut wie ein Rockstar aus. Seine langen, schwarzen Haare glänzen, und sie fallen ihm weich vor sein Gesicht. Seine schwarzen Riesen-Tattoos scheinen durch das T-Shirt. Jeder Muskel ist angespannt, seine Hüften wiegen sich langsam zur Musik. Jetzt fehlt echt nur die Gitarre, die er am Ende zertrümmert. Die Menge tobt, und aus dem Nichts erscheint eine große, sexy Frau. Die schmiegt sich mit ihren Titten an ihn und dann wiegen sich beide zur Musik. Und plötzlich wird geknutscht. Heiß und hemmungslos. Ich stehe am Rand, habe einen Kloß im Hals, und ich kann nichts machen. Echt nichts. Ich meine, die Frau hat Titten. Riesengroße Titten. Und das ist echt scheiße. Also stelle ich mir lieber gleich vor, daß Monsieur mit anderen Tussis knutscht, dann bin ich im Ernstfall vorbereitet. Ich meine, wenn ich mir die ganze Zeit schöne Sachen mit Chris vorstelle, bin ich enttäuscht, wenn er mit einer Tussi rumknutscht. Ist doch klar, oder?! Wenn ich mir aber vorstelle, er knutscht mit so einem Tittenmonster rum, bin ich nicht enttäuscht. Oder nicht so doll jedenfalls. Ich meine, vielleicht knutscht er ja jetzt schon rum. Ich meine, Monsieur hat sich immer noch nicht gemeldet, und das ist echt außergewöhnlich. Ich meine, da ist Monsieur sonst echt verläßlich. Der ruft immer noch mal an, bevor er tanzen geht.

Komisch, komisch, komisch!

Da fällt mir ein, die Söckchen liegen noch naß in der Trommel rum. So was. Die muß ich echt sofort aufhängen, sonst vergammeln die noch. Die liegen naß in der Trommel. Super. Jetzt muß ich tatsächlich noch mal aufstehen und Söckchen aufhängen. Ich pack es nicht. Mann, Mann, Mann. Naja. Ich glaube, wenn ich die Söckchen aufgehängt habe, hübsch einzeln nebeneinander und schön sortiert nach Größe und Farbe, dann ruft Chris bestimmt an. Also los. Söckchen aufhängen.

Las Vegas, ich laß dich mal kurz allein.

Et voilà, und schon klingelt das Telefon. Ich habe doch noch nicht mal die Waschmaschine erreicht. Naja, vielleicht hat der Wille gereicht. Husch, husch in den Flur, Anruf entgegennehmen.

»Hey, meine kleine Ficksau!«
»Selber!«
»Mein kleines Mösenbecken!«
»Schwanzlutscher!«
»Nee. Das bist du!«
»Was macht ihr?«
»Die Jungs und ich ham ein paar Pillen geschmissen. Ich bring dir welche mit.«
»Klasse!«
»Schläfst du schon?«
»Ja!«
»Okay meine Süße, Kleine. Ich wollte dir nur sagen, daß ich dich vermisse!«
»Ich dich auch!«

»Also, die Jungs und ich gehn gleich noch ein bißchen Zappeln.«
»Viel Spaß!«
»Hey, ich komm dann nachher zu dir! Ist das okay?«
»Klar!«
»Dicken Kuß!«
»Selber!«

Ja, Monsieur, ich vermisse Sie auch. Ich vermisse dich sogar noch viel mehr. Aber ich denke an dich, wie du mit den anderen Tussis rumknutschst. Zum Beispiel. Und ich bin echt stolz auf dich, daß du und die Jungs Pillen geschmissen habt. Ich hasse eure Pillen, und ich will nicht, daß du Pillen nimmst. Ich will lieber, daß du hier bist, mein kleiner Monsieur.

Ich ziehe mich jetzt aus, und meine Beine sind absolut frisch rasiert. Komm lieber her und tanz mit mir. Wie früher. Ganz am Anfang, weißt du noch? Da haben wir hier in Las Vegas getanzt. Eng umschlungen und du hast gesagt: »Ich bin verliebt!« Das war echt schön. Eine Woche lang bist du nicht feiern gegangen. Eine Woche haben wir nur in Las Vegas getanzt und gefickt. Das war echt super. Mann, da habe ich mich echt in dich verliebt. Ich würde jetzt gerne mit Ihnen tanzen, Monsieur, aber ich hänge wohl mal lieber schnell die Socken auf, sonst geht noch was schief.

Na perfekt. Schon wieder renne ich nackt durch die Wohnung. Jetzt können mich die Nachbarn von drüben wirklich gut sehen, denn es ist dunkel draußen und hier drinnen ist das Licht an. Schnell ins Badezimmer. Da ist man sicher vor den lüsternen Blicken. Tja, Pech gehabt, Freunde. Waschmaschine auf und irgendwie denke ich dabei jedesmal, daß ich einen elektrischen Schlag kriege. Die Sache ist nämlich die, daß ich so eine Waschmaschine habe, bei der man erst den Deckel oben aufmachen muß, um an die Blechtrommel zu kommen, wo die nasse Wäsche drin ist. Und weil das ja ein elektrisches Gerät ist und weil es innen naß ist und weil die Trommel aus Metall ist, habe ich eben Angst, daß ich einen Schlag kriege, wenn ich die Trommel anfasse. Leuchtet ein, oder? Ich habe aber zum Glück noch nie einen Schlag gekriegt. Trotzdem. Irgendwie ist das immer wieder ziemlich spannend.

Alles klar, ich lebe noch. Weiter geht es. Socken aus der Trommel nehmen und an den nackten Bauch drücken. Wah, sind die kalt. Nee, nee, nee. Das schockt echt überhaupt nicht. Das macht keinen Spaß. Das ist echt einfach nur kalt und fusselig. Hinterher kleben mir bestimmt 1000 schwarze Socken-Fusseln auf dem Bauch. Nee, Söckchenaufhängen ist kein Spaß. Rüber ins Wohnzimmer, wo der blöde Wäscheständer für 14 Mark 50 steht, und die Dinger gleichmäßig verteilen. Monsieur soll morgen frische Söckchen haben.

So, fertig. Jetzt lege ich mich wieder hin, sammel mir die Wollflusen vom Bauch und stelle mir vor, wie Chris mit anderen Frauen rumknutscht. Dann schlafe ich ein, und im Schlaf warte ich, daß er kommt.

»Hallo?«

»Hallo!«

Da ist ja endlich, mein allerliebster Monsieur. Da freue ich mich ja richtig. Ich stehe verschlafen neben der Wohnungstür und warte, daß Monsieur die Treppe hochgekrochen kommt, und beim letzten Treppenabsatz weiß ich dann immer, in welchem Delirium Monsieur sich heute wieder befindet. Das ist praktisch, nee echt. Aber ich freue mich echt, daß Monsieur da ist. Mein klitzekleiner Chris. Gleich kommt er die Treppen hoch und dann nehme ich ihn in den Arm und drücke ihn ganz fest an meinen nackten Bauch. Die Fusseln sind hoffentlich alle weg. Draußen wird es ja schon fast wieder hell. Und ich habe die ganze Nacht allein im Bett gelegen und mich gefragt, was Monsieur die ganze Zeit macht. Ich meine, irgendwie verstehe ich nicht, daß Monsieur lieber mit den Jungs tanzen geht, als mit mir im warmen Bettchen zu liegen. Aber jetzt ist er mal da, und ich finde das echt ziemlich lässig.

Bevor Chris oben ist, laufe ich noch mal fix ins Las Vegas und mache schnell die bunten Plastiklichter an. Das sieht dann so ein bißchen verliebter aus.

Ich habe superschlecht geträumt. Das liegt daran, weil Chris nicht da war. Dann träume ich nämlich immer schlecht. Also träume ich ziemlich oft, ziemlich schlecht. Aber jetzt ist Monsieur ja da. Er nimmt mich in seine Arme, ich rieche seinen weichen, warmen Atem, schmiege mein Gesicht an seine Brust, schließe die Augen, und Chris trägt mich ins Las Vegas, legt mich sanft ins Bett und kuschelt sich neben mich. Mein Kopf auf seiner Brust, seine Arme beschützen mich. »Hier bist du sicher, Baby!« Vielleicht ficken wir ja auch noch. Das wäre nach langer Zeit mal wieder eine richtig gute Idee. Ich weiß schon gar nicht mehr, wie das geht. Nee, echt. Aber Ficken mit Chris ist gut. Ich sehe Monsieur über mir, seine nackte, glatte Brust mit dem großen, schwarzen Tattoo. Seine Muskeln beben, seine heißen Lippen berühren mein Gesicht, sein Atem ist tief und heftig. Meine Finger krallen sich in seinen Rücken und reißen tiefe, blutige Furchen zwischen seine Schulterblätter. Er liegt ganz schwer und beschützend auf meinem gierigen Körper. Ich spüre seinen Schwanz in meiner Muschi, und wir sind zu Einem verschmolzen. Nichts kann uns mehr trennen. Ich finde das einfach genial. Ich meine, das ist wirklich gut, daß man sich so zusammen verschweißen kann. Das ist so ein Moment, an dem man nicht alleine ist. Da besteht man eigentlich aus zwei Personen und ist trotzdem eins. Ist doch genial, oder? Mann, Mann, Mann. Das haben wir echt schon Jahre nicht mehr gemacht. Vielleicht ficken wir ja jetzt wirklich noch. Super.

Chris kommt die Treppe hoch und damit hat er echt Schwierigkeiten. Aber Monsieur steigt auch wirklich nicht gerne die Treppen hoch. Ich stehe frierend und zitternd neben der Wohnungstür, als er endlich oben angekommen ist. Er hat es geschafft und Monsieur befindet sich im 10. Delirium.

»Na, meine Kleine!«
»Na, mein Held!«
Mein Held sieht echt müde aus. Ich meine, vielleicht ficken wir dann doch nicht mehr. Weil, wenn Chris im 10. Delirium und so müde ist, hat er keine Lust mehr. Ich meine, das ist der Punkt. Darum haben wir ja schon so lange nicht mehr gefickt. Chris ist echt einfach immer müde, wenn er es dann mal bis zu mir geschafft hat.

»Haste schon geschlafen?«
»Klar! Wie spät isses?«
»Keine Ahnung. Vielleicht halb fünf!«
»Wie du das immer durchhältst!«
»Früher waren die Jungs und ich noch härter. Da haben wir uns erst am nächsten Tag abgelegt!«
»Ihr seid doch alle krank!«
»Klar! Is doch okay! Oder nich?«
»Ihr seid alle Helden!«
»Klar!«
Immer Feiern. Ich verstehe das echt nicht. Chris sitzt am Tisch im Flur und schmeißt seine Badelatschen in die nächste Ecke. Chris liebt seine Badelatschen echt über

alles. Nee, echt. Chris wartet das ganze Jahr nur darauf, daß er seine Badelatschen wieder anziehen kann. Monsieur sagt: »Meine Füße brauchen Luft!« Im Sommer läuft Chris immer mit Badelatschen rum und das bedeutet, heute habe ich zum letzten Mal Söckchen gewaschen. Die Söckchenwaschzeit ist zu Ende. Super, jetzt ist die Badelatschen-Saison angebrochen, und in Badelatschen zieht man schließlich keine Socken an. Das geht gar nicht, weil der Plastikriemen ja zwischen dem großen Zeh und dem Zeh daneben ist. Da kann mein Held keine Socken anziehen. Das sieht sonst ziemlich bescheuert aus. Draußen wird es echt schon fast wieder hell, und Chris sieht aus, als wenn er aus dem Bergbau kommt. Da hat Monsieur nach Gold für seine Kleine gesucht. Mit einem gelben Plastikhelm, wo ein kleines Licht dran ist. Es wirft gelbes, staubiges Licht auf den harten, kalten Fels. Monsieur kriecht gebückt, mit blutigen, aufgeschürften Händen durch die kalten Gänge. Ratten rennen in Kreisen um seine Füße. Manchmal beißen sie, und dann schreit Monsieur auf und schüttelt sein Bein. Diese Biester wollen ihn einfach nicht in Ruhe lassen. Sie kommen immer wieder an. Ab und zu tritt er auf eine drauf, dann hat Monsieur kurz Ruhe. Er tastet das Gestein ab, richtet die Lampe auf die Wände und sucht nach Gold für seine Kleine. Ohne Gold will er nicht heimkommen. Er muß Gold für seine Kleine finden. Das hat er sich vorgenommen, es ist sein Liebesbeweis. Manchmal lächelt Monsieur im Schein der gelben Lampe. Dann denkt er an seine Kleine, und er will zu ihr zurück. Bald findet er Gold. Er vermißt seine Kleine.

Nee, echt.

Wenn er seine Badelatschen nicht anhätte, würde ich denken, er kommt echt grade von der Goldsuche zurück, und außerdem stinkt er. Monsieur stinkt nach Alkohol.

»Ich muß aufs Klo!«
»Ich auch!«
»Nee, ich zuerst!«
»Zu spät!«
Ich gehe zuerst aufs Klo. Ist schließlich mein Klo, oder? Außerdem muß ich wirklich dringend pinkeln. Das ist immer das gleiche. Ich muß nachts immer pinkeln, egal, ob ich was getrunken habe oder nicht. Meine Blase will mich echt einfach ärgern. Ich meine, jetzt macht es ja nichts. Ich bin sowieso grade wach. Aber wenn ich schlafe und dann aufwache, nur weil ich aufs Klo muß, dann ist das richtig doof. Dann schlafe ich noch mal ein und dann träume ich, daß ich aufs Klo gehe, und dann bin ich richtig erleichtert. Aber dann wache ich wieder auf und ich muß immer noch aufs Klo. Das ist voll anstrengend. Ich versuche immer ganz leise zu sein, beim Aufsklogehen. Aber manchmal wacht Chris trotzdem auf, und dann flippt er rum. Chris ist voll empfindlich, wenn er im Bett liegt. Dann muß man echt ganz leise sein, sonst flippt der aus. Habe ich echt schon ein paarmal erlebt. Da habe ich immer richtig Panik, wenn ich aufstehe und rausgehe. Einmal bin ich aufgestanden, habe gepinkelt und gespült und habe vergessen, die Klotür zuzumachen. Nee, echt. Da ist Chris absolut Amok gelaufen. Jetzt drücke ich immer die Spülung und warte, bis sie fertig gespült hat. Dann mache ich ganz soft die Klotür auf und schleiche zurück ins Bett und versuche, nicht auf Chris' Beine zu treten, wenn ich übers Bett auf meine Seite krabble. So. Jetzt kann ich aber spülen und gleich rausmarschieren. Chris ist ja auch noch wach und plätschert im Bad mit Wasser rum. Muß ich doch mal gucken, was er da so treibt.
»Was machstn da?«
»Ich wasch meinen Schwanz!«

»Hm?!«
Da haben wir doch wieder das Thema von vorhin. Ich meine, die Sache mit dem Wasser und der Entspannung. Eben mußte Chris noch pinkeln und jetzt wäscht er sich den Schwanz. Da kann man sich doch an zwei Fingern abzählen, daß er ins Waschbecken gepinkelt hat. Ich meine, das geht doch wohl gar nicht anders. Wasser und eine volle Blase bedeutet sofortiges Pinkeln. Naja. Chris hat da sowieso exakt keine Hemmungen. Einmal habe ich bei ihm zu Hause geschlafen und dann ist Chris irgendwann gekommen. Zu bis obenhin, und irgendwie konnte er sich auch nicht mehr richtig auf den Beinen halten. Da hat er doch tatsächlich so mir nichts dir nichts in seinen Kleiderschrank gepinkelt. Einfach so. Chris spinnt, wenn er richtig zu ist. Ich meine, wer pinkelt bitteschön einfach so in seinen Kleiderschrank? Also, ich nicht. Außerdem fällt mir grade wieder ein, daß ich schlecht geträumt habe. Das war ein ganz fieser Alptraum. Richtig schrecklich war das.
»Chris, ich hab schlecht geträumt!«
»Wasn?«
»Die Jungs und du, ihr wart bei mir und habt nen Trip gelegt und dann mußte ich pinkeln und bin ins Bad und da hat dich einer von den Jungs in die volle Badewanne gedrückt, immer Kopf unter Wasser!«
»Quatsch!«
»Wirklich! Dann hab ich dich rausgezogen und hab dich aufn Boden gelegt. Ich war plötzlich ganz stark, und dann hab ich auf deine Brust gedrückt und Mund-zu-Mund-Beatmung gemacht und das Wasser aus deinem Mund laufen lassen. Ich wußte plötzlich, wie das funktioniert, und da kam ganz viel Wasser aus deinem Mund. Immer wenn ich gedrückt habe!«
»Was träumstn du für Sachen?«

»Dann haste dich nich mehr bewegt und dein Gesicht war ganz blau und da hab ich diesen Pupillentest gemacht und die waren ganz klein und komplett geplatzt und zerbröselt. Ich hab geschrien, und die andren waren voll aufm Trip und haben gesagt, daß ich das locker sehn soll!«
»Komm her!«
»Das war schrecklich!«
Echt. Das war super-schrecklich. Die Jungs haben nur gelacht, und Chris war ganz blau im Gesicht und da kam immer mehr Wasser aus seinem Mund. Ich dachte, gleich kratzt der ab. Wah. Wenn ich mir vorstelle, Chris kratzt ab, ey, da werde ich ganz kribbelig. Ich meine, das wäre das Schrecklichste überhaupt. Monsieur liegt da, in einem weißen Sarg, in weißer, glänzender Seide. Sein Gesicht ist ganz kalt und starr, wie eingefroren. Seine Augen sind geschlossen, und aus einem rollt langsam eine Träne. Seine Hände liegen gefaltet auf seiner Brust, auf der sonst mein Kopf lag. Monsieur ist kalt und starr. Er kann mich nicht sehen, nicht spüren, wie ich mich über ihn beuge und ihm einen Kuß gebe. Nie wieder werde ich seine Stimme hören. Man hat ihn hinterrücks überfallen. Er konnte sich nicht wehren. Mein Held. Ey, lieber nicht drüber nachdenken. Ich meine, Chris ist echt mein Bruder. Außerdem wollen wir schließlich noch nach Las Vegas und heiraten und Kinder kriegen. Nee, echt. Bloß nicht drüber nachdenken.

»Träum mal was Schönes!«
»Was denn?«
»Kann ich dir auch nich sagen!«
»Da kann ich ja nur Müll träumen!«
»Ja, Mann. Ich kann dir doch nich sagen, was de träumen sollst!«

»Doch!«
»Das funktioniert aber nich!«
»Doch!«
»Dann träum vom Ficken!«
»Das is gut!«

Vom Ficken träumen ist gut. Dann kann ich zum Beispiel träumen, daß Chris mir ein Kind macht. Ich meine, so richtig bewußt. Nicht einfach nur ficken und plötzlich ist ein Kind da, sondern: »Wir ficken jetzt und machen ein Kind!« Das ist überhaupt der beste Traum. Ich will sowieso von Chris ein Kind haben. Das ist echt mein absoluter Traum. Chris in Las Vegas heiraten, mit Chris ficken und Kinder kriegen.

Wir haben die Hochzeitssuite. Chris steht im schwarzen Anzug neben mir. Ich habe den grünsten, schönsten, engsten Overall an. Über meiner Brust spannt sich der Stoff. Und ich mache vorne den Reißverschluß noch ein bißchen mehr auf. Monsieur sieht mich an. »Du bist wunderschön, Baby!« Monsieur küßt mich, seine Hände fahren über meine Taille und die Hüfte. Seine Finger sind zwischen meinen Beinen. Monsieur ist erregt. Sein Atem ist heiß. Er schiebt mich rückwärts zum großen Hochzeitsbett. Von draußen leuchten die Lichter von Las Vegas warm und bunt herein. Das Zimmer duftet süß nach Rosen. Ich liege auf dem Rücken, meine Haare umschwärmen meinen Kopf wie ein Heiligenschein. Monsieur hat mich geheiratet. »Jetzt machen wir ein Kind, Baby!« Ich stöhne auf. Monsieur öffnet meinen Reißverschluß und dann bedeckt er meinen nackten Körper mit Küssen. Es klopft. Der Champagner wird gebracht. Monsieur erhebt sich, seine Fliege hängt geöffnet um seinen Hals, seine Haare sind wirr, und er gibt ein großzügiges Trinkgeld. Der Kellner verschwindet schnell, und Monsieur kommt wieder und gießt langsam den Champagner über mich. Das ist absolut genial. Wenn ich von einem Typen Kinder haben will, dann von Chris. Wir können ja gleich mal damit anfangen.

»Ficken wir noch?«
»Ich kann nich!«
»Hastes dir wieder komplett gegeben, oder was?«
»Klar, Fritz war da!«
»Verstehe. Da konnteste natürlich nich ›Nein!‹ sagen!«
»Nee. Warum auch. Die Jungs hatten ihn ja extra angerufen!«
»Ihr seid komplett krank!«
»Bleib ma locker! Die Jungs und ich wollten 'n bißchen feiern!«
»Und ich will ficken!«
»Ich kann jetzt aber nich!«
»Und da soll ich locker bleiben!«
»Klar. Wir können doch morgen ficken!«
»Ich will aber jetzt!«
»Mann. Freu dich doch für mich, daß wir gut gefeiert ham!«
»Is ja schon gut. Dann ratter ich eben!«
»Finde ich das gut?«
»Is mir doch egal! Wenn de dich zuknallst, ratter ich! Ganz einfach!«
»Darf ich zugucken?«
»Nee, ich warte, bis de schläfst!«
»Das is ja langweilig!«
»Du bist langweilig!«
»Ich mach mal kurz 'n Telefon!«

Das ist ja jetzt echt super. Ich meine, ich will ficken und Kinder machen, und Chris kann nicht, weil er es sich voll gegeben hat. Aber telefonieren, das kann er. Super. Ich meine, wie soll ich da bitteschön gut träumen, hm? Also, da kann ich 100mal träumen, daß Chris mich fickt und mir ein Kind macht, aber es bleibt eben nur ein Traum. Ich meine, Chris muß doch auch irgendwie mal Lust verspüren, mich zu ficken, oder? »Nö, ey. Bloß nich ficken. Lieber telefonieren!« Manchmal könnte ich Chris umbringen. Also, was soll das? Der Typ ist zu müde zum Ficken, aber telefonieren kann er noch. Mir grade mal »Hallo!« und »Träum vom Ficken!« sagen und dann gleich wieder eine Runde mit den beknackten Jungs telefonieren. Ich glaube das echt nicht. Ich meine, da soll man ruhig bleiben? Gibt das hier eigentlich überhaupt noch so was wie Rücksichtsnahme?

»Der Wolfi hat grade gefickt!«
»Da hat er sich aber gefreut, daß de angerufen hast!«
»Klar!«
»Warum biste nich Telefonistin geworden?«
»Ist doch okay! Ich telefonier eben gerne!«
»Mitten in der Nacht!«
»Klar. Das is 'n uraltes Ritual!«
»Tolles Ritual!«

Ich hasse dieses ›uralte Ritual‹. Ich hasse es einfach. Ich meine, man kann nicht einfach so mitten in der Nacht rumtelefonieren. Chris hört sich immer um, was in anderen Wohnungen und Betten abgeht, aber was in seinen eigenen vier Wänden passiert, kriegt er überhaupt nicht mit. Ich hasse diesen Ritual-Scheiß. Besonders, wenn hier irgendwelche Idioten mitten in der Nacht anrufen und mich aufwecken. »Ich wollte nur mal hörn, was Chris macht!« Die spinnen doch echt alle.

»Die Jungs wolln ihr Glück teilen!«
»Quatsch. Die wolln nichts verpassen!«

»Is doch gut, wenn de weißt, was abgeht!«
»Mitten in der Nacht!«
»Klar, oder meinste, das Leben findet nur tagsüber statt?«
»Bei euch bestimmt nich!«
»Na also!«
»Ich gebs auf!«

Ich gebe es echt auf. Das hat doch alles keinen Wert mehr. Ich meine, da braucht man echt nicht mehr anfangen zu diskutieren. Die Jungs sind einfach asozial und wollen das nicht wahrhaben. »Die Jungs wolln ihr Glück teilen!« Wenn ich das schon höre. Die Jungs kriegen ja nicht mal ihr eigenes Glück mit. Ich meine, Chris telefoniert, und sein Glück liegt nackt neben ihm.

»Willste wirklich noch ficken?«
»Ja!«
»Ich kann aber nich mehr!«
»Ich weiß!«
»Ich mußte 'n Faß Rum auf meine Kleine trinken!«
»Das riecht man!«
»Is doch okay, oder?«
»Du bist eben 'n alter Matrose!«
»Richtig!«

Ja, ja. Immer diese Entschuldigung mit dem »Faß Rum auf meine Kleine trinken«. Das zieht auch nicht mehr. Ich meine, was habe ich davon, wenn Chris ein Faß Rum auf mich trinkt. Und überhaupt will ich das gar nicht. Ist zwar ganz romantisch, aber wenn ich dafür einen stinkenden Matrosen in meinem Bett liegen habe, der absolut ausgeschaltet ist, dann will ich lieber, daß Chris kein Faß Rum auf mich trinkt. Scheiß auf Romantik. Echt super. Jetzt liegen wir hier im allerliebsten Las Vegas. Naja, ich ziehe jetzt erst mal wieder den grünen Stecker aus der Wand, und dann ist es hier zappenduster. Basta. Jetzt wird nicht mehr gefickt. Und das mit den Kindern können wir auch erstmal zu den Akten legen. Ich bin echt wütend.

»Ich hab vergessen, 'n Glas mitzunehmen!«
»Dann nimmste eben morgen zwei mit!«
»Original. Das mach ich!«
»Gute Nacht!«
»Biste böse?«
»Nee, warum?«
»Weil ich nich mehr ficken kann!«
»Nee. Ich warte, daß de schläfst, damit ich rattern kann!«
»Ich will aber zugucken!«
»Gute Nacht!«

Das ist auch schön. Chris schläft ein und das letzte, an das er denkt, ist, daß er vergessen hat, ein Glas mitzunehmen. Na dann Gute Nacht. Ich habe jetzt auch keine Lust mehr zu rattern, und das hätte ich sowieso nur gemacht, um Chris zu ärgern. Das ist mir jetzt auch zu viel Anstrengung. Chris schläft sowieso gleich ein, und dann kriegt er eh nichts mehr mit, und ich träume jetzt von Barbs Plastik-Monstern, die die Jungs kastrieren. Einer nach dem anderen. Eier ab.

2

Guten Morgen, meine Kleine, Süße. Hast du gut geschlafen? Soll ich dir einen Kaffee machen? Nein, bleib liegen, heute verwöhne ich dich mal. Du machst sonst immer Kaffee. Heute bist du meine Prinzessin. Bleib einfach liegen. Ich hole schnell Croissants und mache Kaffee. Ich bin gleich wieder da. Hahaha, schön wärs. Neben mir liegt ein stinkender Matrose, und der schnarcht. Aber Matrosen müssen ja schlafen und 1000 Fässer Rum auf ihre Kleine trinken. Ich scheiß drauf. Irgendwann werde ich mal zum Matrosen, und dann trinke ich Rum auf meinen Idioten, und dann wollen wir doch mal sehen, was der für ein Gesicht macht.

Naja.

Schön leise sein, auf Zehenspitzen aus unserem Las Vegas schleichen und Kaffee machen. Wir wollen das holde Kind doch nicht aufwecken. Ich hoffe, irgendwann gewöhne ich mich an diesen Zustand, oder auch nicht. Ich meine, ich habe mich echt schon gebessert. An meinem Geburtstag habe ich zum Beispiel noch geheult. Das mache ich jetzt nicht mehr. Ich habe echt gelernt, großzügig und tolerant zu sein. An meinem Geburtstag war das echt richtig schrecklich. Da lag Monsieur neben mir im Bett, ich bin aufgewacht und dachte, jetzt kriege ich 10 000 000 Geburtstagsküsse und Frühstück ans Bett. So wie zu Hause, bei meinen Eltern. Pustekuchen. Monsieur hat nur gesagt: »Ich will noch schlafen!« Da habe ich mir selber Kaffee gemacht und geheult. Meine Mutter hat angerufen und gesagt: »Hast du einen schönen Geburtstag?« Da habe ich dann erst richtig angefangen zu heulen und konnte mich gar nicht wieder einkriegen. Nee, echt. Eine Stunde habe ich geheult. Meine Mutter war ganz hilflos und hat immer gesagt: »Soll Papa dich abholen?« Ich habe geheult und gesagt: »Nee, ich mach jetzt Kaffee!« Das war echt schrecklich. Naja. Zum Glück habe ich ja heute keinen Geburtstag.

Ich stehe in der Küche und mache Kaffee. Wenn der Kaffee fertig ist, gehe ich rüber zu Monsieur und frage, ob er auch einen will. Ich meine, ich bin hellwach, und ich will mich gefälligst ein bißchen mit Chris unterhalten. Das ist ja wohl nicht zu viel verlangt, oder? Was habe ich davon, wenn er im Bett liegt und pennt? Gar nichts. Der merkt ja gar nicht mal, daß es mich noch gibt. Mann. Ich gehe jetzt einfach ganz locker rüber, kneife ihn zärtlich in den Zeh und frage, ob er einen Kaffee möchte. Hoffentlich ist er nicht sauer.

»Mann. Hör auf damit!«
»Willste Kaffee?«
»Nein!«

Pff. Dann eben nicht. Dann trinke ich eben meinen Kaffee alleine. Aber habe ich es nicht gesagt?! Chris ist immer so empfindlich, wenn man ihn weckt. Das kann der überhaupt nicht haben. Komisch was? Ich meine, Monsieur hat ja schließlich auch keine Hemmungen, mich mitten in der Nacht aus dem Bett zu klingeln, wenn er vom Feiern kommt. Das nenn ich Kurzsichtigkeit der Männer.

Ich setze mich jetzt einfach vor die Glotze und gucke mir das Kinderprogramm an. Das habe ich früher auch immer gemacht. Wenn meine Eltern am Wochenende Mittagsschlaf gehalten haben, habe ich Kinderprogramm geguckt. Das war richtig gut, denn wenn meine Eltern wach waren, durfte ich nie fernsehen. Ich habe es echt geliebt, wenn die mittags gepennt haben. Dann bin ich immer in den Keller gegangen, wo der Fernseher stand, habe meine Winterjacke angezogen und den Ton leise gedreht, damit ich gehört habe, wenn meine Eltern runterkommen.

Ach nee. Wer kommt denn da? Mein kleiner Matrose in Boxershorts. Unter uns, die hat er schon seit einer Woche an, und langsam wird es Zeit, daß er sich mal eine andere anzieht. Wir Frauen sind in der Beziehung ja doch ein bißchen rücksichtsvoller. Ich meine, die Jungs reißen Witze über Muschi-Duft, aber selber haben die ihre Unterhosen wochenlang an. Da fehlt echt die Selbstreflexion.

»Na, meine Kleine!«
»Na, du Penner!«
Wenigstens habe ich Monsieur wachgekriegt. Da sind wir doch schon mal einen Schritt weiter.

»Ich will auch 'n Kaffee!«
»Warte, ich hol dir einen!«
»Wo sind meine Zigaretten?«
»Die liegen neben deiner Hose, aufm Boden!«
»Kannste se mitbringen?«
»Ja!«

So. Jetzt kriegt mein kleiner Chris seinen Kaffee, und Mama bringt auch die Zigaretten mit, die im Flur auf dem Boden liegen. Bin ich vorhin schon fast draufgetreten. Mein kleiner Chris ist noch ganz wacklig auf den Beinen. Schließlich mußte ja gestern ordentlich gefeiert werden. Aber zum Glück gibts Kaffeemaschinen. Das ist wirklich eine tolle Erfindung. Die kann man einfach in die Küche stellen, Kaffee kochen und warten, daß Monsieur wach wird. Da bleibt der Kaffee schön heiß, und man muß nur noch eine Tasse aus dem Schrank nehmen, Kaffee eingießen und Zucker reinschaufeln. Ah, ist der Becher heiß. Ich sage ja, diese Kaffeemaschinen halten den Kaffee schön warm. Ich stelle den mal lieber kurz auf dem Tisch im Flur ab, damit ich mir das Zeug nicht über den Latz kippe, wenn ich jetzt die Zigaretten aufhebe. Nee, echt. Ich habe alles voll im Griff. In der einen Hand die Zigaretten, in der anderen Hand den Kaffee und alles zu Chris vor den Fernseher tragen.

»Hier is dein Kaffee!«
»Is da Zucker drin?«
»Natürlich!«
»Wo sindn die Zigaretten?«
»Hier!«
»Haste Feuer?«
»Ja!«

Ja, Signorina hat alles so gemacht, wie der kleine Chris das immer will. Signorina ist ja nicht blöd, oder? Chris ist echt ein Baby. Aber irgendwie liebt Signorina das auch wieder an ihm. Ich meine, wenn ich schon kein Kind haben kann, dann kann ich wenigstens Monsieur verpflegen. Ist ja fast schade, daß Chris keine Windeln mehr trägt. Ich meine, ist echt eine lustige Vorstellung, Chris den Hintern abzuwischen. Hm?! Aber richtige Muttis tun so was ja wohl, oder?!

»Hunger!«
»Was willst du essen?«
»Croissants mit Marmelade!«
»Wieviele?«
»Zwei!«
»Bis gleich!«

Wenn ich ihm schon nicht den Hintern abwischen muß, kann ich ja wenigstens Croissants holen gehen. Irgendwie muß man ja ausgelastet sein. Mon Amour, wo hast du denn jetzt wieder deinen Schlüssel hingepackt? Hm? Also, normalerweise lege ich den ja immer hier auf den Tisch im Flur. Gleich neben die Haustür. Dann muß ich ihn nämlich nicht suchen. Und was passiert jetzt? Jetzt suche ich ihn. Echt Super. Ich meine, kann hier mal was ohne Streß ablaufen? Immer dieses blöde Rumgesuche. Gestern den Stift, heute den Schlüssel. Am besten, man hat gleich 10 Stifte und 10 Schlüssel und verteilt die so in der Wohnung, wie Monsieur seine Söckchen. Nee, echt. Dann kann da wenigstens nichts schief gehen. Wo ist denn jetzt dieses Scheißding? Auf dem Tisch jedenfalls nicht. Da liegt nur mein Amazonien-Atlas. Auf den Stühlen auch nicht und auf dem Boden erst recht nicht. Vielleicht in der Küche. Da frage ich mich aber, wie der da hinkommen soll. Da lege ich den nie hin. Na, mal sehen. Streß, Streß, Streß. Da ist er ja. Direkt auf dem Kühlschrank neben dem ganzen Kleingeld. Wunderbar. Hätte ich mir ja denken können. Ich muß mich echt mehr unter Kontrolle haben.

So geht das wirklich nicht weiter.

Jetzt aber mal los. Schnell die Treppen runterhüpfen, dem blöden Nachbarn »Guten Tag« sagen und mir meinen Teil denken. Ich hasse diesen Nachbarn. Nee, echt. Das ist auch so einer, der einen immer beobachtet, wenn man nackt durch die Wohnung rennt. Seine Wohnung geht nämlich um die Ecke, und da hat er den perfekten Seiteneinblick. Wahrscheinlich macht der nichts anderes, als mich den ganzen Tag zu beobachten. Ich bin das Opfer meiner Nachbarn, und dieser hier ist echt auch noch richtig eklig. Der sieht aus wie Charles Bronson. Schmierige Haare und Oberlippenbart. Manchmal labert der mich komisch an. So von wegen: »Wohnst du nich auch in diesem Haus?« oder »Komm doch mal bei mir vorbei!« Der spinnt echt. Ich meine, der Typ sieht mich hier jeden Tag durch den Hausflur flitzen und fragt: »Wohnst du nich auch in diesem Haus?« Ich meine, da stimmt doch was nicht mit dem, oder? Ich meine, der Typ ist echt notgeil, der will mich bestimmt ficken. Wahrscheinlich guckt der immer, wann ich rausgehe und dann schmeißt er sich mir schnell in den Weg. Ich meine, der Typ ist ein knallharter Profi. Wenn der man nicht mal irgendwann auf die Idee kommt, mich in seine Wohnung zu ziehen. Zuerst stellt er wieder eine von seinen beknackten Fragen und zack, im nächsten Moment hat er mich am Schlafittchen und zerrt mich in seine Wohnung. Da ist nur rotes Licht. Die Wände sind mit rotem Samt schalldicht gemacht. In der Mitte vom Zimmer ist so ein Gestell, auf das er mich fesselt. Dann reißt er mir die Klamotten vom Leib.

Das aber ist ein Fehler.

Er merkt nämlich, daß er dieses Mal die Falsche erwischt hat. Vor ihm steht Vampirella. Wie dumm für ihn! Vampirella haßt es nämlich, wenn man sie einfach mal so an ein beschissenes Gestell fesselt. Vampirellas Brust bebt in ihrem knappen Bikinioberteil, ihr Umhang weht, in der Wohnung wird es stürmisch. Die Fesseln zerfallen zu Staub, und Vampirella schwingt die Peitsche. Da kennt sie nix. Zack, zack, zack und schwupp hat dieser scheiß Charles-Bronson-Verschnitt ein blutiges »V« auf seiner häßlichen behaarten Brust. Voilà. Jetzt hat er Schiß. »Ciao, Arschloch!« Heute läßt Vampirella ihn noch mal davonkommen. Mein kleiner Matrose hat schließlich Hunger.

Die Sonne scheint, und ich latsche zum Bäcker. Wie immer kommen einem 100 Hunde und 1000 Kinderwagen entgegen. Irgendwie gibts dieses Jahr besonders viele Babys. Ist doch schön. Ich will auch eins. Beim Bäcker ist ja echt der Teufel los. Ich stelle mich einfach mal in die Schlange, hinter den Typen mit der Glatze und den drübergekämmten Haaren. Das sieht scheiße aus. Ich lache mich tot, und da fällt mir grade wieder erst mal das Lied vom kleinen Matrosen ein. Das geht so.

»Eihein kleiner Matrohose umsegelte die Welt. Eher liebte ein Mähädchen, das hatte gar kein Geld. Das Mähädchen mußte steherben und weher wahar Schuld daran? Eihein kleiner Matrohose umsegelte die Welt. Eher liebte ein Mähädchen, das hatte gar kein Geld. Das Mähädchen mußte steherben und weher wahar Schuld daran? Eihein...!« So ein Mist. Jetzt bin ich gleich dran, und ich muß doch erst noch das Lied dreimal durchsingen, sonst passiert was schlimmes. Immer diese scheiß Zwänge. Wie ich das hasse. Ich muß schneller singen. »...kleiner Matrohose umsegelte die Welt. Eher liebte ein Mähädchen, das hatte gar kein Geld. Das Mähädchen mußte steherben und weher wahar Schuld daran?«

Ha, fertig.

»Zwei Croissants, bitte!«

»Noch etwas?«

»Nein, danke!«

Mehr braucht mein kleiner Matrose nicht. Nur zwei kleine Croissants. Die Marmelade dazu habe ich schon zu Hause. Nur die Croissants nicht. Die müssen nämlich ganz frisch sein.

»Danke!«

»4 Mark, bitte!«

»Schönes Wochenende!«

»Gleichfalls!«

Danke, habe ich schon. So. Jetzt aber schnell nach Hause. Sonst verhungert mein kleiner Chris. Flitz, flitz, flitz. Ich hätte jetzt richtig Lust, die Dinger gegen das nächste Straßenschild zu schleudern oder drauf rum zu trampeln. Nee, echt. Langsam verliere ich echt meinen Stolz. Ich meine, Madame Vampirella würde nie Croissants kaufen gehen. Die sagt einfach: »Baby, wenn de was willst, nimm es dir!« Dabei liegt sie auf so einer komischen römischen

Liege, futtert Weintrauben und spuckt mit den Kernen um sich. Langsam öffnet sie ihre Beine, und ihre Muschi ist wirklich frisch rasiert. Da verschwindet der Wunsch nach Croissants wie von selbst. Nee, echt. Soweit bin ich noch nicht. Naja. Wie gesagt, irgendwie mache ich das ja auch ganz gerne für meinen Monsieur. Ich meine, irgendwer muß sich ja um ihn kümmern, wenn er sich schon selber nicht kümmert. Ich weiß nicht, woran es liegt, aber bei Chris entwickel ich immer so ein Helfersyndrom. Bei ihm habe ich immer das Gefühl: »Dem Menschen muß ich was Gutes tun!« Ich glaube, das habe ich von meiner Mutter geerbt. Die steht echt auch immer auf so Typen, um die man sich kümmern muß. Irgendwie macht mich das ja auch glücklich. Ich meine, da habe ich das Gefühl, ich werde gebraucht und keine andere Frau kann sich so gut um Monsieur kümmern wie ich. Nicht mal Vampirella.

Wieder 1000 Hunde und 100 Kinderwagen mit Babys drin. Die werden sich auch noch wundern. Die können sich auch nicht ewig durch die Gegend schieben lassen. Irgendwann latschen 50 Prozent von denen auch zum Bäcker und kaufen Croissants. Ich schwörs. So. Jetzt schnell die Treppen hoch, bloß nicht noch mal den gestörten Nachbarn treffen. Ah, jetzt kriege ich schon voll die Paranoia. Das gibt es ja echt nicht. So einen Verfolgungswahn. Den habe ich sonst immer, wenn ich aus Versehen solche Splatterfilme sehe. Danach wird erst mal die ganze Wohnung durchsucht. Nach irgendwelchen schleimigen Massenmördern. Ey, die können sich ja echt überall verstecken und zack, wenn man das Licht ausmacht, kommen die an und hacken einem den Kopf ab. Lieber nicht. Schnell Tür aufschließen und in die Wohnung rein. Hä. Geschafft. Der Typ soll sich doch selber einen runterholen. Voll notgeil ist der. Das spüre ich. So, einmal tief durchatmen und Chris ein kleines Frühstück machen. Chris frißt zwar liebend gerne aus der Tüte, aber ich kann ja mal so tun, als ob das hier alles ganz kultiviert abläuft.

»Hunger!«
»Ja! Ich hol nur noch die Marmelade!«
»Hunger!«
»Du machst mich wahnsinnig!«
»Is doch richtig so!«
»Hast du Pillen mitgebracht?«
»Nee!«
»Warum das denn nich?«
»Ich mußte Balu gestern die letzte geben!«
»Warum das denn?«
»Er hat mich und die Jungs umsonst reingelassen!«
»Da mußte ihm gleich ne Pille geben. Kannste genausogut Eintritt bezahlen!«
»Ja, Mann. Aber die Jungs ham gestern so den Affen gemacht, daß ich Balu eine geben mußte!«
»Versteh ich nich. Was war denn los!«
»Ach, nichts. Vergiß es! Is doch okay so!«
»Na, prima. Verteilst meine Pillen an fremde Leute!«
»Was heißtn hier ›Deine Pillen‹?«
»Ich dachte, du wolltest mir welche mitbringen?«
»Ja. Ich hab ja zu Hause noch welche! Reg dich ab!«
Na super. Ich renne hier rum, wie so eine blöde Mutti, werde fast vergewaltigt, und Monsieur verteilt meine Pillen an irgendwelche Balus. Gratuliere. Ich meine, ich habe ja sonst was gegen Pillen, aber manchmal sind die gar nicht so schlecht. Da kann man nämlich wunderbar relaxen. Nee, echt. Man schluckt eine Pille, und schon fühlt man sich wie Vampirella. So richtig schön stark und sexy. Und so richtig geil, Mann. Ich könnte dann echt immer sofort losficken. Ich weiß auch nicht, wie das kommt.

Ist aber ja auch ganz praktisch, oder?! Das Blöde ist dann nur, daß Chris meistens grade nicht da ist und dann muß ich mich wieder mit dem dämlichen Harald vergnügen. Und der kann ganz schön nerven. Ich meine, irgendwie sagt der nie was. Ich meine, der macht in meiner Muschi rum und hinterher sagt er nichts. Ich finde das irgendwie doof. Ich meine, kann vielleicht mal einer sprechende Vibratoren herstellen, die hinterher noch was Nettes sagen. Zum Beispiel »Bis zum nächsten Mal, mein Schatz!« oder so. Naja. Jedenfalls bin ich jetzt echt mal eine Runde wütend. Hätte heute ganz gern mal so ein Stück Pille eingeworfen. Einfach so. Ich meine, nervt doch, immer klar im Kopf zu sein. Ich finde das gut, mal so ein bißchen abspacen. Wenn Chris das kann, kann ich das auch. Ich meine, was habe ich davon, wenn die Dinger bei Monsieur rumliegen?

Ich glaube es echt nicht.

Chris denkt echt immer nur einen Meter weit. Der kann ja wohl mal eine für mich behalten. Nö, nö, nö. Die gibt er lieber Balu. Schön. Wirklich schön. Dann hole ich jetzt mal ganz unentspannt die Marmelade aus der Küche. Arschloch. Hauptsache, Monsieur hat seine Croissants. Die hätte ich mal doch lieber gegen so ein Straßenschild schleudern sollen. Chris verteilt die Pillen an Balu und ich schleuder seine Croissants gegen Straßenschilder. Das ist doch nur gerecht. Ich meine, der liegt vor der Glotze, wie so ein alter ausrangierter Löwe, und ich renne hier rum und mache hübsch Frühstück. Brav, brav, brav. Irgendwas läuft da falsch. Lalala. Marmelade aus dem Kühlschrank nehmen. Schlüssel wieder neben das Kleingeld legen und merk dir diesmal, wo du ihn hingelegt hast, blöde Kuh. Den Teller mit dem silbernen Rand aus dem Küchenschrank nehmen, die Croissants draufschütten,

Tüte in den Müll schmeißen und zurück zu dem lahmen Löwen eiern.

»Hier, deine Croissants!«
»Wo isn die Marmelade?«
»Hier!«
»Was isn das für welche?«
»Kirsche!«
»Is die gut?«
»Weiß ich nich!«
»Dann probier ich se doch einfach ma!«

Ja, krümel hier man ruhig alles voll und probier die Kirschmarmelade. Du bist ja so cool. Mein kleiner Chris. Ich habe vorgestern echt stundenlang vor diesem beknackten Marmeladenregal rumgestanden. Ich habe echt überlegt: »Welche Marmelade nehm ich denn jetzt, welche mag Chris am liebsten?« Dann dachte ich: »Kirschmarmelade, die mag Chris bestimmt am liebsten!«

»Ich mag lieber Erdbeermarmelade!«
»Das tut mir leid!«
»Is schon okay! Ich wollts nur mal sagen!«
»Dann kauf ich dir eben nächstes Mal Erdbeermarmelade!«
»Ich meine, alles was mit Marmelade zu tun hat, hat auch was mit Erdbeere zu tun!«
»Hmhm!«

Man lernt ja nie aus. Marmelade hat immer was mit Erdbeere zu tun. Scharf. Ich meine, wenn dieser Typ nicht so verflucht sexy wäre, würde ich ihm jetzt am liebsten eine reinhauen. Ich meine, also nee, wirklich. Ich mache mir hier echte Gedanken, welche Marmelade gut genug für Monsieur ist, und er sagt: »Marmelade hat immer was mit Erdbeere zu tun.« Nee, echt. Monsieur ist wirklich weise, und ich kaufe Kirschmarmelade. Himmel!

Ich lege mich jetzt mal neben Chris und versuche, ein bißchen zu kuscheln. Nee echt. Das ist absolut super. Ein bißchen Kuscheln am Morgen und zur Ruhe kommen. So an seinen Bauch kuscheln und mich geborgen fühlen. Danach ist mir jetzt. In solchen Momenten wünsche ich mir immer, daß Chris einen Reißverschluß am Bauch hat und ich den nur aufmachen muß, um reinkriechen zu können. Das wäre echt gut. So ganz dicht bei Chris sein. Irgendwie so in ihm drin. Gut, daß das Telefon jetzt klingelt. Dann hat sich das nämlich auch erst mal mit dem Reißverschluß erledigt. Ich werde hier noch wahnsinnig. Kann das bitteschön mal aufhören? Das kommt ja wie gerufen. Ist garantiert für Chris. Ich schwörs. Wenn das für Chris ist, dann reiße ich das Telefon aus der Wand. Kann man hier vielleicht mal seine Ruhe haben? Nee, echt.

»Hallo?«

»Hier is Lenny, kann ich Chris noch mal sprechen?«

»Naturellement!«

Kleinen Moment bitte. Ich verbinde, du Idiot. Ich reiße echt gleich das Telefon aus der Wand. Aber ich habe es doch gesagt: »Das ist bestimmt für Chris!«

»Chris, Telefon!«

»Wer isn dran?«

»Lenny!«

Wer sonst? Der Kaiser von China, oder was? Ach, ist das wieder ein gemütliches Frühstück. Ich meine, wenn ich überlege, daß Chris schon ein paar Stunden hier ist, fällt mir auf, daß er mehr mit fremden Leuten kommuniziert hat als mit mir. Ist das nicht fein? Nee, echt. Was würde ich jetzt für ein paar Pillen geben? Ich muß echt ruhiger werden, sonst fragt Chris noch, was mit mir los ist, und ich glaube, dann springe ich ihm an die Kehle. Ich bin echt ge-

laden. Bis oben hin. Jetzt fehlt echt noch der Tropfen auf dem heißen Stein, dann läuft das Faß aber über. Ich schwörs. Irgendwann stampfe ich das Telefon in Grund und Boden. Ah, Monsieur legt auf. Ich möchte ja mal wissen, was es da schon wieder Spannendes zu erzählen gab.
»Haste eigentlich gestern noch gerattert?«
»Nee, ich war zu müde!«
»Gut so!«
»Hast du gestern gerattert?«
»Nee! Ich wollte, aber dann sind die Jungs gekomm und da wars zu spät!«
»Na, so was!«
»Ja, Mann. War richtig scheiße!«
Hahaha. Dafür habe ich gestern nachmittag gerattert. Mit Harald und mit Pauken und Trompeten. Strike. War richtig gut. Aber vielleicht könnte man ja zur Abwechslung jetzt mal ficken, wo man schon zufällig in einer Wohnung sitzt. Ich meine, wäre doch nett. Am Morgen ein bißchen ficken? Könnte doch ganz entspannend sein, oder? Ich lege mich jetzt ganz schnell neben Chris und fummel ein bißchen an seiner Brust rum. Einfach Monsieur so ein bißchen heiß machen und dann ab ins Las Vegas.
»Die Jungs treffen sich nachher bei Lenny. Kommste mit?«
»Nö!«
»Warum nicht?«
»Was wollt ihr denn machen?«
»Abhängen und glotzen!«
»Das kann ich auch hier machen!«
»Komm doch mit!«
»Nö!«
»Warum denn nicht?«
»Was soll ich denn da?«

»Abhängen!«
»Ihr seid krank!«
Gleich heule ich. Ich meine, ich will jetzt verdammt noch mal endlich mal ein Wochenende mit Chris haben. Ständig sitzen mir diese beknackten Jungs im Nacken. Ich hasse das. Ich will jetzt ficken oder spazieren gehen oder sonstwas machen.

Außerdem weiß Chris ganz genau, daß ich nicht mit zu Lenny gehe. Als Maskottchen, oder was? Ich meine, was soll ich da. Die Jungs hängen müde auf dem Bett rum und kiffen, und ich sitze dazwischen als Beilage, oder was? Dann muß ich mir wieder die ganze Zeit Witze über Frauen anhören. Und hinterher gucken mich alle ganz erwartungsvoll an und hoffen: »Gleich flippt die Alte aus!« Da haben die sich aber geschnitten. Nee, danke. Da bleibe ich echt lieber allein zu Hause.

»Was machen wirn jetzt?«
»Keine Ahnung! Was willst du machen?«
»'N bißchen glotzen!«
»Das is langweilig!«
»Dann weiß ichs auch nich!«
»Wir können ja rausgehn!«
»Und dann?«
»Spaziergang!«
»Nee! Da laufen die ganzen Leute mit ihren Hunden rum!«
»Macht doch nichts!«
»Außerdem muß ich gleich los, zu Lenny!«
»Hmhm!«
Habe ich doch gesagt. Das ist echt eine Utopie, mit Chris spazierenzugehen. Der schafft es höchstens bis zur nächsten Haltestelle. Schön wäre es trotzdem gewesen. Außerdem bin ich hier grade am Fummeln. Da kann er ja viel-

leicht mal drauf reagieren, oder nicht? Wohin geht er denn jetzt?

»Wohin gehst du?«

»Ich putz mir die Zähne!«

Schön. Wo wir grade so gemütlich nebeneinander lagen, kann man sich ja mal die Zähne putzen gehen. Einfach aufstehen und die Alte vor dem Fernseher auf dem Boden liegen lassen. Ich hätte echt gerne noch einen Kuß gekriegt. Naja. Mindestens. Man kann ja eben nicht alles haben, oder? Na, dann wollen wir mal schön weiter Kinderprogramm glotzen, mit Sex war es das dann wohl für den heutigen Vormittag. Außerdem muß Monsieur ja gleich zu Lenny. Ich verstehe es echt nicht. Ich meine, so häßlich bin ich ja schließlich auch nicht.

»Die Zahnpasta is alle!«

»Echt?«

»Ja! Warum hastn du keine neue gekauft?«

»Weil ich nich wußte, daß se schon wieder alle is!«

»Mann. Was mach ich denn jetzt?«

»Putzte eben mal ohne Zahnpasta!«

Nee, echt. Wie konnte das jetzt passieren? Die Zahnpasta ist tatsächlich alle. Kaum zu glauben. Dann soll Monsieur sich seine kleinen Beißerchen ohne putzen. Ich kann jetzt auch keine neue Tube herzaubern.

»Kaufste noch Zahnpasta?«

»Ja, mach ich!«

»Ich fahr jetzt ma los, zu Lenny!«

»Willste dich nich vorher noch anziehn?«

»Hast recht. Haste noch 'n frisches T-Shirt für mich?«

»Klar!«

Nun ist es also wieder soweit, Chris auf heißen Kohlen. Wenn der was von den Jungs hört, kann man den echt wegschmeißen. Der rafft dann gar nichts mehr. Ich meine, der wäre jetzt glatt ohne T-Shirt rausgelaufen. Aber Mama paßt ja auf. Ich stehe dann mal eben auf und hole dem Löwen ein frisches T-Shirt aus dem Schrank. Der wühlt mir sonst noch alles durcheinander da. Außerdem findet der das Ding sowieso nicht und dann schreit er: »Wo sindn die T-Shirts?« Spätestens dann muß ich sowieso aufstehen. Das kenne ich doch, und da bin ich echt empfindlich, wenn jemand in den frisch gewaschenen Sachen rummacht. Ich meine, die lege ich auch echt alle mit viel Mühe zusammen. Da fehlt echt manchmal bei Chris der Respekt, was so meine Hausarbeit anbelangt.

»Ich hau ab!«
»Viel Spaß!«
»Was machst du jetzt?«
»Weiß nich! Vielleicht lese ich 'n bißchen!«
»Ich ruf dich später ma an!«
»Okay!«
»Tschüs!«

Jetzt stehe ich hier, mitten im Flur, und ich könnte heulen. Mann, ich meine, warum haut Chris jetzt einfach ab? Wir haben noch nicht mal gefickt. Ich meine, was soll das? Der geht jetzt zu Lenny und hängt mit den Jungs rum und labert mit denen Scheiße. Da kann man nur tief durchatmen, sich ins Bett legen und rattern. Dabei vergeht wenigstens die Zeit, und hinterher ist man entspannter. Wenn ich wenigstens ein paar Pillen hätte. Das würde mir jetzt echt gefallen. So eine kleine Pille nehmen und nicht nachdenken müssen. Nur rumliegen und vielleicht Barb anrufen. Das hat doch echt alles keinen Wert. Ich lege mich ins Bett und da, wo Chris gelegen hat, ist es noch ein bißchen warm. Der sitzt jetzt in der Straßenbahn und denkt schon wieder an die große Feierei heute abend.

Ich liege hier und wundere mich.

Ich habe keine Lust, mich zu bewegen. Irgendwie bin ich richtig betäubt. Das ist manchmal so. Wenn ich mich so richtig über was wunder oder total traurig bin und gar nichts mehr raffe, kann ich mich plötzlich nicht mehr bewegen. Da muß ich mich dann immer richtig zwingen, weiterzuatmen. Ich zwing mich jetzt, Harald aus der Schublade zu nehmen, mal gucken, ob wir beide nicht was anständiges unternehmen können. Das ist echt das einzig Vernünftige in dieser Situation. Harald liegt immer in der obersten Schublade von diesem blöden Nachttisch-Papp-Schrank von Ikea. Bei den Briefen. Wenn das die Leute wüßten, daß Harald bei ihren Postkarten liegt, die sie mir aus dem Urlaub geschickt haben. Harald ist ganz nach hinten gerollt. Und ein bißchen staubig ist er auch, weil ich ihn gestern nicht gleich abgewaschen habe. Das muß man echt machen, sonst werden diese Dinger eklig. Ist mir jetzt aber auch egal, den wische ich einfach mal schnell an der Bettdecke ab. Geht auch. Staub ist ja nicht giftig, oder? Jetzt steigt Chris aus der Straßenbahn und geht zu Lenny.

Klingelt jetzt.

Der denkt auch nicht mehr an mich. Ich wette, wenn der aus der Tür raus ist, hat er mich auch schon für die nächsten fünf Stunden vergessen. Das ist ja auch einfach so. Dann muß er nicht drüber nachdenken, warum er nicht bei mir geblieben ist.

Da sind 1000 Briefe von Barb. Die schreibt immer unter jeden Brief »Lovebarb« und »wild kisses!« Chris hat mir echt noch nie geschrieben. Der schreibt nie Karten oder Briefe. Auf dieser Welt gibts, glaube ich, keinen Menschen, der eine Karte von Chris hat. Von meiner Mutter sind auch ein paar Briefe drin. »Ich soll nicht soviel rauchen und mir Socken anziehen!« Nee, was ist das denn, das gibts doch wohl nicht. Das glaube ich echt nicht. Ich meine, da liegt echt noch ein kleines Koks-Briefchen drin. Das hatte ich ja total vergessen. Na, Mensch. Das paßt ja. Da lege ich mir gleich mal eine hübsche Line zurecht.

Excusez-moi, aber das gefällt mir jetzt!

Wenigstens habe ich vorhin nicht rumgemeckert, als Chris gegangen ist. Das ist übrigens so ein Vorhaben von mir. Nicht meckern, egal, was Chris macht. Einfach machen lassen. Das ist gar nicht so einfach. Aber ich habe Angst, daß Chris denkt, ich bin zickig, und dann erzählt er das den Jungs, und die sagen: »Mach Schluß mit der Alten, die ist zickig!« Ein Glück habe ich das Telefon nicht aus der Wand gerissen. Fast wäre es passiert. Nee, echt. Um ein Haar hätte ich die Beherrschung verloren. Ich lege mir jetzt eine Line. In der zweiten Schublade muß eigentlich noch eine Telefonkarte aus Spanien sein. Die habe ich da jedenfalls mal reingelegt. Als Erinnerung, sozusagen. Ich hebe immer solche Sachen auf, und Vampirella nehme ich als Unterlage, zum Zerkleinern. Jetzt brauche ich nur noch was zum Hochziehen, und da wird es jetzt echt schwierig. Ich meine, ich könnte ja aufstehen und mir einen Schein holen. Aber, wie gesagt, ich habe grade keine Lust, mich zu bewegen. Da bleibt nur eins. Ich reiße eine Seite aus dem Heft und nehme die. Das wird mir Vampirella niemals verzeihen. Aber das hier ist ein echter Notfall und da geht das nicht anders. Ich nehme Seite 8, das Bild von Mama-Vampirella am Strand. Das hat genau die richtige Größe und irgendwie finde ich das richtig teuflisch, wenn ich die da jetzt rausreiße. Also los. Bild rausreißen, schön vorsichtig, damit den anderen Seiten nichts passiert, Heft wieder zumachen, Briefchen aufmachen und ein bißchen mehr aufs Heft streuen. Karte nehmen und zerkleinern, Bild rollen und hochziehen.

Augen zu. Ich habe mit Vampirella gekokst. Koks ist sowieso viel lässiger als Pillen. Chris sitzt bei Lenny mit den Jungs. Die reißen ihre beknackten Witze und finden sich lustig. Das ist echt komisch. Ich meine, ich will Chris anfassen, ich weiß, wo er sitzt, und ich bin nicht bei ihm. Ist das nicht komisch?! Ich mache jetzt Musik an. Da kann man nämlich nicht so gut bei nachdenken, weil man immer mitsingen muß. Das ist echt praktisch. Am besten geht das mit Aerosmith. Das kann ich sowieso nur alleine hören, weil Chris sich immer lustig darüber macht. Egal. Die Musik ist echt genial.

Außerdem muß ich dann immer an dieses Video von denen denken. Das ist echt gut. Da macht die Tochter von dem Aerosmith-Sänger Striptease und schwingt sich einfach super-sexy um so eine Stange auf der Bühne. Das will ich auch. Echt. Das ist mein absoluter Traum. Ich auf der Bühne und schwinge mich super-sexy um so eine Stange. Die Männer sitzen an ihren Tischen am Bühnenrand und denken: »Wer is diese sexy Braut? Mann, die will ich ficken!« Und ich mache sie verrückt. Genau das will ich. Alle gucken mich an, und ich schwinge mich um die Stange, die Arme gestreckt, die Knie angewinkelt und um die Stange gewunden. Der Kopf nach hinten gebogen. Wow. Dafür brauche ich aber Titten, und ich habe leider keine. Echt nicht. Ich habe keine Titten, und das wundert mich wirklich, weil, alle in meiner Familie haben Titten und zwar riesengroße Titten. Nur ich nicht. Das Schlimme daran ist, ich bin selbst schuld. Ich habe früher nämlich immer gebetet, daß ich keine Titten kriege, damit ich nicht mit meiner Mutter BHs kaufen gehen muß. Das war nämlich so ziemlich der schlimmste Alptraum von meiner Schwester. Also habe ich gebetet, und das habe ich jetzt davon. Absolut keine Titten. Eigentlich habe ich auch noch gebetet, daß ich keine Schamhaare und meine Tage nicht kriege. Das hat ein Glück nicht funktioniert. Na jedenfalls laß ich mir irgendwann meine Titten vergrößern. Ich schwörs. Ich will nämlich mal in einem Film mitspielen, und da will ich die größte Schlampe spielen, die die Welt je gesehen hat. Dann schwinge ich mich nämlich um 1000 Stangen, sage den Männern: »Schlag mich, gib mir Tiernamen!« und fahre mit 210 über die Autobahn. Ich sage dir, das wird ein echter Klassenschlager. Ich muß das dann bloß vor meinen Eltern geheimhalten, sonst kriegt meine Mutter einen Herzinfarkt und mein Vater lüsterne Blicke. Nee, echt. Davor habe ich am meisten Angst, vor den lüsternen Blicken von meinem Vater. Ich meine, in jeder Zeitung steht was über Kindesmißhandlung, und meistens sind es die Väter. Also habe ich Angst. Aber, bis das mit dem Film aktuell wird, reibe ich mich am Türrahmen und übe. Nee, echt. Das ist echt gut. Am Türrahmen rauf und runter rutschen, hin und her schwingen und ab und zu den Lack ablecken. Das ist echt gut. Das werde ich mal öfter machen, wenn Chris nicht da ist.

Außerdem bin ich jetzt wieder fit. Koks ist echt das absolute Wunderzeug. Da spürt man so richtig den Körper. Und wenn kein Mann da ist, auf dem man rumrutschen kann, bleibt einem ja immer noch der Türrahmen. Ich mache jetzt mal drüben im Wohnzimmer Musik an, kriege gute Laune, latsche wieder rüber ins Las Vegas und mache mich fertig. Das heißt, ich ziehe mein T-Shirt und meine Jeans aus, ziehe meine U-Hose in die Porille, steige in die Boots und ziehe meinen Wonder-Bra an. Ein Glück gibts die Dinger.

Ich wünschte, Chris könnte mich so sehen.

Ich meine, der würde sich auf mich stürzen und bis zum Morgengrauen ficken. Das schwöre ich. Aber so kann ich mich Chris ja nicht bei vollem Bewußtsein präsentieren. Da denkt der ja, ich spinne. So was muß irgendwie zufällig passieren. So beobachtungstechnisch. Ich meine, ich würde nie auf die Idee kommen, vor Chris am Türrahmen mit der U-Hose im Po und den Boots rauf und runter zu rutschen. Besser wäre, eine geheime Kamera würde mich filmen und Chris würde es sehen. So, jetzt stelle ich den großen Spiegel auf den Boden im Flur, und dann geht es los.

»Turn the lights off, Baby!«

Halt, ich habe was vergessen. Ich habe echt was vergessen, ich glaube es nicht. Das ist doch das wichtigste. Mein spezielles Rutsch-am-Türrahmen-Lied auf Anfang bringen. Sonst kann ich die Nummer echt vergessen, ich meine, ich kann ja nicht am Ende vom Lied anfangen zu tanzen. Das geht echt nur von Anfang an, so zum Einstimmen und so. Außerdem ist das nächste Lied absolut bescheuert, aber das ist ein anderes Problem. Ich muß nämlich kurz vor Schluß von meinem Speziallied mit Rumrutschen aufhören und schnell zum CD laufen und auf Anfang zurückskippen. Damit die Stimmung nicht im Arsch ist. Ich gucke mir jetzt noch ein bißchen meine Wonder-Bra-Titten im Spiegel an, warte, bis das Koks ankommt, aber dann muß es wirklich losgehen. Mann, wäre das gut, wenn ich richtige Titten hätte. Ich meine, guck dir das mal im Spiegel an. Ist das nicht sexy? Wow, wow, wow. Super-sexy. Das ist echt mein nächster Act, Titten-Vergrößern. Chris sagt, ich spinne. Aber wenn Monsieur einen zu kleinen Schwanz hätte. Ich meine, der würde von nichts anderem reden, als sich den Schwanz vergrößern zu lassen. Jetzt aber. Es kommt. Yes. Ich bin Laster-Woman.

»Turn the lights off, Baby!«

Ich reibe mein Knie am Rahmen, ganz langsam. Ich

hebe es hoch und drücke es gegen die Kante, jetzt wieder runter und gleich wieder hoch. Mit den Händen festhalten und nach hinten fallen lassen, den Kopf zurückwerfen, Titten raus und wieder zusammenkrümmen, rumschwingen, gegen die andere Seite fallen lassen, anderes Knie hochziehen, obenlassen, den Lack küssen, ganz vorsichtig, dann heftiger, jetzt lecken. Von oben nach unten. Abstoßen, mit dem Rücken runtergleiten, hochdrücken, rumschwingen, Becken gegen die Kanten schlagen, mit den Händen langsam hochwandern und küssen, stöhnen, Haare im Mund, Lippenstift am Türrahmen, Knie an den Rahmen pressen, mit den Händen streicheln, Zunge über Lack, Finger zwischen den Spalt, nackten Bauch gegen Holz drücken, fester, fester, fester, jetzt klingelt es an der Tür. Mann, habe ich mich erschreckt. Voll zusammengezuckt. Was ist das denn? Ich meine, excusez-moi. Ich tanze hier rum, und irgend jemand klingelt an der Tür. Was mache ich denn jetzt? Ich meine, so kann ich echt nicht die Tür aufmachen. Ich weiß ja nicht mal, wer da klingelt. Ich meine, jeder, der mich so sieht, hält mich für absolut bescheuert. Erst mal U-Hose aus der Porille ziehen. Das wird auf die Dauer sowieso ungemütlich. Ich muß mir echt mal solche G-String-Tangas zulegen. So geht das ja nicht weiter, mit diesen Oma-Unterhosen. Meine Mutter sagt, die sind gesund. Aber irgendwann kann das nicht mehr interessieren. Da muß man praktisch denken. So. Jetzt schnell ins Las Vegas rennen. Der hinter der Tür dreht ja wohl voll ab. Der klingelt schon wieder.

»Moment!«

Am besten, ich ziehe einfach das Blümchenkleid an. Das kann ich einfach so über den Kopf streifen. Und schon bin ich fix und fertig angezogen. Genial, diese Blümchenkleider. Davon habe ich übrigens 100 Stück.

Wenn man so eins an hat, fällt es auch nicht so auf, daß keine Titten drinstecken. Die sind einfach wie geschaffen für mich. Voilà. Ganz ruhig. Muß ja nicht jeder mitkriegen, daß meine Nase voller Kokskrümel ist. Schön ruhig bleiben und Tür aufmachen.
»Hallo!«
»Hallo?«
»Ich wollte mal ›Hallo!‹ sagen!«
»Hallo!«
»Wir haben uns ja vorhin im Hausflur getroffen, und ich dachte, vielleicht hat die Kleine Lust auf 'n Schluck Wein!?«
»Jetzt?«
»Ja. Du siehst immer so nett aus, da dachte ich, wär doch vielleicht ganz schön, wenn du zu mir kommst, und wir trinken Wein!«
»Das is nett, aber ich hab noch was zu erledigen!«
»Das kannst du doch später machen!«
»Nee!«
»Los, komm mit hoch!«
»Nee, ich kann echt nich!«
»Warum nicht?«
»Weil ich noch was machen muß!«
»Was denn?«
»Sag ich nich!«
»Das ist doch nur eine Ausrede!«
»Quatsch!«
»Los, komm!«
»Nein!«
»Dann nich!«
»Trotzdem Danke!«
Hau ab, Arschloch. Alter, der hat mich garantiert die ganze Zeit beobachtet, wie ich da so am Türrahmen klebe.

Scheiße. Der hat einfach mit seinem Fernglas um die Ecke gestanden und geglotzt. Dabei hat er einen Ständer gekriegt und gedacht, bevor ich mir zum 100. Mal einen runterhole, hole ich mir lieber die Kleine von schräg unten und fick die Maus. Ich fessel sie an mein Gestell und knebel sie mit dem alten Putzlappen. Dann ziehe ich ihr ihre häßlichen Boots und die Baumwollunterhose aus. Ja, das ist sexy. Aber leider schiefgewickelt der Alte. Der soll sich seinen Wein in den Arsch sprudeln lassen. Ich schwörs, jetzt wird das Schwein scharf gemacht. Ich mache ihn wahnsinnig, ich lasse ihn an seiner verfickten Geilheit explodieren. Dann spritzen die Gedärme an die Wände, und die Kripo fragt sich, wie ist das zu erklären? Das ist eine Warnung an alle beknackten Fernglas-Ficker. Schnell die Musik anmachen, richtiges Lied eingeben, U-Hose und Boots ausziehen und den Türrahmen küssen. Ja, fick mich, fick mich, fick mich. Du wilder Türrahmen. Siehst du, du Schwein, wie du es haben könntest, wenn du nicht wie Charles Bronson aussehen würdest? Du könntest mein Bein hochziehen, meine Beine spreizen, deine Finger in meine Muschi stecken, meinen Arsch anfassen und wahnsinnig werden. Ich zerkratze dir deinen Rücken, klammer mich an dich, klammer meine Beine um dich, du Sau. Mein Atem bläst in dein Ohr, und du kannst nicht mehr. Du flehst mich an. Kennst du Giraffenküsse? Die sind echt gut. Vorsichtig die Zungenspitze im Ohr kreisen lassen und zart atmen, dann mit den Zähnen sanft zubeißen und härter atmen. Das ist ziemlich gut, oder? Willst du mich lecken? Geh mit deiner Zunge über meinen Bauch, ich beuge mich zurück, lehne mich gegen den Türrahmen, stütze mich mit den Beinen ab, ich habe frisch lackierte Fußnägel. Der Lack heißt *Vamp*. Hast du schon mal mit Vampirella gefickt? Das ist eine Frau, die

sich nehmen läßt, und du verfällst ihr. Du darfst nur einmal. Genieß es, du Schwein. Gib Vampirella deinen Schwanz. Du darfst nur einmal. Genieß es. Ich drehe mich um, Vampirellas Haare liegen auf ihrem Rücken. Nimm sie. Meine Hände klammern sich um den Türrahmen, ich halt mich fest. Genieß es. Ich ruf jetzt Barb an.
»Hallo?«
»Mutti?«
»Tach, Alte!«
»Was geht ab?«
»Nichts. Was machst du grade?«
»Ich mach grade ne Haartönung!«
»Welche Farbe?«
»Rot!«
»Schön!«
»Was machst du?«
»Ich ärger meinen Nachbarn!«
»Wieso?«
»Weil das 'n notgeiler Vollidiot is!«
»Welcher? Charles Bronson, oder wer?
»Exakt. Der war eben hier und wollte mit der Kleinen einen Schluck Wein trinken!«
»Echt? Was haste gemacht?«
»Ich hab gesagt, ich hab noch was zu tun, hab die Tür zu und ihn wahnsinnig gemacht!«
»Was haste denn gemacht?«
»Ich hab mich ausgezogen und nackt am Türrahmen gehangen!«
»Spinnst du?«
»Warum?«
»Nächstes Mal, wenn de aus der Wohnung gehst, vergewaltigt der dich!«
»Quatsch!«

»Klar, solche Typen flippen aus, wenn man sie abweist!«
»Meinste?«
»Klar, und wenn de dann auch noch nackt am Türrahmen hängst!«
»Scheiße!«
»Warum?«
»Ich muß noch einkaufen gehn!«
»Na dann viel Spaß!«
»Ey, ich hab voll Schiß!«
»Ja, wär gut, wenn de jetzt deinen Stachelanzug hättest!«
»Kotz. Ich renn einfach schnell runter und renn dann schnell wieder rauf!«
»Ey, sei vorsichtig! Ruf an, wenn de wieder da bist!«
»Mach ich. Wenn ich inner halben Stunde nich wieder da bin, ruf die Bullen!«
»Alles klar! Vergiß nich anzurufen!«
»Alles klar. Bis gleich!«
Heute nacht braucht Chris Zahnpasta, vielleicht auch erst morgen früh oder morgen mittag. Das weiß man ja nie so genau bei Monsieur. Es ist eben Wochenende, und da weiß man nie, wann Chris kommt. Egal, ich muß Zahnpasta besorgen. Was interessiert es denn Monsieur, welchen Preis ich dafür zahlen muß. Für so eine geile Tube Zahnpasta kann man sich ja wohl mal eben vergewaltigen lassen, oder?! Ist doch nicht zu viel verlangt. Scheiße. Ich habe echt bißchen Panik, durch das Treppenhaus zu flitzen. Ich beeile mich einfach ganz doll und rufe dann schnell Barb an. Ich muß es hinter mich bringen. Chris braucht Zahnpasta. Das ist meine Mission. Ich bin stark. Ich gehe durch die Hölle. Das ist ein Liebesbeweis. Ich gehe den Weg durch die Dornenwüste, die brennenden Felder, das

Tal der Schlangen. Laß uns los, Vampirella. Vielleicht bin ich in einer Stunde tot, und Monsieur weiß es erst morgen nachmittag. Einmal ist er nämlich echt erst am nächsten Nachmittag gekommen. Total verstrahlt ist er in die Wohnung gekippt. Mama hat Suppe gekocht, und Chris hat nicht mehr geredet. Vielleicht ist das morgen wieder so und dann kann ich keine Suppe mehr kochen. Nur die Zahnpasta liegt auf der Treppe, als letztes Zeichen von mir. Ich nehme jetzt den Schlüssel vom Kühlschrank und mache die Tür auf. Ich muß es tun. Ich habe keine Wahl. Die Treppenstufen verdoppeln sich, das Treppenhaus hat kein Ende, keine schützende Ecke. Ich bin ausgeliefert.

Ich schaffe es.

Hinter mir geht die Tür auf, es riecht nach Braten, Schritte hinter mir, ich nehme zwei Stufen auf einmal, halte mich am Geländer fest, ich darf nicht stürzen. Genau hinsehen, Füße unter Kontrolle behalten, jetzt der letzte Absatz und raus auf die Straße. Ha, der Penner hat mich nicht erwischt. Der hockt jetzt wahrscheinlich in seiner Butze und ärgert sich mit seinem Schwanz rum. Ich liebe es, Männer wahnsinnig zu machen. Irgendwann explodiert sein Schwanz. Hauptsache, ich komme die Treppen heil wieder hoch. Das ist ja auch noch mal ein gefährliches Unterfangen. Jetzt erst mal Zahnpasta kaufen. Über die Straße, nach rechts und links gucken und zwischen den Autos durchrennen. Das ist immer ein Thrill: »Mal sehn, ob ich heute heil über die Straße komme!« Rein in den Supermarkt und einen Wagen nehmen. Hier ist ja absolut der Teufel los. Jeden Samstag ist hier absolut der Teufel los. Plötzlich ist wieder allen eingefallen: »Verdammt, es ist Wochenende. Schnell noch was einkaufen, sonst verhunger ich!« Absolut.

So ist das, echt.

Alle quetschen sich hier mit ihren riesen Einkaufswagen an den Regalen vorbei oder rammen einem das Ding in den Arsch, weil es nicht schnell genug vorwärts geht. Ich kaufe hier trotzdem gerne ein. Das ist absolut mein Supermarkt, und der Geruch hier erinnert mich 100 Prozent an Chris. Einmal bin ich hier nämlich Samstag rein, mit 10 Plastiktüten voller Pfandflaschen, und die haben so ein Gerät, wo man die Flaschen alle hübsch einzeln reinstellen muß, und hinterher kriegt man einen Bon von der Maschine. Naja, also ich rein in den Laden, und auf eine Art bin ich noch ein bißchen angesoffen gewesen, von der Nacht davor, und irgendwie habe ich nicht richtig gecheckt, wie die Maschine funktioniert. Und plötzlich ist der Alarm von dem Ding losgegangen, weil ich die Flaschen unten reingestellt habe und nicht oben. Unten kommen nämlich die Kästen mit den leeren Flaschen rein und oben die einzelnen leeren Flaschen. Ich wußte echt überhaupt nicht mehr, was los ist. Ich meine, im Supermarkt tobte der Bär, und dann ging zu allem Überfluß der Alarm los, und natürlich war keiner da, der sich um mich kümmert. Das war der Hammer. Ich habe da einfach nur neben diesem plärrenden Teil gestanden und versucht, meine Flaschen da irgendwie wieder rauszuziehen, damit das Ding endlich Ruhe gibt. Das war richtig absurd. Na jedenfalls habe ich an diesem Tag Chris getroffen und irgendwie erinnert mich deshalb hier alles an Chris. Lustig, was?

Ach, ich liebe diesen Supermarkt. Man kann hier original echt alles kaufen, was das Herz begehrt. Zum Beispiel Terror-Tattoos. Das sind die abgefahrensten Teile, die es auf der Welt gibt. Für 1 Mark kriegt man so ein Tütchen mit den grausigsten Monster-Aufklebe-Tattoos, die man sich vorstellen kann. Mann, die sind einfach super, und

Barb ist absolut süchtig nach den Teilen. Wenn die sich auszieht, hat die echt überall am Körper solche Teile kleben. Ich frage mich echt, wofür, weil die solo ist.

Man kann hier aber auch prima Brot kriegen. Ich schwenke da jetzt mal rüber. Irgendwie ist mir ja grade schon so ein bißchen schummrig und koksig. Hauptsache, die haben jetzt überhaupt noch Brot. Ich meine, wenn man sich hier die Menschenmassen ansieht, kommt einem schon so ein leichter Zweifel hoch. Die Typen sehen nämlich alle so aus, als ob die massenweise Brot fressen. Nee wirklich. Irgendwie teigig-bröselig. Mann, jetzt konzentriere dich bloß. Ich habe keine Lust, daß die Alte hinter dem Tresen merkt, daß ich drauf bin. Ganz ruhig und bloß nicht hektisch sein.

»Tach!«
»Ja bitte?«
»Ich hätte gern ein Sonnenblumenbrot!«
»Sonst noch was?«
»Nö, danke!«
»Bitte. Schönes Wochenende!«
»Ja, danke, gleichfalls!«

Wunderbar. Das ist ja richtig gut gelaufen. Ein Glück habe ich nicht mittendrin vergessen, weswegen ich hier bin. Das kann echt schon mal passieren. Da schwebt man in völlig anderen Sphären, und schwups hat man vergessen, was man kaufen will. Da steht man dann richtig blöd da, und dann dauert es eine Weile, bis es einem wieder einfällt, warum man da vor den Brötchen steht. Mann. Die schreiben hier immer mit so fetten roten Filzstiften den Preis auf die Brötchentüten. Wenn das mal nicht ungesund ist. Das stinkt dann alles absolut nach diesem hochgiftigen Lösungsmittel. Das zieht doch bestimmt dann voll ins Papier ein und dann in das Sonnenblumenbrot.

Da kann man ja high von werden. Frißt man ein Stück harmloses Brot und ist hinterher super-stoned, weil die hier mit Mörderstiften ihre Preise auf das Papier schmieren. Kaum zu glauben. Man soll ja auch nicht an der Tankstelle belegte Brötchen oder so was kaufen, weil sich da irgendwie die ganzen Abgase drin absetzen sollen. Habe ich jedenfalls mal irgendwo gelesen. Das sind ja dann richtige Abgas-Brötchen. Super.
»Aua!«
»Entschuldigung!«
»Immer schön mit der Ruhe!«
»Ich hab nicht so viel Zeit wie du!«
»Aber doch wohl genug Zeit, um mir den Einkaufswagen nich in den Hintern zu schieben!«
»Offenbar nicht!«
»Schade!«
»Ja, das ist wirklich sehr schade!«
Nee, ey. Leute gibts. Habe ich doch vorhin schon gesagt. Die Leute rammen einem hier ständig ihre Einkaufswagen in den Arsch, weil sie einfach alle Angst haben, daß sie nicht mehr genug einkaufen können. Das ist ja wirklich der absolute Blödsinn. Idioten. Jetzt tut mir auch noch der Hintern weh. Wirklich, richtig doll reingerammt. Die sind doch alle blind hier. Ich glaube, ich kriege einen Schweißausbruch. Das ist der Nachteil an der ganzen Koks-Geschichte. Mein Kreislauf macht das echt nicht mit. Entweder mir ist so richtig schweine-kalt, oder ich fange wie blöde an zu schwitzen. Ey, bloß schnell raus hier. Sonst klappe ich noch zusammen, und dann stehen sie alle blöde um mich rum und glotzen mich an. Dann holen sie einen Krankenwagen, und schwups geht es mit Tatü-Tata ins Krankenhaus, und ich habe echt keine Lust zu erzählen, daß ich mir Koks gepumpt habe. Hinterher

kommt man deswegen noch ins Kittchen. Wo haben die hier denn bloß die Zahnpasta stehen? Ich weiß es jetzt echt nicht. Die haben hier einfach zu viele Regale. Wie soll man sich denn da bloß merken können, was wo steht? Ich muß da jetzt mal ganz systematisch vorgehen. Am besten ich fange hinten an und gehe dann immer jeden Gang von rechts nach links und gucke von oben nach unten. Ich glaube, so kann am wenigsten schiefgehen. Irgendwann muß ich ja dann an der Zahnpasta vorbeikommen. Hier gibts ja auch mal wieder keine Supermarkt-Suchhilfen. Ich meine diese Wesen in weißen Kitteln, die man fragen kann, wo die Zahnpasta steht.

Man ist völlig auf sich selbst angewiesen.

Such, such, such. Alle suchen hier. Vielleicht sind die deshalb alle so hyper-nervös und hektisch und schieben einem den Einkaufswagen immer hintenrein, weil sie nicht nach vorne sehen können, sondern in den Regalen nach was Brauchbarem suchen. Zum Beispiel. Spaghetti. Ich habe es absolut schon mal erlebt, daß mich die Leute hier für eine Suchhilfe gehalten haben, obwohl ich eigentlich nie im weißen Kittel rumlaufe. Warum auch? Gibts gar keine Veranlassung dafür. Aber trotzdem. Vielleicht sehe ich ja so allwissend aus. Kann ja sein. Ist doch auch ganz schön, oder?

Wow, ein Glück. Da ist ja die Zahnpasta. Erst mal tief durchatmen. Mann. Mein Kreislauf schlägt echt Purzelbäume, und ich merke schon, wie mir die Schweißperlen auf der Stirn stehen. Was nehme ich denn jetzt am besten? Die haben ja hier absolut und original alle Sorten und Variationen von Zahnpasta. Gibts ja gar nicht. Wie soll man sich denn da entscheiden können? Mal sehen. Gegen Zahnfleischbluten, klingt eklig. Mit Mundwasser, ist zu scharf. Chris mag lieber süßliche Zahnpasta, also Kinderzahnpasta. Tja. Da haben wir uns doch schon entschieden. Auf gehts. Ich brauche noch ein bißchen Gemüse und Fischstäbchen. Ich meine, vielleicht kommt Monsieur heute abend doch nach Hause, und da muß ich ihm ja was zu Essen anbieten können. Fischstäbchen sind das beste. Ha, ich liebe sie einfach. Am besten ist es, wenn man die Dinger häutet, also die Panade vorsichtig abbeißt und dann erst den Rest auffressen. Das ist echt absolut genial. Ich grabsche mir gleich mal die Packung mit 20 Stück. Von dem Zeug kriege ich einfach nicht genug, und das wird ein richtiges Kinderessen. Ich schwörs, meine Kinder kriegen später nur Fischstäbchen. Jetzt mal ganz flott zur Kasse. Puh, sind hier viele Leute. Da kriegt man sich ja kaum durchgeschlängelt und schon gar nicht mit so einem zugekoksten Gleichgewichtssinn. Ganz langsam und schön Augen offenhalten.

Mann. Die kriegen das ja hier echt nicht geregelt, mit ihren Kassen. Die haben hier fünf Kassen, und nur drei sind besetzt. Und das am Samstag. Nee, wirklich. Kaum zu glauben. Kein Wunder, daß sich hier alles vor dem Klopapierregal staut. Das machen die mit Absicht. Damit man noch tüchtig Klopapier kauft. Die haben hier aber auch wirklich exquisites Klopapier. So Lady-Lady-mäßig. Ganz weich, dreilagig, parfümiert und mit rosa oder grauen Blümchen bedruckt. Da macht ja Po-Abwischen gleich doppelt Spaß. Ich glaube, sowas will ich auch mal haben. Und schon hat es auch bei mir funktioniert. Ich meine, das mit dem Warten vor dem Klopapier-Regal und der Idee, so tüchtig Klopapier an den Mann zu bringen. Die sind ja hier wirklich ganz schön ausgefuchst. So ein bißchen Walnußeis kann ich ja auch gebrauchen. Gut, daß hier grade die Tiefkühltruhe steht. Eis liebt Monsieur nämlich sehr. Das kriegt er heute abend, als kleine Überraschung. Da freut sich mein kleiner Chris. Der liebt das nämlich wirklich richtig. Mann.

Hoffentlich geht das da vorne mal ein bißchen flotter. Ich kann nicht mehr. Ich will nach Hause. Hilfe, mein Kreislauf dreht durch.

Das gibts ja nicht. Jetzt kriege ich schon wieder von hinten was verpaßt. Ausgerechnet jetzt, wo ich schon so wacklig auf den Beinen bin. Ich drehe mich jetzt nicht um. Ich tue einfach so, als ob nichts passiert wäre. Ich ignoriere das einfach mal. Bloß niemandem in die Augen sehen. Die raffen doch sofort, was abgeht. Schweiß auf der Stirn, riesen Pupillen. Ich bin ja gleich an der Kasse. Mann. Schon wieder. Das gibts ja echt nicht. Was ist denn da hinter mir bloß los? Das geht auch nicht schneller, wenn man seinem Vordermann permanent das Ding hinten reinfährt. Idiot. Ich sage jetzt nichts. Ich bleibe einfach ganz ruhig. Ich bin ja gleich an der Kasse. Nur noch die Frau vor mir. Obwohl, wenigstens entschuldigen, könnte man sich ja mal. Beim nächsten Mal drehe ich mich echt um. Zack. Jetzt reichts. Mann. Die Alte ist ja kalk-bleich. Die kann ja kaum noch stehen. Was ist denn mit der los? Die sieht ja schlimmer als Chris aus, wenn der voll Speed ist. Ich check das mal ab. Ganz leise sprechen und alles schön koordinieren. Dann kann nichts schief gehen.

»Kann ich Ihnen helfen?«
»Nein, danke, geht schon!«
»Wirklich?«
»Ich hatte grade einen Kaiserschnitt...!«
»Hilfe. Setzen Sie sich mal lieber hin!«
»Ich muß doch noch bezahlen!«
»Das kann ich ja machen!«
»Wirklich?«

»Na, klar! Bevor Sie umkippen!«

»Danke!«

Mann. Auch das noch. Bin ich hier der Samariter, oder was? Na jedenfalls hatte ich keinen Kaiserschnitt. Gibts ja nicht. Die Alte latscht hier am Samstag im Supermarkt rum und hat grade einen Kaiserschnitt gehabt. Mit so was ist doch nicht zu spaßen. Ich meine, das ist doch schließlich eine richtige Operation. Was hat die denn für einen Mann, der die loslaufen läßt. Idioten gibts. Ich frage mich ja sowieso, wie sie den ganzen Kram nach Hause kriegen will. So viel ich weiß, darf man nach so einer Sache auch keine schweren Sachen tragen. Nee, wirklich. Absolut unglaublich.

So, jetzt bin ich an der Reihe. Am besten, ich zahle zuerst meine Sachen, damit da nichts durcheinander kommt. Immer aufs Fließband gucken, bloß nicht unsicher werden.

»Ich zahl das getrennt!«

»Zuerst das, oder was?«

»Yes!«

»10,20 bitte!«

»Geben Sie mir noch ne Tüte dazu!«

»Dann machts aber 10,40!«

»Nee, die kommt zu den andren Sachen!«

»Ist doch egal, wo Sie jetzt die 20 Pfennig zahlen!«

»Nee, das is nich egal!«

»Na meinetwegen!«

Mann, Mann, Mann. Das paßt ja alles gar nicht in eine Tüte. Ich nehme lieber noch eine. Bevor da noch der Henkel abreißt und die arme Sau über den Boden kriechen muß, um ihre sieben Sachen wieder einzusammeln. So stark fühle ich mich ja nun heute auch nicht, daß ich dabei noch helfen könnte. Tolle Vorstellung, die hat so einen

Kaiserschnitt, und ich breche zusammen, weil ihre Tüte platzt. Nee, echt. Da können die uns dann gleich beide einsammeln.

»Geben Sie mir bitte noch ne Tüte!«
»55,95!«
»Und den Bon bitte!«
»Schönes Wochenende!«
»Danke, ebenfalls!«

Mann. Die Tüten sind aber echt schwer. Wie will die Frau das Zeug jemals hier rausschaffen. Das kann ich ja kaum tragen. Was ist das denn überhaupt für ein Mann, der seine frischoperierte Frau am Samstag einkaufen gehen läßt? Also, an ihrer Stelle würde ich mich ja sofort von diesem Macker trennen, das Kind unter den Arm nehmen und abhauen. Der Typ läßt die einfach so am Samstag zum Einkaufen marschieren und das mit einem frischen Kaiserschnitt. Ich glaube das einfach nicht. So. Jetzt das Restgeld nehmen und den ganzen Kram zu der Alten schleppen. Mann, und das heute.

»Hier sind Ihre Sachen und das Restgeld!«
»Danke!«
»Gehts wieder?«
»Hmhm!«
»Also, dann, alles Gute!«
»Danke!«

Mann, Mann, Mann. Die Frau ist ja richtig leichenblaß. Wenn das mal gut geht. Hinterher platzt die Narbe wieder auf, und dann geht das Theater erst richtig los. Nee, echt. Die soll ihren Kerl ohne Umweg auf den Mond schießen. So. Jetzt aber schnell nach Hause. Sonst schmilzt das Eis, und außerdem möchte ich das Treppenhaus hinter mich bringen. Wieder mal kurz mit dem eigenen Leben auf der Straße spielen und die Autos zum Bremsen bringen. Das macht Spaß, und irgendwie ist es ein glücklicher Moment, wenn man das Gefühl hat, gleich ist man tot, und dann hat dieser ganze Krampf ein Ende. Auf der anderen Seite wird mir echt schlecht, wenn ich daran denke, daß mich vielleicht mein notgeiler Nachbar grabscht, mich in seine Wohnung zerrt und mir da das Licht ausbläst. Seltsam. Ich meine, es gibt echt verschiedene Arten zu sterben. Einige sind angenehm und die anderen einfach nur scheiße. Ich muß mich jetzt echt beeilen, weil, wenn ich Barb nicht gleich anrufe, alarmiert die Alte noch die Bullen, und ich meine, bis jetzt ist ja ein Glück noch nichts passiert. Na dann mal los. Immer zwei Stufen auf einmal, am Treppengeländer hochziehen und beten. Gleichzeitig das Schlüsselbund in der Hand sortieren, den Wohnungsschlüssel festhalten und ganz schnell sein. Jetzt noch zwei Treppenabsätze. Da kommt jemand von oben runter. Die sieben Messer schlagen an seinen Gürtel, die Pistole ist entsichert.

Noch ein Treppenabsatz.

Den Strick in seiner Hand, der Knebel mit Chloroform vollgesogen. Da kommt er langsam von oben, und wenn ich meine Tür aufschließe, steht er hinter mir, drückt mir das Tuch vor das Gesicht, biegt meine Arme nach hinten, setzt mir die Pistole auf die Brust und zwingt mich in seine Wohnung. Ich will nicht. Barb, ruf die Bullen! Ich bin bei dem Schizo, schräg über mir. Der fesselt mich an sein Gestell, ich kann mich nicht wehren. Er hat mich betäubt. Er reißt meine Klamotten runter und peitscht mich aus. Barb, meine liebe Barb, ruf die Bullen! Er hat Vampirella überlistet. Er hat ihr Chloroform reingejagt. Dagegen ist sie machtlos, und er tut es wieder, sobald sie wach wird. Die Wände sind schalldicht, die Tür hat 10 Schlösser. Ihr müßt durchs Fenster kommen!

Ich bin drinnen. Die Tür ist zu, der Sicherheitsriegel vorgeschoben. Ich atme tief durch. Kein Chloroform. Mir ist ein bißchen schwindlig. Auf Koks sollte man lieber nicht so rennen. Da kann es einem ganz schnell schlechtgehen. Ich vertrage das Zeug einfach nicht. Aber das macht den Kopf so schön klar, und man muß immer vor Glück schlucken. Schnell, Barb Bescheid sagen, sonst ruft die tatsächlich noch die Bullen, und dann ist hier der Teufel los, und ich werde noch wegen irgendwelchen Beschuldigungen angeklagt. Mann, hier kommt man echt nie aus dem Streß raus.

»Hallo?«
»Na, alte Hippe!«
»Alles klar bei dir?«
»Logisch!«
»Alte, ich hab mir voll Sorgen gemacht. Echt. In den nächsten Minuten hätte ich echt Alarm geschlagen!«
»Nee, alles soft. Der Alte is nich aufgetaucht!«
»Ein Glück!«
»Ja, voll! Biste fertig mit Haarefärben!«
»Yes!«
»Dann schwing deinen Arsch rüber! Könn wir ein bißchen labern!«
»Ja, lässig! Aber was is, wenn mich dein Schizo-Nachbar erwischt?«
»Ach quatsch. Der will nur mich!«
»Ach echt? Und warum?«
»Der steht eben auf mich!«
»Und warum nich auf mich?«
»Keine Ahnung!«
»Der kennt mich doch gar nich!«
»Trotzdem, der is nur auf mich fixiert!«
»Ich bin mir da nich so sicher!«

»Setzt einfach deine Brille auf, dann passiert schon nichts!«
»Du bist so ne Sau!«
»Wir könn ja 'n Klingelzeichen verabreden!«
»Ja, lässig!«
»Du klingelst einfach dreimal, dann mach ich auf, und du rennst hoch, und oben warte ich dann! Außerdem haste ja dein Monster in deiner Handtasche. Is also alles ganz safe!«
»Ja, top! Ich komm gleich!«
»Bis gleich!«

Super. Gleich kommt Barb. Das ist gut. Hier ist es so still in der Wohnung, da braucht man Unterhaltung. Das wäre alles ganz anders, wenn ich ein Kind hätte. Dann wäre es hier nicht so still, während ich auf Chris warte. Nee, echt. Manchmal sitze ich auf dem Sofa, und dann denke ich, daß es schön wäre, wenn jetzt mein kleines Kind um die Zimmerecke biegen würde, um in meinen Armen Schutz zu suchen. Irgendwie fehlt mir das. Ich hätte so gerne Kinder, und keiner versteht das. Alle sagen, ich bin zu jung. Aber was hat das mit dem Alter zu tun? Ich meine, ich will echt schon seit Jahren ein Kind haben. Seit ich 13 bin. Nee, echt. Ich finde das echt lässig. Ich meine, hier fehlt doch was. Aber wenn ich ein Kind hätte, könnte ich mit dem basteln oder malen. Das fände ich klasse. Hier mit meinem Kind am Tisch sitzen und malen. Dabei erzählen wir uns was, und alles ist lustig. Statt dessen liegt Harald in der Schublade, aber von dem wird man echt nicht schwanger. Ich schwörs. Nächstes Jahr kriege ich ein Kind. Chris will nicht. Aber irgendwann überliste ich ihn, und dann kann er es auch nicht mehr ändern. Dann ist das einfach so, und ich glaube, irgendwie würde er sich auch freuen. Monsieur hat nämlich ein richtiges Kinderherz, und das paßt doch dann echt perfekt, oder nicht? Ich meine, ein Kind ist echt das beste, was einem passieren kann. Oder nicht? Barb will keine Kinder. Die sagt, das ist nur Arbeit. Aber ich meine, ich bin eine Frau, und Frauen müssen Kinder kriegen. Das ist einfach Berufung. Davor kann man nicht einfach die Augen verschließen, finde ich. Barb färbt sich lieber die Haare. Nee echt. Das ist ein echtes Balz-Verhalten bei Barb. Jeden Monat färbt die sich ihre Haare. Wie gesagt, Barb ist auf der Suche nach ihrem Traummann. Darum färbt sie sich die Haare. Wie so ein geiler Erpel. Ich meine, die machen ja auch immer so ein Gehampel mit ihrem Gefieder, wenn sie sich ein Weibchen anlachen wollen. Pluster, pluster, schnatter, schnatter. Genau so ist Barb. Immer eine neue Haarfarbe. Ich meine, es geht doch um die inneren Werte und nicht um die Haarfarbe. Aber das hat Barb noch nicht begriffen. Einmal hat sie sich die Haare weiß gefärbt. Das sah richtig scheiße aus. Nee, echt. Die sah aus wie so eine weißhaarige Omek. Dann hat sie es rauswachsen lassen und plötzlich sah alles nach Plastik aus, wie so eine Mütze. Ich bin ja mal gespannt, wie das jetzt mit dem Rot kommt. Da darf man auch echt kein falsches Wort sagen, sonst ist Barb total eingeschnappt, und dann glaubt sie, daß kein Typ sie haben will. Aber das ist der absolute Quatsch, denn Barb ist echt super. Ich meine, sie ist meine beste Freundin. Ich glaube, wenn sie das Gezappel mit ihren Haaren lassen würde, dann hätte sie umgehend ihren Traummann an der Angel. Ich meine, beim Angeln versucht man ja auch ruhig zu bleiben, um den größten Fisch zu fangen, oder? Ey, hoffentlich sieht das dieses Mal nicht wieder so gräßlich aus wie mit den weißen Haaren. Sonst weiß ich echt nicht mehr, was ich sagen soll. Ich meine, irgendwie muß man ja ehrlich bleiben, oder? Also ich will nicht bei den kleinen roten Teufelchen in der Hölle schmoren. Brutzel, brutzel, brutzel. Nur weil ich Barb wegen ihrer Haaren anlüge. Nee echt. Wenn man lügt, kommt man in die Hölle. Früher bin ich mit meinen Eltern mal in so ein Gruselkabinett auf dem Jahrmarkt gewesen. Das war gräßlich. Da hatten die solche riesen Bilder aufgehängt, auf denen dokumentiert war, wie es in der Hölle zugeht. Da haben sie einen zum Beispiel bei lebendigem Leibe gehäutet und in einen brodelnden Kessel geworfen, und einen anderen haben sie aufgespießt, wie ein Spanferkel, und gebraten. Das war echt nicht nett. Ey, eklig. So ist das in der Hölle. Lieber nicht lügen, was? Aber da hatten sie auch noch andere Kostbarkeiten in dem Gruselkabinett. Ein Küken mit drei Beinen, am Kopf zusammengewachsene Babys, eingelegte Schlangen mit zwei Köpfen und einen Henker mit einer Guillotine. Das hat bei mir echt was ausgelöst. Was es alles für widerliche Sachen gibt. Nee, echt. Ich meine, man stelle sich vor, man kriegt Zwillinge, die zusammengewachsen sind. Ich meine, unter uns, das ist nicht schön. Du willst doch, daß deine Kinder glücklich sind, und sie können nicht glücklich sein, wenn sie zusammengewachsen sind. Dann versucht man, sie zu trennen, und dann geht das Unglück erst richtig los. Da habe ich mal einen Bericht drüber gesehen. Da haben die Eltern von solchen Zwillingen überlegt, ob sie ihre Kinder trennen lassen sollen. Wenn sie das gemacht hätten, wäre eins garantiert gestorben. Ich meine, wer kann solche Entscheidungen treffen? Ich nicht. Also putze ich mir jetzt erst mal die Zähne. Wenn es nach mir ginge, würde ich das eigentlich nicht machen. Aber Barb hat mal als Zahnarztgehilfin gejobbt, und seitdem guckt sie immer auf die Zähne anderer Leute. Barb würde sofort merken, daß ich ungeputzte Zähne habe. Ey, lieber nicht.

Dann denkt sie, ich bin schmuddelig oder so. Davor habe ich ja überhaupt Panik, daß andere denken könnten, daß ich schmuddelig bin. Ich meine, ich liebe es, nicht zu duschen. Tue es aber dann doch, damit die anderen Leute bloß nicht denken, daß ich womöglich ungepflegt bin. Nehmen wir mal Barb. Wenn die jemanden kennenlernt, dann sagt sie als erstes: »Der Typ war echt gepflegt!« Ich meine, ist das nicht scheißegal?! Also, ich hasse auch lange Fingernägel bei Männern, aber duschen müssen sie nicht unbedingt alle paar Stunden. Ist doch schön, wenn jemand ein bißchen nach Haut riecht. Das ist wie mit dem Muschi-Duft. So ein bißchen ist doch angenehm. Da hat man wenigstens nicht das Gefühl, man knutscht mit Duschgel rum oder so. Aber auf der anderen Seite macht Barb wieder Sachen, die ich richtiggehend unhygienisch finde. Wir waren mal kaffeetrinken. Am Nebentisch saßen so zwei Typen, die haben Erdbeerkuchen gegessen. Plötzlich sind sie aufgestanden und haben den Kuchen stehen gelassen. Barb ist echt aufgestanden und hat sich die Reste an unseren Tisch geholt und aufgespachtelt. Ich meine, kaum zu glauben, oder? Da ist man zwar äußerlich sauber, aber innen absolut verpestet. Das ist eine Logik. Naja. Zähneputzen kann wahrscheinlich nicht schaden, oder?! Erstens habe ich neue Zahnpasta besorgt und dafür mein Leben aufs Spiel gesetzt, und zweitens entstehen auf den Zähnen so komische Tier-Kulturen, wenn man das nicht rechtzeitig wegschrubbt. Widerliche Vorstellung. Schnell das Eis ins Gefrierfach packen, das Klopapier ins Klo schmeißen, die Zahnpasta nehmen und die Routine laufen lassen. Zähneputzen. Das kann ich echt im Schlaf. Putz, putz, putz. Es klingelt. Eins. Zwei. Drei. Das muß Barb sein. Mann. Hoffentlich sieht die nicht schrecklich aus mit ihren Haaren.

»Hallo?«
»Mutti, mach auf!«
Ich warte jetzt doch lieber nicht in der offenen Tür auf Barb. Ich meine, vielleicht kommt der Typ ja doch noch um die Ecke, stellt fix seinen Fuß in die Tür, drückt mich zur Seite und knallt die Tür zu. Dann steht Barb im Flur und kann mir auch nicht mehr helfen. Ich warte einfach, bis die Alte oben ist. Das ist 100 Prozent sicherer. Einmal habe ich das mit dem Erdbeerkuchen vor anderen Leuten erzählt, weil ich das irgendwie lustig fand, und da ist Barb echt richtig rumgefreakt. Also, das habe ich dann auch wieder nicht verstanden. Ich meine, zuerst frißt sie den Kuchen von wildfremden Menschen, und hinterher darf ich es keinem erzählen. Barb hat wie so ein Puter vor mir gestanden und gesagt: »Warum erzählstn das, bitte? Ich meine, es muß ja nicht jeder wissen, daß ich die Reste von anderen Leute esse!« Hahaha. Also, ich verstehe das nicht. Ich meine, man muß doch Verantwortung übernehmen, für das, was man tut, oder? Ah, da klopft ja die Alte. Ich schiebe aber trotzdem lieber die Kette vor. Hinterher ist das doch dieser Schizo von nebenan und hat einfach den Code geknackt, weil er schon längst mein Telefon abhört. Ich meine, man kann nie wissen.

»Tach, Omek!«
»Peace, Mutti!«
»Sieht gut aus, das Rot. Apropos. Ich hab grade dran gedacht, wie de den Erdbeerkuchen gefressen hast. Weißte noch?«
»Sehr witzig. Mach die Tür auf!
»Warum denn?«
»Weils langweilig is hier draußen, und außerdem hab ich Schiß, daß dein Schizonachbar kommt!«
»Ich finds lustig!«

»Alte, laß mich rein!«
»Na gut!«
»Findste die Farbe gut?«
»Klar. Sieht aus wie Erdbeere!«
»Mann. Jetzt sag mal ehrlich!«
»Hab ich doch schon gesagt, sieht gut aus!«
»Ich glaub dir nich!«
»Ey, ich lüge nich. Oder will ich bei lebendigem Leib gehäutet werden?!«
»Hä?!«
»Mann, in der Hölle häuten se die Leute doch immer!«
»Wußte ich noch gar nich!«
»Ja, klar. Oder die grillen einen überm Lagerfeuer!«
»Was hat das jetzt mit meinen Haaren zu tun?«
»Die sehn so teuflisch aus!«
»Mann. Findstes jetzt scheiße, oder nich?«
»Nein! Ich finds super-gut!«
»Ey, du bist so doof!«
»Warum denn?«
»Weil de nur Scheiße laberst!«
»Mach ich gar nich!«
»Klar. Du solltest dich echt mal hören!«
»Excusez-moi, warum labere ich bitte Scheiße?«
»Weil du mir keine ehrliche Antwort gibst!«
»Ich hab doch gesagt, ich finds gut!«
»Vergiß es. Was machen wir jetzt?«
»Arsch-Ficken!«
»Das kannste ohne mich machen!«
»War doch nur Spaß! Haste das schon mal gemacht?«
»Bin ich blöd?«
»Kann doch sein. Ich stell mir das ganz reizvoll vor!«
»Im wahrsten Sinne des Wortes! Ich finds eklig!«

»Ich meine, wie macht man das überhaupt? Also, ich meine wegen... du weißt schon!«
»Keine Ahnung. Interessiert mich auch nich!«
»Mich schon!«
»Dann probiers eben mit Chris. Der findet das bestimmt auch interessant!«
»Meinste?«
»Weiß ich nich. Frag ihn doch mal!«
»Was soll ichn da sagen? ›Baby, steck deinen Schwanz in meinen Arsch!‹ Oder was?«
»Ja. Irgendwie so!«
»Du spinnst!«
»Also, was machen wir jetzt?«
»Wir könn ja wieder das Hypnose-Spiel machen!«
»Nee, danke! Davon hab ich erst mal genug!«
»Wieso denn? Ich meine, die Sache mit dem Brot hat sich doch aufgeklärt!«
»Ja. Wer weiß, was sich als nächstes aufklärt. Ich meine, du weißt schon!«
»Deine roten Haare sind häßlich!«
»Echt?«
»Klar, voll häßlich!«
»Nee, sag mal!«
»Sag ich doch. Voll häßlich!«
»Warum?«
»Hey, Rotfuchs. Dahinten brennt ne Hecke!«
»Hahaha!«
»Kupferkopf, Feuermelder, Plastikbirne!«
»Jetzt drehste ab, oder was?«
»Excusez-moi. Ich bin ein bißchen hysterisch!«
»Ich merks!«
»Wolln wir uns betrinken?«
»Jetzt?«

»Klar, warum nich?«
»Ich meine, es is Nachmittag!«
»Na und?«
»Könn wir nich was anderes machen?«
»Nö. Ich find, wir betrinken uns jetzt!«
»Haste überhaupt was zu Trinken?«
»Nö! Du hast doch gestern den Wein ausgesoffen!«
»Dann hat sich das Thema wohl erledigt! Ich meine, die Läden sind dicht!«
»Wir könn ja was bestelln!«
»Gute Idee! Seit wann kann man, bitteschön, was zu Trinken bestelln?«
»Seit es Schokolade gibt! Nee, jetzt mal im Ernst. Wir könn doch den China-Bringdienst anrufen und was zu Trinken bestelln!«
»Man kann aber nich nur was zu Trinken bestelln!«
»Ach echt? Dann bestelln wir eben noch was zu Essen!«
»Ich hab aber gar kein Hunger!«
»Mann, Alte. Das Zeug essen wir doch auch nich. Ich meine, was isn das für ne Idee? Wenn man sich betrinken will, darf man sowieso nichts essen!«
»Und was machen wir dann mit dem Essen?«
»Das frieren wir ein. Einfrieren is mein Hobby!«
»Na gut. Aber du bezahlst!«
»Logisch. Ich lad dich ein!«
»Thank you!«
»Dafür rufst du aber an!«
»Nö. Das machst du. Das is immerhin deine Idee!«
»Mann, ey. Alles muß man selber machen!«
»Was wolln wir überhaupt trinken?«
»Wein, oder?«
»Okay und einmal Schweinefleisch süß-sauer!«
»Das wird ein Spaß!«

Barb und ich bestellen jetzt was zu Trinken, und dann betrinken wir uns und machen Männer-Witze. Ich meine, was Chris kann, kann ich schon lange, und seine Fischstäbchen soll er sich mal schön langsam in den Arsch schieben. Und die Jungs trinke ich auch noch mal unter den Tisch. Heute wird geübt. Ich meine, mir reichts jetzt.

»Ich ruf da jetzt mal an!«
»Ja, mach das!«
»Du kannst dich ja schon mal rüber aufs Sofa setzen!«
»Danke!«
»Nichts zu danken!«

Wieviel Wein soll ich denn nun bestellen? Ich meine, zwei Flaschen werden ja wohl kaum reichen, wenn wir uns ordentlich betrinken wollen. Da brauchen wir schon drei bis vier. Sonst hat das Ganze gar keinen Wert. Mann. Das wird teuer. Ey, bloß nicht drüber nachdenken. Einfach anrufen.

»Guten Tag... China-Bringdienst!«
»Guten Tag. Ich hätte gern einmal Schweinefleisch süß-sauer und vier Flaschen Weißwein!«
»Adresse, bitte!«
»Nordendstraße 45, bei Bacher klingeln!«
»Eine halbe Stunde, bitte!«
»Danke!«

Äh. Noch eine halbe Stunde. Das ist ja anstrengend. Naja. Dann gehe ich eben rüber zu Barb und beleidige sie noch ein bißchen, bis das Schwein kommt. Irgendwohin muß man ja mit seinem Frust.

»Na, du alte Schlampe!«
»Na, fette Sau!«
»Mach mal Platz!«

Barb liegt dick und fett auf dem Sofa und glaubt, daß sie damit durchkommt. Nee, nicht mit mir. Hier wird schön

Platz gemacht. Jeder eine Hälfte. Wenn es sein muß, meß ich das auch aus.

»Los, Alte, schieb deinen häßlichen Arsch beiseite!«
»Pff...!«
»Los. Das is mein Sofa!«
»... und das is mein Arsch!«
»Soll ich mich auf deinen Bauch setzen?«
»Ey, nee. Bloß nich!«
»Na, bitte. Warum denn nich gleich so?«

Barb hat jetzt echt Schiß gekriegt. So schnell hat sich noch nie jemand korrekt hingesetzt. Ey, das ist ein guter Spruch. »Soll ich mich auf deinen Bauch setzen?« Der wirkt einfach. Mann, mit dieser Frisur sieht Barb echt aus wie so ein bekloppter Feuermelder.

»Feuermelder!«
»Laß mich doch jetzt mal in Ruhe!«
»Nö. Ich muß dich grade mal 'n bißchen ärgern!«
»Warum denn?«
»Weil ich wütend bin!«
»Warum denn?«
»Weil Chris schon wieder abgehaun is!«
»Dann laß das an dem aus!«
»Der is ja nich da!«

Nee, echt. Was denkt sich die Alte? Wie soll ich Chris beschimpfen, wenn er nicht da ist. Kapiert die das nicht, was ist los mit der?

Und überhaupt kann ich sowieso auch nie richtig wütend auf Monsieur sein. Ich meine, wenn der mich mit seinen kleinen Rehaugen so hilflos anguckt, kann ich den doch nicht einfach anmeckern. Das geht doch nicht. Außerdem kann man Barb viel besser beschimpfen, weil sie sich dann immer gleich aufregt. Das ist echt besser. Da folgt wenigstens Reaktion auf Aktion.

»Pißnelke!«
»Fotze! Ich meine, wenn de nich gleich aufhörst, geh ich nach Hause und dann kannste dich echt alleine betrinken. Ich meine, was kann ich dafür, daß dein Idiot keine Lust hat, bei dir zu bleiben!«
»Danke. Du mußt aber auch nich gleich so verletzend werden!«
»Wer beleidigt denn hier in einer Tour? Ich oder du?«
»Du!«
»Mann. Jetzt krieg dich mal wieder ein. Du nervst!«
»Du auch!«
Barb ist echt anstrengend. Ich meine, die kann ja ruhig mal ein bißchen Verständnis haben. Also, das ist schließlich keine lustige Sache, daß Chris immer abhaut. Ich meine, kann ja sein, daß ich deswegen noch zur Alkoholikerin werde, oder?
»Ich werd noch mal Alkoholikerin!«
»Quatsch, Mutti!«
»Voll. Ich meine, ich ertrags echt nich mehr!«
»Dann mach Schluß!«
»So einfach is das nich!«
»Ich meine, bevor de zur Alkoholikerin wirst!«
»Guck dich doch an. Du wartest auch schon seit 1000 Jahren auf deinen Traummann, und der kommt nich. Ich meine, ich hab wenigstens einen!«
»Ja, 'n Vollidioten!«
»Warum hautn der immer ab?«
»Keine Ahnung. Vielleicht weils bei den andren Idioten was zu kiffen gibt!«
»Kiffen kann er auch hier!«
»Mann. Ich weiß es nich!«
»Super!«

Echt super. Ich meine, wenn ich wüßte, warum Chris immer abhaut, dann könnte ich ja was dagegen tun. Aber ich verstehe es ja noch nicht mal. Ich meine, da kann man ja nur zur Alkoholikerin werden.

»Da kann man ja nur Alkoholikerin werden!«
»Du kannst auch einfach sagen, er soll dich am Arsch lecken!«
»Oder ich werd Alkoholikerin!«
»Oder er soll dich am Arsch lecken!«
»Ich werd Alkoholikerin!«
»Is das jetzt 'n Vorhaben, oder was?«
»Yes. Ich meine, excusez-moi! Was soll ich sonst machen?«
»Ihn deinen Arsch lecken lassen!«
»Der faßt mich ja nich mal an, wenn ich nackt vor ihm stehe!«
»Unter uns, der Typ is krank!«
»Meinste?«
»Klar. Ich meine, das liegt doch auf der Hand!«
»Vielleicht muß er auch zur Therapie?«
»Ja, vielleicht!«
»Oder ich laß mir meine Titten vergrößern!«
»Und dann?«
»Weiß nich, vielleicht faßt er mich dann an!«
»Dann werd lieber Alkoholikerin!«

Ja, genau. Ich werd jetzt echt Alkoholikerin. Dann kann ich mich wenigstens mit meiner Sucht beschäftigen und krieg nicht mehr mit, daß ich auf Monsieur warte. Ich meine, das ist eine Lösung. Auf dem Bett rumliegen und besoffen sein. Oder ich bring mich gleich um.

»Oder ich bring mich um!«
»Geht das schon wieder los, Alte?! Ich glaub, du übertreibst!«

»Findste? Ich meine, stell dir das mal vor: Ich spring ausm Fenster und lieg zermatscht auf der Straße, das is doch echt 'n Triumph!«
»Toller Triumph, Alte!«
»Hast 'n besseren Vorschlag?«
»Nö, nich wirklich. Ich meine, wenn de Chris nich abschießen willst, bleibt dir wahrscheinlich wirklich nichts anderes übrig, als dich ausm Fenster zu stürzen, und wenn nich bald mein Traummann um die Ecke biegt, spring ich gleich mit!«
»Super. Das is dann sozusagen ein Doppel-Selbstmord!«
»Richtig!«
Das ist doch mal eine nette Geschichte. Ich meine, da freut sich jede Zeitung drüber. Barb und ich springen aus dem Fenster, liegen zermatscht auf der Straße, und die Männer sind schuld. Ich meine, das ist nahezu genial. Dann muß bloß absolut sichergestellt sein, daß auch jeder weiß, daß die Männer schuld sind. Ich meine, Barb und ich springen ja nicht einfach so aus dem Fenster. Ich meine, das ist ein politischer Selbstmord, oder?! Das geschieht zum Wohle der unterdrückten Frau der 90er Jahre. Hunderte werden uns in den Tod folgen. Nee, echt. Das wird eine richtige Revolution.
»Das gibt ne Revolution!«
»Was?«
»Unser Selbstmord!«
»Warum?«
»Mann. Das is absolut politisch!«
»Kapier ich nich!«
»Mann, Alte. Ich meine, wir springen ausm Fenster, ne?«
»Ja!«

»Und warum?«
»Wegen den beschissenen Männern!«
»Richtig!«
»Ja und? Ich meine, was hat das mit Revolution zu tun?«
»Excusez-moi! Damit sagen wir doch, daß es so nich weiter geht mit den Männern! Wir wolln schließlich, daß die zu Hause bleiben und uns ficken!«
»Ja!«
»Damit helfen wir andren Frauen, und andre Frauen wolln wieder andren Frauen helfen und springen ebenfalls ausm Fenster!«
»Verstehe!«
»Und das is dann die Revolution. Aber wir müssen echt dafür sorgen, daß jeder weiß, daß wir wegen den Männern zermatscht aufm Asphalt liegen!«
»Ja genau. Ich meine, wir müssen Flugblätter machen und Aufkleber!«
»Ja echt. Und was schreiben wir da drauf?«
»Pfff! Irgendwas Gutes!«
»Wie wärs zum Beispiel mit: ›Peace with suicide!‹?«
»Ey, das klingt voll hippiemäßig. Außerdem muß echt rumkommen, daß das ganze Theater wegen den Männern is!«
»Stimmt. Dann... Äh, pfff? Weiß nich!«
»Super. Also bevor das mit den Aufklebern nich sichergestellt is, bring ich mich auch nich um!«
»Mann, Alte!«
»Nee echt nich! Da starte ich lieber ne Revolution mit meinen Monstern und hetz die Dinger auf die Männer!«
»Super. Aber das hab ich mir gestern echt auch überlegt. So kurz vorm Einschlafen, als Chris gekommen

is. Daß wir nämlich deine Monster auf die Jungs ansetzen und denen die Eier abreißen lassen!«
»Kein schlechter Gedanke!«
»Ich sag dir, danach hab ich richtig gut geschlafen!«
»Perfekt, oder nich?«
»Exakt!... Willste Koks?«
»Shut up, earthling!«
»Alte, ja oder nein?«
»Hast du Koks?«
»Klar!«
»Gib her!«
»Ich hack uns was!«
»Beeil dich!«
»Ja, Mutti. Ich mach ja schon!«
»Los, oder ich hol mein Monster raus!«
»Puste hier lieber nich so rum, sonst könn wir das Zeug vom Boden lecken!«
»Wieviel isn das?«
»'N halbes, ungefähr!«
»Prächtig, is das gut?«
»Klar!«
»Ey, das letzte Zeug, was de mir angedreht hast, war der reinste Müll!«
»Gar nich wahr!«
»Voll. Am nächsten Tag hatte ich Schnupfen und Ohrenschmerzen!«
»Das lag dann aber nich am Koks!«
»Klar. Ich wette, das war mit Glasstaub vermischt!«
»Quatsch!«
»Klar. Das machen die. Die mischen Glasstaub rein, damit das Zeug schwerer wird, und du ziehst es dir rein und machst dir deine Schleimhäute kaputt!«
»Wir könn ja dein Monster testen lassen!«

»Nee. Das kriegt kein Koks. Will ich süchtige Monster haben, oder was?«
»Ey, lieber nich!«
»Biste fertig?«
»Yes!«
»Welche Line is für mich?«
»Such dir eine aus!«
»Thank you! Ich nehm die!«
Hätte ich echt meinen Kopf für verwetten können. Barb nimmt immer die größere. Die hat da echt keine Scham. Wenn Barb nach was süchtig ist, dann ist das Koks. Und Monster. Die saugt das Zeug weg wie so ein Ameisenbär. Die braucht nicht mal einen Schein dafür. Die macht das so. Einfach über die Line rutschen und schniefen. Barb ist echt auch ein Monster. Hauptsache, die zieht meine nicht gleich mit weg.
»Jetzt bin ich dran!«
»Scheint echt gut zu sein!«
»Sag ich doch!«
»Woher hastn das?«
»Weiß nich, hat Chris mir irgendwann mitgebracht!«
»Wo isn der überhaupt?«
»Hab ich doch vorhin schon gesagt. Der is bei Lenny, abhängen!«
»Der Typ macht echt nichts anderes! Hat der nichts besseres zu tun?«
»Abhängen is eben Monsieurs Hobby!«
»Beknacktes Hobby!«
»Findste dein Monster-Hobby besser, oder was?«
»Jedenfalls sinnvoller!«
»Was isn daran sinnvoll, Monster zu sammeln?«
»Wertsteigerung?«
»Was?«

»Die Monster steigern ihren Wert!«
»Die Plastikteile doch nicht!«
»Klar!«
»Plastik steigert nie seinen Wert!«
»Was denkst du denn? In 100 Jahren kannste für so 'n Monster 1000 Mark verlangen!«
»Kannste mir mal bitte sagen, was de davon hast, wenn de in 100 Jahren 1000 Mark für ein Monster kriegst?«
»Ich hab vielleicht nichts davon. Aber meine Kinder. Denen vererbe ich meine Monster!«
»Die werden sich freun!«
»Klar freun die sich. Ich meine, ich hab jetzt 115 Monster, das mal 100, sind 11500 Mark. Da ham die sich gefälligst zu freun!«
»Dann darfste aber erst in 50 Jahren Kinder kriegen, sonst sind die auch 100 wenn se mit deinen Monstern Geld machen wolln!«
»Eher will ich sowieso keine Kinder!«
»Ich will von Chris Kinder haben!«
»Brennst du?«
»Was solln das heißen?«
»Die sind doch schon drogenabhängig, wenn se auf die Welt kommen!«
»Quatsch!«
»Klar! Die Spermien von Chris sind so verseucht, da kann nur 'n Junkie bei rauskommen!«
»Meinste echt, wenn ich von Chris 'n Baby kriege, is das abhängig?«
»Klar, oder absolut debil!«
»Scheiße!«
»Ja. Ich sag dir, mach das nicht!«
»Mann, Mann, Mann!«

»Außerdem hats geklingelt!«
Stimmt. Das wird hoffentlich unser süß-saures Schwein mit dem Wein sein.
»Ey, Plastikbirne, ich mach mal kurz die Tür auf und zahl den Wein, den du trinkst!«
»Du zwingst mich ja. Ich meine, ich trink ja nur aus Solidarität mit!«
»Quatsch nich rum!«
Tür aufmachen und den China-Man willkommen heißen.
»Hallo?«
»China-Bringdienst!«
»Fünften Stock, bitte!«
Jetzt schnell Geld holen, in die Küche flitzen, Gläser holen, Korkenzieher grapschen, rüberflitzen und alles Barb in die Hand drücken.
»Hier, Alte. Halt mal!«
»Okay!«
»Thank you!«
Wieder zur Tür flitzen. Wo bleibt der Chinese? Ist der etwa auch so lahmarschig wie Chris? Womöglich sind alle Männer so langsam. Ich liebe diese grünen Warmhalte-Kisten.
»Guten Tag!«
»Guten Tag!«
»Vier Flaschen Wein und einmal Schweinefleisch süß-sauer!«
»Perfekt!«
»56 Mark, bitte!«
»58, bitte!«
»Danke!«
»Danke auch. Tschüs!«
Na, der sah ja richtig zum Anbeißen aus. Den hätte man ja fast in die Wohnung locken können. Dann hätten Barb

und ich den klargemacht. Unser erstes Opfer. Der China-Bringdienst-Mann. Den hätten wir nach Strich und Faden verführt, und dann wäre er von uns abhängig geworden und dann hätten wir ihn sitzen lassen. Was für eine Qual. Lalala. Jetzt wird erst mal getrunken. Ich freu mich schon. Schnell das Schwein in die Küche schleppen und zur Alten schoppern.

»Den China-Man hätte man fast hier behalten könn. Der sah echt süß aus!«
»Und dann?«
»Dann hätten wir ihn sexuell abhängig machen könn!«
»Wozu das denn?«
»Na, einfach so, um ihn zu quälen!«
»Warum denn?«
»Weil das sonst immer die Männer mit uns Frauen machen!«
»Also ich bin nich sexuell abhängig!«
»Du hast ja auch keinen Sex!«
»Halts Maul!«

Ist doch wahr. Barb kann da sowieso nicht mitreden. Die hat sich ja quasi dem Zölibat zugetan. Aber ich weiß, wovon ich rede. Nee, echt. Scheißthema. Jetzt wird erst mal getrunken.

»Ja denn mal Prost. Ich meine, wir sitzen hier immerhin auf vier Flaschen Wein!«
»Ey, Mutti. Du spinnst!«
»Alte, mach die Flasche auf, jetzt wird gebechert!«
»Müssen wir die alle trinken?«
»Klar! Was sonst?«
»Weiß nich. Ich meine, das sind für jeden zwei Flaschen!«
»Yes. Excusez-moi. Ich hab da ne geniale Idee. Wir

machen zwei Flaschen auf. Jeder kriegt eine und dann wolln wir doch mal sehn, wer schneller trinken kann!«
»Ey, nee!«
»Aber absolut!«
»Mann, Mann, Mann. Hier machste was mit!«
»Hauptsache du kotzt nich wieder. Ich meine, ich sag nur: Silvester!«
»Ey, hör auf!«
»Da haste echt alles vollgekotzt!«
»Gar nich wahr!«
»Ich meine, du sahst scheiße aus!«
»Ey, danke schön!«
»Du hast echt das ganze Obst aus den leeren Bowle-Bechern gefressen. Ich meine, jeder weiß, daß das hochprozentig is!«
»Blablabla! Hätte dir auch passieren können!«
»Nä! Ey, aber warum haste das eigentlich noch mal gegessen, das Zeug?«
»Weil ich Hunger hatte!«
»Aber da kann man doch nich einfach aus allen Bechern, die irgendwo rumstehen, das Obst essen!«
»Da war sonst nichts zu Essen!«
»Das is echt wie mit dem Erdbeerkuchen. Echt. Dauernd frißte Reste auf!«
»Ey, jetzt reichts!«
»Prost Alte, auf den nächsten Rest!«
»Sehr witzig!«
»Was isn jetzt mit den Selbstmord-Aufklebern?«
»Weiß ich doch auch nich!«
»Ich meine, wir müssen uns jetzt echt 'n Spruch ausdenken!«
»Mach du, ich kann grade nich denken!«

»Was soll das denn? Ich meine, wir wolln ne Revolution starten, bei der wir unser Leben lassen, und du klinkst dich aus. So geht das nich. Wir sind ein Team. Da muß sich jeder engagieren. Sonst klappt das nie!«
»Ich kann jetzt aber nich denken, sag mir lieber, wie de das Rot findest. Aber jetzt ganz im Ernst!«
»Ich glaubs nich, Barb. Hier gehts um Leben und Tod, und du denkst an deine Fusseln aufm Kopf!«
»Entschuldigung. Ich kann doch mal fragen!«
Manchmal verstehe ich Barb echt nicht. Ich meine, die ist doch auch nicht einfach gestrickt. Die muß doch mal ein bißchen ambitionierter sein. Hier geht es schließlich um uns Frauen. Excusez-moi, aber das ist wirklich eine ernste Angelegenheit, und wir müssen jetzt unsere Kampfansage in einen Satz fassen. So geht das nicht weiter. Barb und ich haben uns doch geschworen, daß wir uns nicht mehr quälen lassen.

»Ich meine, wir wolln uns doch nich länger quälen lassen!«
»Ich wollte mich noch nie quälen lassen!«
»Aber du hast dich quälen lassen!«
»Du auch!«
»Mann, Alte. Könn wir mal beim Thema bleiben?«
»Ich bin doch voll dabei!«
»Also, denk nach. Unsere Stichpunkte sind: Selbstmord, Befreiung der Frau, Revolution, Männer sind schuld!«
»Ich hab Hunger!«
»Dann hol dir das bekloppte Schwein aus der Küche!«
»Willste auch was?«
»Nein danke!«

Ich merke schon. Barb ist da nicht so drin in der ganzen Materie. Die holt sich erst mal das Schwein. Hätte ich mir ja denken können. Wenn es ans Eingemachte geht, bin ich die einzige, die sich umbringt, und wenn dann irgend ein Typ angelatscht kommt, schmeißt Barb sich ran, und ich bin umsonst gestorben. Außer, daß ich mich an Monsieur Chris gerächt habe. Der wird Augen machen. Dann kann er sich sein Gefeiere nie mehr verzeihen. Wahrscheinlich geht er dann ins Kloster und wird Mönch. Da holt ihm keiner mehr seine Croissants. Da gibts nur trocken Brot und Wasser. Das ist eine Freude. Und dieses trostlose Gehampel werde ich mir dann vom Himmel aus angucken. Yes.
»Dann bring ich mich eben alleine um!«
»Könn wir jetzt mal das Thema wechseln?«
»Warum denn?«
»Weils langsam langweilig wird!«
»Ach, echt? Ich meine, was isn bitteschön daran langweilig?«
»Du bringst dich sowieso nich um!«
»Werden wir ja sehn!«
Nee, wirklich. Das werden wir ja sehen. Die werden alle ihres Lebens nicht mehr froh. Sollen nicht sagen, ich hätte sie nicht gewarnt. Ich habe meinen verdammten Selbstmord angekündigt. Sie können nicht sagen, sie haben es nicht gewußt. Als ich 17 war, da habe ich nämlich auch schon mal versucht, meine Pulsadern aufzuschneiden. Nee, wirklich. Das weiß bloß keiner. Das ist sozusagen ein Geheimnis, aber immerhin. Mir ist die Sache bekannt. Da dachte ich auch, ich bring mich um. Da hatte ich so einen richtigen Suicide-Kasten. Da waren zehn Mullbinden, ein neues Obstmesser, Desinfektionsspray, Pflaster und ein Zettel mit der Notruf-Nummer drin. Der

Kasten stand in meinem Kleiderschrank, und immer wenn ich mal wieder gedacht habe, jetzt bring ich mich um, habe ich mir den Kasten mit dem Zeugs geschnappt und bin ins Bad gegangen. Da habe ich mich dann auf den Badewannenrand gesetzt und das Messer rausgeholt. Nee, echt. Das war hart. Ich habe da gesessen und wie blöde gezittert, weil ich so eine Angst hatte. Aber auf der andern Seite dachte ich: »Mann, das ist cool, sone Narbe an der Pulsader!« Ey, 100 Jahre habe ich mich nicht getraut und dann doch. Ich habe wie blöde mit dem Messer an meinem Arm rumgesäbelt, bis endlich ein bißchen Blut gekommen ist. Nee, wirklich. Ich meine, das sind echt Grenzerfahrungen. Dann habe ich Panik gekriegt und ganz viel Desinfektionsspray draufgesprüht, Pflaster drüber geklebt und drei Mullbinden um die Hand gewickelt. Mann. Ich hatte total Schiß, daß ich verblute. Dauernd habe ich die Dinger wieder abgewickelt und geguckt, ob schon alles voller Blut ist. Aber nicht mal durch das Pflaster ist was gegangen. Heute habe ich nicht mal mehr eine Narbe. Deshalb ist es auch ein Geheimnis geblieben. Aber da soll bloß keiner behaupten, daß ich das nicht schon mal probiert hätte, oder? Ich meine, irgendwie ist Chris' Gefeier ja auch Selbstmord.

»Irgendwie macht Chris ja auch Selbstmord!«
»Hm?«
»Ich meine, irgendwie is das Selbstmord auf Raten, was Chris da macht!«
»Klar. Ich meine, irgendwann isser tot. Immer Pillen schlucken is bestimmt nich gut!«
»Ey, irgendwann liegt er unterm Sauerstoff-Zelt!«
»Da kannste aber mit rechnen!«
»Excusez-moi, aber das kann ich mir doch eigentlich nich mitangucken!«

»Nee, kannste auch nich. Deswegen sollste ja auch Schluß machen!«
»Nee, Chris brauch meine Hilfe!«
»Ach, echt? Ich dachte, du willst dich selber umbringen!«
»Ja, weil Chris sich umbringen will!«
»Ihr seid beide krank!«
»Gar nich wahr!«
»Könn wir jetzt mal lustig sein?«
»Dann erzähl doch 'n Witz!«
»Ich weiß keinen!«
»Super, und wie solln wir da lustig sein?«
»Du kannst ja 'n Witz erzählen!«
»Was is 20 Meter lang und hat vier Zähne?«
»Weiß nich!«
»Ne Polonaise im Altersheim!«
»Hahaha. Das is 'n blöder Witz!«
»Ich weiß keinen andren!«
»Mann, bin ich satt!«
»Haste das jetzt alles aufgegessen, oder was?«
»Klar!«
»Vielleicht wollte ich auch was!«
»Ich hab dich doch gefragt, ob de was willst!«
»Toll. Danke schön! Ich meine, ich hab heute noch nichts gegessen!«
»Jetzt isses zu spät!«
»Außerdem will ich ficken!«
»Frag mich mal! Ey, ich hab schon seit 100 Jahren nich mehr gefickt!«
»Ich auch nich!«
»Da biste aber selber schuld. Du hast doch 'n Freund!«
»Ich hab schon 100mal gesagt, daß der mich nich mal anfaßt, wenn ich nackt vor ihm stehe!«

»Chris is echt komisch!«
»Trotzdem will ich ficken!«
»Du bist sexsüchtig!«
»Meinste?«
»Klar!«
»Warum?«
»Weiß nich, hab ich so das Gefühl!«
»Echt?«
Wie kommt Barb denn jetzt darauf? Ey, ich meine, ich sage doch nur, daß ich mal wieder Sex haben möchte. Aber vielleicht bin ich ja wirklich sexsüchtig. Ich meine, das würde mich nicht wundern. Ich bin schließlich ein zwanghafter Mensch, ich will mich umbringen, da paßt Sex-Sucht wahrscheinlich wunderbar dazu. Ey, ich bin absolut psychisch krank. Toll. Da kann ich ja nur Alkoholikerin werden. Deswegen liebe ich ja auch Chris so. Wir sind einfach zwei verwandte Seelen. Beide auf dem Psycho-Abstellgleis. Zwei verlorene Kinder im Sturm. Das ist doch schön, oder? Chris und ich sind psycho. Oh, Gott. Wahrscheinlich weiß es schon jeder. Nur Chris und ich raffens nicht. Na toll. Ich bin debil.

»Findste mich debil?«
»Wie kommste denn jetzt darauf?«
»Weiß nich. Interessiert mich nur mal so. Ganz pauschal!«
»Quatsch. Du bist der gesündeste Mensch, den ich kenne. Außer deiner Sex-Sucht!«
»Ich bin nich sexsüchtig!«
»Ach nee. Ich meine, warum haste sonst 'n Vibrator inner Schublade liegen?«
»Was issn daran komisch. Jeder hat 'n Vibrator inner Schublade!«
»Ich nich!«

»Siehste, du bist krank. Du ratterst ja nich mal!«
»Na und?«
Ha, da haben wir es doch. Barb will von sich ablenken und tut so, als ob ich nicht ganz richtig bin. Ich meine, die Alte rattert ja nicht mal, und dann bin ich krank, weil ich einen Vibrator habe. Jetzt schlägts echt 13. Ich meine, die Alte hat ein Problem. Nicht ich. Ey, Barb ist die einzige auf der Welt, die nicht rattert. Das ist bedenklich, finde ich.

»Ich find das ganz schön bedenklich, daß du nich ratterst!«
»Wieso, bitteschön?«
»Weil einfach jeder rattert!«
»Ich brauch das nich!«
»Aber du mußt doch mal sone Lust verspüren, son Ziehen im Bauch. Ich meine, kennste das nich? Du sitzt irgendwo und plötzlich haste son Verlangen nachm Orgasmus, und du kannst an nichts anderes mehr denken?«
»Nö, kenn ich nich!«
»Du lügst!«
Ey, das nehm ich Barb echt nicht ab. Ich meine, das kennt man doch. Man liest irgendein Buch und da steht meinetwegen drin, daß zwei Leute ficken und dann kriegt man auch Lust zu ficken oder zu rattern, weil der Text einen so heiß macht. Ich meine, das geht gar nicht anders. Ich hole jetzt mal Vampirella. Ich teste das jetzt mal aus.

»Warte mal. Ich hol mal schnell was!«
»Was denn?«
»Warts ab!«
»Na, da bin ich ja gespannt. Aber kreuz hier nich mit deinem widerlichen Vibrator auf. Ich warne dich!«
»Nee, viel besser!«

Ich verstehe gar nicht, wieso die so einen Schiß vor Harald hat. Nee, echt. Jedesmal wenn sie Geburtstag hat oder Weihnachten ist, sagt sie: »Wehe, du schenkst mir 'n Vibrator!« Ich meine, die Alte hat echt Schiß davor. Komisch, was?

Wenn ich durch den Flur gehe, sehe ich jedesmal dieses beknackte Telefon und denke: »Wann ruft Chris denn endlich an!« Ich meine, jetzt ist es auch schon wieder abends, und der Typ meldet sich nicht. Puhh. Einfach bei der Sache bleiben und Vampirella aus dem Las Vegas holen, im Flur am Telefon vorbei sehen und Barb das Heft unter die Nase halten.

»Hier!«
»Was isn das?«
»'N Comic!«
»Ach nee! Und was für einer?«
»Mußte dir mal angucken!«

Jetzt bin ich ja mal gespannt. Mal sehen, was passiert. Ich meine, wenn die Alte es nicht mehr nach Hause schafft, dann leihe ich ihr mal kurz mein Bett. Ich meine, vielleicht wird das hier noch eine richtige Ratter-Premiere.

»Und, wie findstes?«
»Mann, Mutti. Das is voll scharf!«
»Guck dir Seite 8 und Seite 22 an!«
»Das is ja der helle Wahnsinn. Mann, Mann, Mann. Ich will ficken!«
»Scharf was?«
»Nee wirklich. Warum zeigste mir das jetzt?«
»Nur so!«
»Ich meine, das is absolut scharf und ich will ficken!«
»Ratter doch!«
»Hör jetzt endlich auf!«
»War doch nur 'n Vorschlag!«

Barb ist wirklich komisch. Ich verstehe das einfach nicht.

Ich meine, vielleicht haben ihre Eltern gesagt, daß Rattern nicht gut ist. So von wegen Blindheit und so.
 »Haste Angst, daß de blind wirst, wenn de ratterst?«
 »Quatsch! Wie kommstn jetzt darauf?«
 »Kann doch sein!«
Hm? Das war es auch nicht. Kann man eben nichts machen, oder? Barb is einfach das achte oder neunte Weltwunder. Das gibts echt nur einmal
 »Du bist echt das achte oder neunte Weltwunder!«
 »Warum?«
 »Weil de nich ratterst!«
 »Kannste mich jetzt endlich mal damit in Ruhe lassen! Trink lieber deinen Wein. Du hast ja noch nich mal ein Glas geschafft!«
 »Du auch nich. Wieviel Weltwunder gibts eigentlich?
 »Keine Ahnung!«
 »Also, der Eiffelturm, der schiefe Turm von Pisa ...!«
 »Is das 'n Weltwunder?«
 »Ich glaub schon! Dann so ne Brücke, der Koloß von Rhodos, so ne Pyramide, der Leuchtturm von Alexandria ... Das sind sechs, dann fehlt noch eins oder zwei. Weißte echt nich, wieviel Weltwunder es gibt?«
 »Wenn, dann sieben!«
 »Und was is das siebte Weltwunder?«
 »Ey, keine Ahnung!«
 »Ey, das macht mich ja jetzt voll wahnsinnig!«
Nee, echt. Das kann ich ja überhaupt nicht ab. Das macht mich ganz kribbelig. Ich meine, ich will echt wissen, was das siebte Weltwunder ist.
 »Jetzt überleg doch mal!«
 »Nö, keine Lust!«
 »Mann, Mann, Mann. Hier macht echt jeder, was er will!«

»Telefon!«
»Auch das noch. Moment bitte. Ich bin gleich wieder da!«

Na, endlich. Das ist bestimmt Chris. Wurde jetzt aber auch echt langsam mal Zeit, daß der sich meldet. Ich meine, wie gesagt, ich habe ja schon wieder einen Haß aufs Telefon gekriegt, weil es nicht und nicht und nicht geklingelt hat.

»Hallo?«
»Hallo!«
»Na, was macht ihr?«
»Kiffen und abhängen!«
»Schön!«
»Kochst du noch was?«
»Haste Hunger?«
»Ja!«
»Was willstn du essen?«
»Irgendwas!«
»Ich kann was kochen!«
»Ich dachte, ich und die Jungs komm zum Essen vorbei!«
»Ja?«
»Is doch okay, oder nich?«
»Hmhm!«
»Was denn?«
»Nichts!«
»Sag doch mal!«
»Schon gut!«
»Mann. Irgendwas is doch!«
»Nein!«
»Ich ruf später noch ma an!«
»Tschüs!«

Aha. Mutti soll also was kochen. Für Monsieur und die Jungs. Wer bin ich denn? Mamma Napoli, oder was? Ich meine, ich hätte wirklich gerne mal mit Monsieur so ein kleines Candle-light-Dinner abgehalten. Aber dafür brauche ich ganz bestimmt nicht auch noch die Jungs. Mann. Chris ist echt abhängig von denen. Ich verstehe gar nicht, was das soll. Also, wenn man das mal ganz objektiv betrachtet, machen die doch immer das gleiche. Das ist doch voll öde, oder? Ich meine, ich verstehe das echt nicht. Bei mir kann Monsieur alles haben, und trotzdem wandert er immer zu den Jungs ab. Echt merkwürdig.

»Das war Monsieur. Er will mit den Jungs zum Essen vorbeikomm!«

»Na, super. Dann koch mal los!«

»Der kann echt nich ohne die Jungs auskomm, und ich hab kein Bock, für die ganzen Idioten zu kochen. Die könn sich doch echt nich benehmen!«

»Ich würds auch nich machen. Ich meine, die werden sich hier vollstopfen und dann wieder abhaun!«

»Genau so wird es sein. Naja. Chris will gleich noch mal anrufen und sagen, was Sache is!«

»Ey, mach das nich! Da sagt doch keiner ›Danke‹!«

»Hast recht. Ich würd lieber mit Chris alleine essen und ein bißchen reden und kuscheln!«

»Vergiß es. Dazu is der gar nich in der Lage!«

»Warum nich?«

»Weil er lieber bei den Jungs is!«

»Warum denn?«

»Weil er Angst hat, daß er was verpaßt!«

»Aber die machen doch immer das gleiche. Kiffen und Abhängen!«

»Tja. Das is eben nich so anstrengend. Da müssen se eben nich nachdenken!«

»Aber 'n bißchen Nachdenken is doch auch mal ganz nett!«

»Aber wenn se erst mal anfangen nachzudenken, komm se vielleicht auf den Trichter, daß ihr ganzes Leben ein einziger Müllhaufen is. Also denken se lieber nich nach!«

»Aber, ich meine, ich versuch doch bloß die ganze Zeit, Monsieur 'n schönes Leben zu machen ...«

»Das is echt reizend von dir. Aber glaub mir, Chris steckt da schon viel zu tief drin. Der checkt das einfach nich mehr!«

»Traurig, was?«

»Telefon!«

»Das is Chris!«

»Ey, koch nich für die Idioten!«

Irgendwie hat Barb ja recht, aber wenn Monsieur jetzt mit seiner Mannschaft kommen will, kann ich auch nicht »Nein!« sagen. Irgendwie muß ich mich ja um Chris kümmern. Irgendwer muß das ja tun, oder? Scheiße.

»Hallo?«

»Hallo!«

»Was gibts?«

»Ich bleib bei Lenny und bestell mir ne Pizza!«

»Ich hab aber was da für euch!«

»Das könn wir doch morgen essen, oder nich?«

»Könn wir!«

»Ich dachte, das is dir lieber, als wenn ich jetzt mit den Jungs vorbeikomm!«

»Ja, gut!«

»Is doch okay, oder?«

»Ja!«

»Bis später!«

Tja. Entweder mit den Jungs oder gar nicht. Super, echt. Und schon ist es wieder meine Schuld. Wenn ich die Jungs nicht dabei haben will, dann kommt Chris eben auch nicht. Ich meine, ich wollte ja gerne mal mit ihm essen, aber dann hätten die Sieben Zwerge auch gleich mit am Tisch gesessen. Mann.

»Chris bleibt bei Lenny und bestellt sich ne Pizza!«
»Sei doch froh!«
»Nö. Ich meine, ich hätte Chris schon gern gesehn!«
»Versteh ich, aber die Jungs wären sowieso mitgekomm!«
»Das is ne Scheiß-Beziehung!«
»Ich versteh sowieso nich, warum de das mitmachst!«
»Chris hat ein großes Herz. Irgendwo da drin, und das liebe ich!«
»Andre Leute ham auch große Herzen!«
»Aber Chris hat ein Kinderherz, und irgendwie hab ich das Gefühl, ich muß ihn beschützen!«
»Verstehe. Das verlorene Kind!«
»Hmhm. Ich meine, wenn ich mich nich um Chris kümmer, kümmert sich keiner. Ich meine, welche Frau hält das aus?«
»Keine!«
»Siehst du. Darum muß ich bei Chris bleiben. Ich weiß, daß er mich liebt!«
»Was haste davon?«
»Ich meine, is doch gut, wenn man gebraucht wird!«
»Ey, Alte. Denk auch mal 'n bißchen an dich!«
»Ich hab Hunger!«
»Haste noch was zu essen?«
»Klar. Fischstäbchen, Erbsen, Möhren und Kartoffeln!«
»Super!«
»Das hab ich aber eigentlich für Chris gekauft!«
»Ja, aber der frißt doch jetzt seine Pizza bei Lenny!«
»Aber wenn er das morgen essen will?!«

»Pff. Vergiß es. Ich finde, wir kochen jetzt und stopfen uns voll. Echt, das ham wir uns verdient!«
»Hast recht!«

Nee, ehrlich. Barb hat ja recht. Also gut, Fischstäbchen. Mann, Mann, Mann. Hier macht man was mit. Manchmal denke ich, wenn ich das alles vorher gewußt hätte, hätte ich mich lieber nicht auf Chris eingelassen. Aber so was weiß man ja nie vorher, und dann verliebt man sich wie blöde, und plötzlich merkt man: »Der Typ is total auf Droge!« Da kann man dann doch auch nicht einfach mal so einen Rückzieher machen, oder?! Aber ich gebe die Hoffnung nicht auf. Irgendwann komme ich an Monsieurs Herz ran. Und dann wird in Las Vegas geheiratet. Bis es soweit ist, werde ich mit Barb Fischstäbchen essen. Das macht auch glücklich.

»Fischstäbchen sind jetzt genau das richtige!«
»Dann laß uns in die Küche marschieren!«
»Yes, Omek! Haste überhaupt noch Hunger. Ich meine, nach dem ganzen Schwein?«
»Nich wirklich. Aber ich eß trotzdem noch was. Ich liebe Fischstäbchen!«
»Ich auch. Ey, meine Mama hat die nie gekauft!«
»Echt nich?«
»Nö. Meine Mutter findet die ungesund!«
»Aber jeder braucht Fischstäbchen!«
»Finde ich auch. Meine Kinder kriegen später jedenfalls Fischstäbchen!«
»Haste dir schon so überlegt, oder was?«
»Ja klar! In meinem Kopf hab ich schon alles genau zurechtgelegt!«
»Ey, aber versprich mir, daß de mit Chris keine Kinder kriegst!«
»Das kann ich leider nich versprechen. Ich meine, ich

will von Chris Kinder kriegen. 'N anderer Typ kommt nich in Frage!«
»Na dann, prost Mahlzeit!«
»Ich krieg das schon hin. Keine Panik!«
»Ey, ich meine, du kriegst das ja jetzt schon nich mehr auf die Reihe. Ich mein, guck dich doch mal an. Den ganzen Tag denkste über nichts anderes nach als über Chris!«
»Weil ich ihn liebe!«
»Nee, weil de dir permanent Sorgen machst!«
»Weil ich ihn liebe!«
»Nee, weil de permanent Angst hast, daß er die nächste Party nich überlebt!«
»Irgendwann hat er auch keine Lust mehr zu feiern!«
»Da kannste lange warten!«
»Meinste?«
»Klar. Ich meine, der Typ hat doch echt keine Perspektive!«
»Doch! In Las Vegas heiraten und Kinder kriegen!«
»Ey, Alte. Das is 'n Traum und keine Perspektive!«
»Träume können auch wahr werden!«
»Aber nich mit nem drogenabhängigen Kind!«
»Chris is kein Kind!«
»Ach nee, echt?!«

Chris ist kein Kind. Chris ist mein Mann. Ich meine, Monsieur muß einfach noch 'n bißchen feiern, und irgendwann ist gut und dann geht alles klar. Ich meine, das ist doch normal, oder nich?

»Das is doch ganz normal, daß Chris noch 'n bißchen feiern muß!«
»Ich finds krank. Ich meine, der Typ hat ne süße Freundin zu Hause sitzen, und anstatt mit ihr rumzuknutschen, geht er zu Lenny und frißt Pizza und

kifft, was das Zeug hält. Das is doch nich normal!«
»Jeder hat mal so ne Phase!«
»Bei Chris is das keine Phase, bei Chris is das Krankheit!«
»Find ich nich!«
»Mann. Ich meine, jeder vernünftige Mensch sagt sich irgendwann: ›Ich muß aufpassen, ich kann nich soviel Drogen nehmen, sonst kratz ich ab!‹«
»Meinste, Chris will sich umbringen?«
»Irgendwie schon. Sonst würde er ja nich soviel Drogen nehmen!«
»Vielleicht will er ja auch nur Spaß haben!«
»Den kann er auch anders haben!«
»Meinste!«

Jetzt weiß ich echt nicht mehr, was ich denken soll. Ich meine, vielleicht hat Barb recht. Andererseits ist Chris doch nicht der einzige, der auf Droge ist. Ich meine, kann doch wohl nicht sein, daß die sich alle umbringen wollen, oder? Das geht bestimmt bald wieder vorbei. Aber ein bißchen Sorgen mache ich mir jetzt schon. Am besten, ich denke da einfach nicht mehr drüber nach. Sonst habe ich gleich wieder das Bild im Kopf, wie Chris unter einem Sauerstoffzelt liegt und künstlich beatmet wird. Wah! Da wird mir ja gleich ganz anders. Ich will mir nicht immer diese Sorgen machen. Ich will, daß alles gut ist, und ich will eine Familie haben und glücklich sein.

»Ich will doch nur ne Familie haben und glücklich sein!«
»Formidabler Traum, Alte. Und wer soll das bitte bezahlen? Ich meine, Chris jobbt doch auch nur, wenn er wieder Geld für seine Drogen braucht. Sonst hat er ja keine Zeit, weil er feiern muß!«
»Dann verdien ich eben das Geld!«

»Wie soll das bitte funktionieren? Zwei Kinder zu Hause, ein selbstmord-gefährdeter Typ und du mittendrin! Ey, dankeschön. Da kannste dich gleich in die nächste Klappsmühle einweisen lassen!«
»Pff. Irgendwann klappts bestimmt!«
Ich muß einfach mehr Geduld mit Chris haben, dann wird das schon. Kinder. Las Vegas. Chris. Ich meine, wovon soll ich sonst träumen, wenn nicht von meinem Traum. Ich meine, das ist alles, was ich vom Leben will. Kinder haben und verheiratet sein. Ich meine, ich bin eine Frau, oder?! Nee, echt. Naja. Jetzt machen Barb und ich erst mal Fischstäbchen, und dann sehen wir weiter.
»Jetzt laß uns endlich die Fischstäbchen brutzeln!«
»Alles klar, Mutti!«
»Wir müssen aber erst mal die Kartoffeln kochen, sonst sind die Fischstäbchen viel eher fertig und dann sind die hinterher ganz kalt und labbrig!«
»Hast recht. Du schälst die Kartoffeln!«
»Nee, ey. Das könn wir doch echt zusammen machen!«
»Mann. Voll der Streß!«
»Los, Alte, schwing die Hufe!«
»Wenns sein muß!«
»Geht eh schneller zu zweit!«
»Na gut!«
Ha, typisch Barb. Fressen will sie, aber keinen Finger krümmen. Naja. Ich denke mir meinen Teil. Die Alte wird sich auch noch dran gewöhnen müssen, daß man als Frau Kartoffeln schälen muß. Das ist einfach so. Das machen alle. Vor dem Mülleimer hocken und Kartoffeln schälen.
»Is doch lustig!«
»Ich weiß nich! Irgendwie tut mir jetzt schon mein Rücken weh!«

»Jammer nich. Schäl!«
»Aye-aye, Sir!«
»So is brav, Alte!«
»Blablabla!«
Man muß Barb ja auch immer wieder so ein bißchen zwingen. Die ist nämlich von Natur aus faul. Nee, echt. Total faul. Am liebsten gar nichts machen und den ganzen Tag vor der Glotze abhängen. Macht gar nichts. Einfach nur glotzen, ab und zu Monster sortieren und auf den Traummann warten. Ey, das kann ja nicht funktionieren. Aber Barb kann eben nicht anders. Die ist so gepolt. Man muß sich nur mal angucken, wie die Kartoffeln schält, dann ist einem echt alles klar. Ich meine, die säbelt einfach die Hälfte von der Kartoffel mit weg.

»Ey, Barb, du schälst ja die ganze Kartoffel weg. Mach das mal dünner!«
»Das geht nich dünner!«
»Guck doch mal meine Schale an, die is viel dünner!«
»Du bist ja auch ne richtige Mutti!«
»Ja, da kann man wenigstens Kartoffeln schälen!«
»Ich will das gar nich können!«
»Wer soll dann bitte Kartoffeln schälen, wenn nich du?«
»Du!«
»Hahaha! Nee, ich meine, wenn de verheiratet bist!«
»Ich heirat ja nich!«
»Dann eben so insgesamt!«
»Insgesamt muß niemand Kartoffeln schälen können!«
»Und was machste, wenn de Kartoffeln essen willst?«
»Will ich eigentlich grundsätzlich nich. Ich meine, ich denke prinzipiell nie an Kartoffeln!«
»Ey, Alte. Wo soll das enden?«

»Ich würd sagen, bei Rührei!«
Bei Rührei. Aha. Doch so was kompliziertes. Mann, die Alte ist echt hart drauf. Naja, ist ja ihr Leben. Die wird echt schon sehen, was sie davon hat. Rührei. Fabelhaft. Ein Glück, daß ich das geschnallt habe. Kartoffeln schälen muß man eben können. Echt, oder?! Ich glaube, ich helfe der Alten jetzt mal besser ein bißchen mit, sonst geht die Sache mit den Kartoffeln noch den Bach runter.

»Schieb mal ein paar Kartöffelchen rüber, meine Liebe!«

»Naturellement, et voilà!«

Schäl, schäl, schäl. Die Alte braucht echt ewig für so ein paar Kartoffeln. Naja. Jetzt hätten wir es ja gerade noch mal geschafft. Abwaschen tue ich die mal lieber schnell selber. Ich kann mir dieses hilflose Gefummel echt nicht länger angucken.

»Hol mal den Topf ausm Schrank, Tussi!«

»Welchen denn?«

»Mann, den großen!«

»Den hier?!«

»Right, Baby! Kannste auch gleich Wasser reinlassen und auf die große Platte stellen!«

»Geht klar!«

So. Jetzt Kartoffeln ins Wasser, Barb beiseite schubsen und die Möhren waschen.

»Jetzt müssen die Möhren gewaschen werden!«

»Die sehn aus wie lauter kleine Schwänze!«

»Iih, bist du eklig!«

»Ich meine, guck dir die doch mal an. So klein und krumm!«

»Also Chris' Schwanz sieht anders aus!«

»Da haste aber Glück gehabt. Ich sage dir, was ich schon für Schwänze im Bett hatte!«

»Ich wills gar nich wissen!«
»Nee, echt. Total eklig. Einer sah aus wie ne Kapsel!«
»Wie was?«
»Wie ne Kapsel!«
»Wie geht das denn?«
»Ich weiß auch nich. Ich meine, der war einfach so kapselförmig!«
»Is ja eklig!«
»Ich kann dir das mal aufzeichnen!«
»Ey, nee. Jetzt nich. Laß uns mal lieber die Möhren waschen!«
»Ich kotz ja, wenn ich daran denke!«
»Bloß nich!«
»Ich hab dem sogar einen geblasen!«
»Iiiiiih!«
»Ja, voll und dann hab ich die Suppe auch noch runtergeschluckt. Äh. Ich kotz echt gleich!«
»Is ja widerlich. Haste echt runtergeschluckt?«
»Klar. Ich meine, ich dachte: ›Das is cool!‹«
»Ja, genau. Wir Frauen schlucken am Anfang immer die Suppe runter, weil wir wolln, daß die Männer denken: ›Wow, die Alte is ja ganz schön abgebrüht. Das hat meine Ex nich gemacht!‹«
»Ja, genau. Das machen wir echt nur, damit se bei uns bleiben und nich denken: ›Ey, die Alte is prüde!‹«
»Ey, was wir da auf uns nehmen. Strange. Ich meine, dieses komische Eiweiß-Geglibber mit 'n paar Schamhaaren versetzt, die dir dann im Gaumen kleben. Is das wi-der-lich!«
»Ey, ich kotz echt gleich. Ich hab schon richtig den Geschmack im Mund!«
»Ich meine, bei aller Liebe. Aber irgendwann hörts echt auf! Am Anfang hab ich das ja auch noch bei

Monsieur gemacht. Aber jetzt nich mehr. Ich meine, excusez-moi!«
»Telefon!«
»Wasch mal bitte die Möhren weiter ab, ich komm gleich wieder!«
Wah, ist mir schlecht. Ich meine, an sowas darf man echt nicht denken. Sperma schlucken. Ich möchte mal wissen, wer auf die Idee gekommen ist.
»Hallo?«
»Hallo!«
»Na, wie gehts?«
»Gut. Die Jungs und ich fahrn jetzt auf ne Party, aufm Land. Danach gehts in Tempel!«
»Hmhm!«
»Willste mitkomm?«
»Nö!«
»Dann bis später!«
»Tschüs!«
Toll. Ich meine, habe ich es nicht geahnt? Chris muß wieder feiern bis zum Anschlag. Nicht, daß er mal Lust hat, zu mir zu kommen, um ein bißchen gemütlich zu sein. Nee, nee, nee. Lieber mit den Jungs Pillen schmeißen und versuchen, lustig zu sein. Ich meine, hier ist es doch auch ganz lustig, oder?!
»Chris fährt aufs Land zu ner Party und dann innen Tempel!«
»Da hat er ja wieder 'n langes Programm vor sich!«
»In der Tat, und ich sitz hier und warte!«
»Was willste denn eigentlich?«
»Heiraten und Kinder kriegen!«
»Was soll jetzt mit den Möhren passieren?«
»Die steck ich mir gleich in die Muschi. Ich meine, mit Sex läuft hier ja echt überhaupt nichts mehr!«

»Dann such dir 'n andern!«
»Mach ich auch gleich! Ich meine, vielleicht lassen wir das mit dem Essen und gehn einfach was trinken!«
»Wo denn?«
»Im Café, um die Ecke!«
»Ey, nee. Da hängen nur Idioten rum!«
»Macht nichts! Ich reiß mir jetzt einen auf!«
»Und dann?«
»Dann geh ich mit dem nach Hause und fick den durch!«
»Spinnst du?«
»Warum?«
»Und was is mit Chris?«
»Der merkt das doch sowieso nich. Ich meine, ich bin dem doch sowieso scheiß egal. Dann kann ich auch gleich mit nem andren Typen rumficken!«
»Ich glaub nich, daß du Chris egal bist!«
»Und warum kommt er dann nich?«
»Weil für ihn alles in Ordnung is!«
»Super!«

Nee wirklich. Ich gehe jetzt in das Café, und dann gabel ich mir einen auf, und mit dem ficke ich dann. Ich habe die Nase voll. Ich meine, ich liebe Chris echt, aber ich will jetzt auch mal machen, was ich will. Chris hat seine Drogen, und ich suche mir Typen. Das wird ja wohl erlaubt sein, oder?

»Chris betrügt mich ja auch mit seinen Drogen!«
»Hä?«
»Naja. Wenn er Drogen nimmt, dann existiere ich ja quasi auch nich mehr für ihn!«
»Verstehe! Soll ich jetzt die Möhren liegenlassen?«
»Ja!«

»Gehn wir dann jetzt ins Café?«
»Ja!«
»Und was mach ich, wenn du dir einen aufreißt?«
»Weiß nich!«
»Super. Dann darf ich mich verdrücken, oder was?«
»Tja?!«
Passiert sowieso nicht. Ich meine, ist einfach nur eine gute Vorstellung. Einen Typen aufreißen, ficken und nach Hause gehen. Dann weiß ich wenigstens, daß die Männer noch scharf auf mich sind. Als Frau braucht man das.
»So was braucht man einfach als Frau, daß die Typen scharf auf einen sind. Ich meine, so fürs Selbstbewußtsein!«
»Toll. Dann is meins im Keller. Ich meine, ich hatte echt schon ewig keinen mehr!«
»Du kannst dir ja auch einen grabschen!«
»Mich will keiner!«
»Jetzt spinn nich rum, Alte. Du siehst toll aus!«
»Kann ich deine Jacke anziehen?«
»Welche?«
»Die kleine braune mit den Streifen!«
»Meinetwegen. Laß uns jetzt aber los!«
»Wo isn die Jacke?«
»Die hängt im Flur überm Stuhl!«
»Perfekt!«
Barb und ich gehen jetzt Männer aufreißen, im Café um die Ecke. Das ist doch mal ein guter Plan. Wir stellen uns einfach an die Bar, besaufen uns und checken Männer ab. Zwinker, zwinker.
»Alles lässig, Alte?«
»Klar. Haste das Koks?«
»Ah. Gut, daß de was sagst. Hätt ich jetzt echt fast vergessen!«

»Wir könn ja auch noch schnell was ziehn!«
»Gute Idee. Dann sind wir hemmungsloser!«
»Auf jeden Fall!«

Ha, das ist perfekt. Ich lege hier mal schnell noch zwei Lines aufm Tisch, die ziehen wir uns rein und dann gibts echt kein Halten mehr. Jetzt wollen wir doch mal sehen, was Barb und ich drauf haben. Stark!

»Alte, zieh rein!«
»Mach ich!«
»Ja, wunderbar!«
»Ja, nich schlecht!«
»Kannste nich meckern!«
»Nee, wirklich nich!«
»Also los!«
»Ja, dann mal los!«
»Scheiße!«
»Wasn?«
»Mein Nachbar!«
»Ach was. Den machen wir gleich als erstes platt, wenn der uns in die Quere kommt!«
»Alles klar!«

Voll. Der wird alle gemacht. Wenn der uns entgegenkommt, walzen wir den nieder. Barb und ich machen einfach einen auf Panzerfaust und dann schieben wir ihn rückwärts die Treppe runter, bis er ins Schleudern kommt und hinknallt. Dann latschen wir über ihn drüber, und dann ist Ende mit dem Thema. Tür auf und raus in die Nacht.

»Das wird gut!«
»Na logisch!«
»Siehst super aus, Alte!«
»Danke, du auch!«
»Kann ja nichts mehr schiefgehn!«

»Exakt!«
»Ich hab richtig gute Laune!«
»Ich erst!«
Nee, echt. Ich habe richtig gute Laune. Das ist echt scharf. Mann, Mann, Mann. Das habe ich ja schon lange nicht mehr gemacht. Mit Barb ausgehen und Typen heißmachen. Mann. Das sollte man echt viel öfter machen. Da fühlt man sich gleich wieder richtig lebendig.
»Da fühlt man sich gleich richtig lebendig!«
»Meine Rede!«
Und raus auf die Straße. Mann, ist das eine schöne Luft. Warm und freundlich. Die Welt wartet auf uns. Auf Barb und mich. Wir kommen.

3

Wenn mir jetzt einer sagt, Koks ist nicht gut, dann spinnt der. Mir gehts nämlich gut und zwar richtig. Mir geht es so gut, daß ich jeden abknutschen könnte. Ich stehe hier mit Barb an der Bar. Wir sind weitergezogen. Barb hatte recht, im Café um die Ecke hängen nur Idioten ab. Das schockt echt nicht. Hier ist es lässiger. Hier hängt kein einziger Idiot rum, und darum geht es uns wieder gut. Koks und keine Idioten. Das ist genau die richtige Kombi. Da kann man echt alles andere vergessen, und ich habe auch schon aufgehört, nachzudenken. Auf Koks kann man sowieso nicht nachdenken. Man hat das Gefühl, es lohnt sich nicht, nachzudenken, und darum vermiß ich Chris auch nicht. Mir reichen die Typen hier völlig aus. Ich fühle mich lebendig, ich fühle mich schön, ich fühle mich sexy. Ich bin sexy, ich bin schön. Ich lebe. Und ich merke, wie meine Augen leuchten. Genau wie Barbs. Alter, Barb strahlt richtig. Wie phosphorisiert.

Strahl, strahl, strahl.

Sie steht neben mir an der Bar und strahlt. Sie sieht glücklich aus. Das finde ich schön. Das macht mich glücklich. Meine kleine Barb. Ich habe sie echt lieb, und ich finde es prima, daß sie meine Freundin ist. Die spielen hier Elvis-Lieder. Barb und ich stehen absolut auf Elvis. Wir sind glücklich. Draußen ist die warme Nacht, und hier drinnen stehen Barb und ich. Wir trinken Piña Colada. Der Bar-Mensch wußte gar nicht, wie das Zeug zu mixen geht. Aber Barb hat gesagt, wir trinken jetzt Piña Colada, und ich fand die Idee extrem gut. Manchmal braucht man einfach Piña Colada, und dann stimmt echt

alles. Der Bar-Mensch ist ganz wütend geworden, als wir den dritten und vierten bestellt haben, weil er für einen immer eine Viertelstunde braucht und dann der ganze Betrieb ins Stocken gerät. Aber Barb und mir ist das heute egal. Wir haben gelacht und gesagt: »Baby, die Nacht is jung!« Das hat ihm den Wind aus den Segeln genommen. Seitdem läuft alles ganz glatt, und wir trinken den achten und neunten. Mir gehts gut.
»Mir gehts gut!«
»Mir auch!«
»Aber mir gehts richtig gut!«
»Mir auch!«
»Ich hab dich lieb, Barb!«
»Ich dich auch!«
»Nee, echt! Ich finds schick, daß du meine Freundin bist!«
»Ja, nich das schlechteste!«
»Du strahlst richtig. Nee, echt. Wie Phosphor!«
»Mir gehts ja auch gut!«
»Das sieht man!«
Nee, echt. Die Barb. Die sieht richtig süß aus in meiner Jacke. Da kriege ich richtig Lust, die Alte zu küssen. Merkwürdig, was? Ich weiß auch nicht, was das bei mir ist. Manchmal sehe ich Barb an, und dann habe ich Lust, mit der Alten rumzuknutschen. Dann habe ich so viel Liebe in mir drin, daß die irgendwohin muß, und dann habe ich Lust, Barb zu küssen. Aber Barb ist ja bei solchen Sachen immer so empfindlich. Die kriegt sofort Panik, und dann wird so ein zarter Versuch von meiner Seite gleich als Übergriff bewertet. Barb ist eben doch komisch, was solche Innigkeiten anbelangt. Aber wo soll ich denn hin mit meiner Liebe? Die muß doch raus, kann man doch nicht alles für sich behalten. Das tut schon richtig weh. Ich will

jemanden anfassen und umarmen, an Ohrläppchen knabbern und knutschen. Ich will knutschen.
»Ich will knutschen!«
»Aber nich mit mir!«
»Warum denn nich?«
»Weil ich nich mit dir rumknutsche, ganz einfach!«
»Warum denn nich?«
»Das gibt nur Probleme!«
»Quatsch!«
Wieso soll das denn Probleme geben, will ich mal wissen? Ich meine, wenn man nett zueinander ist, gibts doch keine Probleme, oder?
»Wenn man nett zueinander is, gibts doch keine Probleme!«
»Nee, wieso auch!«
»Und warum knutschen wir dann nich?«
»Weil das sexuell is und du meine Freundin bist!«
»Ja eben!«
»Vergiß es!«
Oh, Mann! Dann suche ich mir jetzt wen anders. Ich latsche einfach mal durch die Menge und checke die Lage. Das wär doch gelacht, wenn hier nichts geht. Ich kreuze hier einfach mal quer durch, und dann gehts los.
»Ich kreuz mal kurz quer!«
»Okay!«
»Was machst du?«
»Ich bleib hier!«
»Bis gleich!«
Mann, Mann, Mann. Ein bißchen wacklig ist mir schon auf den Beinen. Kein Wunder nach dem ganzen Piña Colada. Aber insgesamt nicht unangenehm das Gefühl. Nee, ganz im Gegenteil, eigentlich ganz nett. Also, nee. Wenn ich mir das genau überlege, sogar ziemlich nett. Nicht zu

verachten. Fast begrüßenswert. Draußen ist Sommer, hier bin ich, und Chris ist auf dem Land. Unter freiem Himmel, frische Luft und Ruhe. Chris ist irgendwo da draußen, ich bin hier. Und es ist Sommer. Und mein Herz ist voller Liebe. Ich denke nicht nach. Ich denke nicht drüber nach. Hier bin ich, Elvis singt, Barb strahlt, ich gehe durch die Menge. Piña Colada schmeckt gut. Der Bar-Mensch hat es gelernt. Ich tanze, neben mir tanzt jemand. Ich bin hier. Hinter mir tanzt jemand. Er kommt näher. Ich wiege meine Hüften, ich gehe tiefer. Hinter mir tanzt jemand. Ich fühle meinen Körper, meine Arme schwingen leicht, reißen Formen in den Nebel. Sein Atem in meinem Nacken. Ich gehe tiefer. Mir geht es gut. Ich komme hoch, Elvis singt, fremde Hände um meine Taille. Das ist schön. Da hält mich jemand fest. Zärtlich hält mich jemand fest. Jemand versinkt mit seinem Gesicht in meinen Haaren und küßt meinen Hals. Vampirella wiegt sich. Vampirella schließt die Augen. Da liegen Hände um meine Taille. Vampirella dreht sich um.

»Hallo!«

»Hallo!«

Das ist kein Idiot. Die Hände bleiben liegen, Vampirellas Kopf an seiner Schulter, die Umarmung wird fester. Vampirellas Arme um seinen Hals. Er riecht gut, Vampirella fühlt sich gut. Alles ist gut. Da hält mich jemand fest, ganz fest. Da fühlt mich jemand, ganz warm. Ich bin in Mamas Schoß. Halt mich fest, tanz mit mir, Elvis singt für uns. Seine Hüfte an Vampirellas Hüfte, seine Bewegungen gegen meine, Vampirellas Finger auf seiner Haut. Da hält mich jemand fest, da will mich jemand festhalten. Alles ist gut. Vampirella wiegt sich, sie lächelt, mein Kopf auf seiner Schulter. Ich werde beschützt. Es beschützt mich jemand. Ich werde umarmt, da umarmt mich jemand.

Jemand küßt meinen Hals, jemand haucht in mein Ohr. Vampirella kriegt eine Gänsehaut.
»Alte, ich will was ziehn!«
»Was?«
»Ich will was ziehn! Komm mit aufs Klo!«
»Jetzt?«
»Ja, jetzt!«
Jetzt? Barb zieht mich weg. Ich stolper hinter ihr her. Er bleibt stehen. Barb hält mich am Ärmel fest und zieht mich durch die Menge zum Klo. Vampirella in seinen Armen. Sie nimmt seinen Kopf in ihre Hände, zieht seine Stirn zu ihrem Mund. Ich küsse ihn. Vampirellas Arme schlingen sich um ihn, sie hebt ihr Bein, legt es um seine Hüften, er legt seine Hände unter meinen Po. Vampirella biegt sich nach hinten, ihre Haare fallen zurück, er beugt sich über sie und bedeckt sie mit Küssen. Was soll das?
»Was soll das?«
»Ich will was ziehn!«
»Schrei nich so!«
»Schreie ich?«
»Ja!«
»Ich bin dicht!«
»Ich auch!«
»Haste noch was?«
»Ja! Schrei nich so!«
Barb schreit und ist dicht. Wir rennen die Treppe runter zum Klo, und die Leute stehen unten an der Treppe und warten, bis wir unten sind, damit sie hoch können. Barb reißt die Tür zum Klo auf. Die Kabine ist frei. Überall liegt Klopapier. Der Boden ist naß.
»Ich muß pissen!«
»Ich auch!«
»Ich beeil mich!«

»Gib mal das Zeug!«
»Hier!«
»Ich mach das mal!«
»Beeil dich!«
»Is das eklig hier!«
»Is doch egal!«
»Ich piß auch noch schnell!«
»Beeil dich!«
»Warum?«
»Ich will wieder hoch!«
»Okay, ich beeil mich!«
»Perfekt! Ich zieh schon mal!«
»Hast du 'n Taschentuch?«
»No!«
»Scheiße!«
»Man sollte immer Taschentücher dabei haben!«
»Wo isn der Schein?«
»Hier!«
»Danke, Baby!«
»Laß uns hochgehn!«
»Okay!«

Ich mache die Tür auf, Barb steckt den Schein ein, wir warten, bis die Leute unten sind, damit wir hochkönnen. Die Treppe ist eng. Barb geht hinter mir. Wir schwanken und halten uns am Treppengeländer fest. Barb schlendert zur Bar, ich gehe tanzen. Meine Augen suchen ihn. Mein Kopf bewegt sich hin und her. Meine Augen finden ihn nicht. Ich tanze und suche. Barb ist an der Bar. Ich bin hier und tanze und suche. Vampirella steht in der Mitte der Tanzfläche. Ihre schwarzen Haare leuchten blau im Nebel. Ihre Beine sind schlank und kräftig, sie hat nur einen kleinen, roten Anzug an. Man erkennt jeden Muskel. Sie hat sich heute schön gemacht. Sie ist schön, ihre

Arme schlängeln sich über ihr Gesicht. Die langen Wimpern werfen Schatten auf ihre Wangen. Vampirella ist glücklich, und sie lächelt. Ich lächel. Wir lächeln. Sie hat keine Angst, sie ist nicht allein. Und die Männer sehen ihr zu. Vampirella lebt. Ich gehe an die Bar. Da wartet mein Piña Colada. Ich bin an der Bar, über dem Hocker hängt meine Jacke, Barb steht in der Ecke und guckt mit großen Augen einen Typen an. Der leckt sich die Lippen. Barb hat Titten und streckt sie raus. Der Typ leckt sich die Lippen. Ich setze mich auf meinen Hocker und denke an Chris. Chris liegt im Gras, am Lagerfeuer und raucht. Seine Beine sind übereinandergeschlagen, er stützt sich auf seinen Ellenbogen. Sein Gesicht leuchtet im Schein des Feuers. Er ist ruhig. Ich bin ruhig, sitze an der Bar. Allein. Chris. Ich will nicht an ihn denken. Chris. Ich will zu Chris, aber ich sitze an der Bar und trinke Piña Colada. Ich bin allein. Vampirella? Chris.

»Hallo!«

»Hm?«

»Du warst plötzlich weg!«

Das ist er. Das ist der Typ. Mit dem habe ich grad getanzt. Das ist ja nett. Das finde ich ja jetzt wirklich nett.

»Das is ja nett!«

»Was?«

»Daß du mich gefunden hast!«

Der Typ hat mich gefunden. Sieht echt nett aus. Außerdem tanzt er gut.

»Du tanzt gut!«

»Danke, du auch!«

»Danke!«

»Was trinkst du da?«

»Piña Colada, willst du mal probieren?«

»Warum nich?!«

Ja, warum nicht? Der Piña Colada ist gut, und der Typ sieht nett aus. Der lacht die ganze Zeit. Das ist nett. Der lacht einfach, und er trinkt meinen Piña Colada. Der Typ steht neben meinem Hocker, lacht und trinkt meinen Piña Colada. Barb steht in der Ecke und guckt her. Dabei streckt sie ihre Titten raus und macht komische Zeichen. So was wie »Top!« und so. Jetzt stellt der Typ das Glas hin und wischt sich mit dem Handrücken über den Mund. Er hat einen schönen Mund mit schönen Zähnen. Und er lacht.
»Du lachst die ganze Zeit!«
»Ich glaub, ich trink auch so einen!«
»Lieber nich!«
»Warum nich?«
»Dann flippt der Mensch hinter der Bar aus!«
»Warum?«
»Weil der immer ne Ewigkeit braucht, bis er damit fertig is!«
»Ach so!«
»Aber du kannst es ja probieren!«
»Lieber nich!«
Er hat Locken, blonde Locken, seine Augen sind blau. Und was er für kleine Ohrläppchen hat.
»Du hast ganz kleine Ohrläppchen!«
Er faßt an seine Ohren und hält die Hände vor die kleinen Ohrläppchen.
»Wirklich?«
»Ja, süß!«
»Danke, das hab ich ja noch nie gehört!«
»Jetzt weißt dus!«
Er nimmt seine Hände wieder von seinen Ohren und steckt sie in die Hosentasche. Ich habe Lust, an seinen Ohrläppchen zu saugen. Ich trinke einen Schluck Piña Colada. Da kann ich am Strohhalm nuckeln.

»Darf ich mal dein Ohr küssen?«
»Was?«
»Ob ich dein Ohr küssen darf?«
Ich richte mich auf, stütze mich mit den Oberschenkeln am Hocker ab, mein Po hebt sich, der rechte Unterschenkel schiebt sich darunter, meine Hände auf der Bar, die Arme durchgestreckt, mein Hals grade, mein Kinn vor, meine Lippen an seinem Ohr. Mein Atem strömt in seinen Kopf, meine Zähne drücken in fremdes Fleisch, meine Zunge in der Öffnung. Chris. Sein Kopf dreht sich mir zu, ganz nah, seine Lippen auf Vampirellas Wange. Ihr Mund öffnet sich, vorbei an seiner Wange. Ihre Lippen treffen sich vorsichtig und entfernen sich wieder, die Münder sind offen, die Augen geschlossen. Barb hängt in der Ecke und guckt mich fragend an. Ich gucke zurück und zucke mit den Schultern. Vampirellas Mund trifft seinen Mund, trockene Lippen, kurze Berührung, ein kleiner Stoß, dann wieder Distanz. Vampirellas Gesicht kommt seinem entgegen. Vampirella ist scharf. Eigentlich kann sie sich nicht mehr halten. Die offenen Lippen pressen sich aufeinander, ein kurzer Zungenschlag, Distanz. Vampirellas Kopf neigt sich, sie richtet sich neu auf, sucht Halt mit den Beinen, nimmt die Hände von der Bar, hebt die Arme, greift mit ihren Fingern um seinen Kopf, spielt mit den Locken. Sie sind weich, sie fühlt seinen Kopf. Ihre Zunge trifft seine, umkreist sie, stößt sie, streichelt sie und drängt sie zur Seite. Vampirellas Zunge kämpft einen warmen und süßen Kampf. Barb stößt sich von der Wand ab und schüttelt den Kopf. Ich nehme einen Schluck Piña Colada. Chris. Wo ist mein kleiner Chris, mein liebster kleiner Chris? Ich möchte ihn jetzt in den Arm nehmen, seine Haut fühlen, sein Gesicht an meinem. Ich möchte in Chris hineinkriechen, sein Herz schlagen hören. Mein

kleiner Chris. Meine Hände fallen runter, schlagen auf der Thekenkante auf, mein Mund reibt über eine fremde Schulter und reibt sich trocken. Mein Unterschenkel befreit sich wieder, ich sitze auf dem Hocker und bin traurig.
»Ich komm gleich wieder!«
»Versprochen?«
»Ja, klar!«
Barb steht in der Ecke und sieht mir zu, wie ich mich zu ihr durchquäle. Die Leute stehen im Weg rum, und irgendwie sind das doch alles Idioten hier. Die Alte grinst blöde und macht wieder diese beschissenen Top-Zeichen.
»Alte, laß uns abhaun!«
»Alte, du bist ja abgegangen! Küßt der wenigstens gut?«
»Ja, kannste nich meckern! Laß uns abhaun!«
»Wohin willste denn?«
»Innen Tempel!«
»Jetzt? Was willstn da?«
»Ich will zu Chris!«
»Du brennst doch, Alte. Knutschst hier mit nem Typen rum und zwei Sekunden später willste zu Chris innen Tempel!«
»Is eben so!«
Kann ich Barb jetzt auch nicht erklären. Das ist einfach so. Ich meine, als ich diesen Typen da grade abgeknutscht habe, habe ich die ganze Zeit an Chris gedacht. Mann, wie ich den vermisse. Ich meine, ich will jetzt echt gern zu Chris und ihm sagen, daß ich ihn liebhabe. Ich meine, Chris ist einfach der Größte in meinem Leben. Das ist einfach so. Da ist irgendwie so eine innere Verbindung. Mein Matrose. Chris. Mein Löwe. Chris. Mein Herz. Ich glaube, ich heule gleich. Ich meine, ich vermisse Chris

echt extrem. Chris. Ich vermisse ihn so. Ich will ihn drücken und ihm seine Haare aus der Stirn streichen. Ihn festhalten. Ich will zu Chris.

»Ich will zu Chris!«
»Alte, beruhig dich! Was isn los?«
»Ich vermiß den nur so!«
»Ich versteh dich nich, Alte!«
»Laß uns gehn!«
»Muß ich mitkommen?«
»Bitte!«
»Na, gut! Aber du vermasselst mir grade alles!«
»Tut mir leid!«

Wirklich. Ich meine, jetzt hat Barb endlich einen an der Angel, und jetzt vermassel ich ihr das. Aber ich kann nichts dafür. Mein Herz schnürt mir alles zu. Das schlägt ganz doll, und ich glaub, ich dreh gleich durch.

»Ich dreh gleich durch!«
»Alte, was gehtn mit dir ab?«
»Ich weiß nich, vielleicht hab ich nur 'n schlechtes Gewissen, wegen der Rumknutscherei!«
»Dann knutsch nich rum!«
»Aber mir war grad so danach!«
»Dann genieß es doch, verdammt noch mal!«
»Aber ich muß die ganze Zeit an Chris denken!«
»Du bist drauf!«

Barb versteht mich einfach nicht. Die hat eben ihren Traummann noch nicht gefunden. Die weiß nicht, was Liebe ist, aber ich weiß es. Ich liebe Chris. Barb und ich quetschen uns an den Leuten vorbei, unsere Jacken bleiben dauernd an irgendwelchen Knöpfen hängen. Das nervt echt. Mann, bin ich froh, wenn ich hier draußen bin. Außerdem ist die Luft scheiße. Will ich einen Kreislaufkollaps kriegen?!

»Ich muß hier raus. Hier kriegste ja echt keine Luft mehr!«
»Hast recht! Ich krieg auch schon wieder Migräne!«
»Nehm wir 'n Taxi?«
»Willste zu Fuß gehn, oder was?«
»Ey, bloß nich!«
Zu Fuß gehen ist in diesem Fall nicht drin. Weil zu Fuß braucht man eine Viertelstunde und mit dem Taxi drei bis vier Minuten. Soviel Zeit habe ich einfach grade nicht. Irgendwie habe ich das Gefühl, daß Chris in dieser Sekunde vom Erdboden verschluckt wird. Das ist nicht komisch. Ich muß mich beeilen. Ich muß Chris sagen, daß ich ihn liebe. Los, schneller. Sonst ist alles vorbei. Barb und ich haben endlich die blöde Tür erreicht. Bloß raus hier, das hält ja niemand aus.
»Das hält ja niemand aus!«
»Puh, ich hätts auch nich länger gemacht!«
»Was is mit deinem Typen, haste seine Nummer?«
»Nö!«
»Warum nich?«
»Weil der mich schon wieder genervt hat. Ich hasse es, wenn einen die Typen so schmalzig verliebt angucken wie kleine Hunde. Die verliern doch absolut ihren Stolz!«
»Barb, du spinnst! Ich wär froh, wenn Chris mich manchmal so angucken würde!«
»Ich hasse das! Das is so unterwürfig!«
»Sei doch froh, wenn dich die Idioten anhimmeln!«
Echt, so wird das nie was mit einem Traummann für Barb. Die Alte weiß doch selber nicht, was sie will. Irgendwas nervt die Alte immer. Na endlich, da kommt unser Taxi.
»Da kommt 'n Taxi!«
»Praktisch!«

Echt. Kommt man aus diesem scheiß Laden raus, fährt ein Taxi vor. Ich meine, das ist echt praktisch. Da kann man sozusagen nicht meckern. Jetzt noch vier Minuten, und ich bin bei Chris. Hauptsache, Monsieur hängt nicht noch auf der Brückenparty rum. Dann drehe ich echt durch. Dann weiß ich auch nicht mehr, was ich machen soll.

»Hauptsache, Chris hängt nich noch auf der Brückenparty rum!«
»Da fahrn wir aber nich auch noch hin!«
»Ich weiß sowieso nich, wo die is!«
»Ein Glück!«

Nee, Scheiße ist das. Nämlich, wenn Chris nicht im Tempel ist, müßte ich eigentlich zur Brückenparty fahren, aber wenn ich nicht mal weiß, wo die ist, kann ich da auch nicht hinfahren. So einfach ist das. Noch vier Minuten bis zum Tempel.

»Zum Tempel, bitte!«

Barb sitzt neben mir und gähnt. Die Alte ist müde. Mann. Die macht aber auch immer schnell schlapp. Vielleicht verabreiche ich ihr gleich noch eine Line. Ist natürlich im Taxi nicht ganz einfach, und ich glaube, die haben das auch nicht so gerne. Aber man könnte einfach seinen Zeigefinger in das Tütchen stecken und die Krümel in die Nase reiben. Oder aufs Zahnfleisch. Das ist überhaupt das Beste. Wenn man was gezogen hat, den Rest mit dem Finger aufwischen und aufs Zahnfleisch reiben. Dann wird der Mund ganz angenehm taub und hinten im Rachen läuft das Koks runter. Das ist echt ein ganz besonderer Geschmack. Dann raucht man eine Zigarette und das Glück ist vollkommen. Ich hole mal vorsichtig das Tütchen raus, der Taxifahrer soll sich mal aufs Fahren konzentrieren. Barb soll ihren Finger reinstecken.

»Steck mal deinen Finger da rein!«
»Was isn das?«
»Pst!«
»Was isn das?«
»Schnee!«
»Wunderbar!«
»Ja, kannste nich meckern. Ich reib mir das einfach in die Nase!«
»Iih!«
»Mann, stell dich nich so an!«
»Aber ich will mir nich den Finger in die Nase bohren!«
»Sieht doch keiner!«
»Reicht ja auch, wenn ich das weiß!«
»Alte, machs oder stirb!«
»Dann mach ichs!«

Es gibt echt ungelogen keine Sache auf dieser Welt, bei der sich Barb nicht anstellt. Die findet echt alles eklig, außer angefressenen Erdbeerkuchen. Barb spinnt.

»Danke!«
»Dafür nich!«
»Das Zeug is echt gut!«
»Hat ja auch Chris besorgt!«
»Da kann man sich echt auf Chris verlassen!«
»Auf jeden Fall!«

Mein kleiner Chris. Der weiß, wo es gutes Koks gibt. Wir fahren auf den Parkplatz vom Tempel. Hier ist es dunkel. Erst weiter vorne, am Eingang, ist mehr Licht. Mein Herz klopft wie verrückt, als hätte ich Chris seit einem Jahr nicht gesehen. Mein Mund ist ganz trocken. Meine Hände sind kalt.

»Meine Hände sind ganz kalt!«
»Warum denn?«
»Weiß nich!«

»Gehts dir nich gut?«
»Doch! Hoffentlich is Chris da!«
»Der wird schon da sein!«
»Meinste?«
Wenn Chris nicht da ist, sterbe ich. Ich will jetzt zu Chris. So doll wollte ich echt schon seit langem nicht mehr zu Chris. Wir tanzen im Las Vegas, eng umschlungen, meine Füße sind nackt und meine Zehen frisch lackiert. Chris hat sein T-Shirt ausgezogen, meine Finger streichen über seine Tattoos.

Turn the light off, Baby! I'm easy like Sunday morning.

Chris liegt auf dem Bett, grade gab es frische Croissants mit Erdbeermarmelade, mein Körper schmiegt sich an den Türrahmen, ich lächle Chris zu, ich küsse den Rahmen, mein nackter Bauch drückt gegen ihn. »Ich liebe dich, Kleine!« Chris und ich sitzen auf dem Boden, Chris ist hinter mir und hat seine Arme um mich gelegt. Er flüstert mir ins Ohr: »Kennst du Giraffenküsse?« Ich lächle und sage: »Nein!« Chris' Lippen an meinem Ohr, sein Atem in meinem Körper. Seine Zunge umkreist mein Ohr. Ich bin glücklich.

Das Taxi hält.

Barb bezahlt. Wir steigen aus. Barb muß pinkeln und verschwindet schnell in den Büschen am Rand vom Parkplatz. Ich warte. Auf die paar Minuten kommt es jetzt auch nicht mehr an. Meint Barb. Ich sehe zum Eingang. Dort ist es heller. Da stehen Leute und wollen rein. Vielleicht ist Chris da irgendwo. Vielleicht sehe ich das Auto von Lenny. Der hat so einen weißen, schrottigen Volkswagen, von vor zwanzig Jahren.

Mein Kopf wendet sich nach rechts.

Da hockt Lenny in der Mitte vom Parkplatz, wo noch

keine Autos stehen. Lenny beugt sich über jemanden. Da liegt einer auf dem Boden. Dem ist wohl übel geworden. Vielleicht die schlechte Luft. Ich gehe zu Lenny, ich frage ihn, wo Chris ist. Wenn Lenny hier ist, ist Chris auch hier. Es hat wieder geregnet, der Boden ist feucht. Die Lichter spiegeln sich auf dem Asphalt. Die Leute vor dem Eingang schreien und wollen rein. Man hört die Musik hier draußen, und meine Füße setzen sich voreinander. Barb sieht mich schon, wenn sie fertig mit Pinkeln ist. Lenny hockt immer noch da. Sein Rücken ist mir zugewandt. Ich sehe die blaue Rundung seiner Schultern, seine langen blonden Haare liegen in Strähnen darauf. Ich komme näher. Lenny zieht seine Jacke aus und legt sie Chris unter den Kopf. Chris sieht mich an, ich stoße mit meinem Knie gegen Lennys Rücken.

»Zahnpasta!«
»Lenny, was is mit Chris?«
»Der hat zu viel gefeiert!«
»Was isn mit Chris?«
»Ich weiß nich!«

Chris liegt auf dem Boden, Lennys Jacke unter seinem Kopf. Chris sieht mich an, kleine Lichter in seinen Augen. Ich knie mich neben Lenny. Chris hat zu viel gefeiert. Chris liegt da, auf dem nassen Boden. Seine Hände liegen schlaff neben seinem Körper. Mein kleiner Chris. Ihm geht es nicht gut. Wir wollen in Las Vegas heiraten. Lennys Hände um Chris' Beine. Chris' Augen sind zugefallen. Chris geht es nicht gut, Chris muß ins Krankenhaus, jemand muß Chris helfen. Wir müssen Chris ins Krankenhaus bringen.

»Wir müssen ihn ins Krankenhaus bringen!«
»Meinst du?«
»Chris kann nich aufm Parkplatz liegen bleiben!«

»Wir könn ihn ja ins Auto tragen!«
»Chris, hier is deine Kleine!«
»...!«
»Chris, hörst du mich?«
»...!«

Chris' Augen sind zu. Mein kleiner Chris sieht mich nicht. Hier ist seine Kleine, sie hat ihn vermißt. Seine Kleine liebt ihn, sie will ihn in Las Vegas heiraten, die Kleine will, daß Chris redet.

»Chris! Rede mit mir!«
»...!«
»Chris! Das is nich lustig!«
»...!«
»Chris? Ich liebe dich!«
»...!«
»Chris?«
»...!«
»Chris! Ich liebe dich!«
»...!«
»Ich liebe dich, ich liebe dich, ich liebe dich, ich liebe dich!«
»...!«
»Chris, rede mit mir!«
»...!«
»Mach die Augen auf!«
»...«
»Chris! Ich liebe dich, mach die Augen auf, hier is deine Kleine!«
»...«
»Chris, Chris, Chris!«
»...«
»Chris?... Ich liebe dich!... Hier is deine Kleine!«
»...«

Chris, hier ist deine Kleine, sie streicht dir die Haare aus der Stirn. Sie setzt sich auf den Boden, hebt deinen Kopf in ihren Schoß. Chris, mein Lieber. Hier ist deine Kleine. Sie liebt dich, sie vermißt dich, sie tanzt mit dir in Las Vegas. Chris. Ich kann Chris nicht alleine tragen. Vampirella! Meine Hände schieben sich unter seine Knie und seine Schultern. Chris liegt auf meinen Armen. Ich ziehe ihn hoch, an meine Brust, küsse seine Stirn. Jetzt hebe ich ihn hoch. Vampirella hilf mir, ich kann ihn nicht halten. Chris' Kopf fällt nach hinten. Vampirella, wo bist du? Vampirella! Ich stehe auf, Chris in meinen Armen. Ich gehe, Schritt für Schritt. Ich schaffe es. Lenny bleibt hinter Chris und mir zurück, Barb kommt aus den Büschen und sieht uns an. Ich gehe an ihr vorbei, Chris in meinen Armen. Dahinten ist es dunkel. Komm mit, Chris. Wir wandern einfach aus. Ich trage dich. Wir wandern aus und gehen nach Amazonien. Da ist es schön. Wirklich. Die Leute lachen da und sind freundlich. Es gibt keine Autos und keine Clubs. Nur schönes Wetter und gute Luft. Wir gehen nach Amazonien. Ich trage dich. Ruh dich aus und mach dir keine Sorgen. Ich weiß den Weg. Wenn wir da sind, weck ich dich. Da ist es schön. Weite Ebene, staubiger, gelber Boden, warme Luft und der Amazonas. Am Ufer ist es grün, und am Horizont flimmert die Luft. Da ist ein kleiner Hügel mit einer Schirmakazie. Das ist unser Hügel. Den habe ich uns dahin gemalt. Ich kann dich tragen, Chris. Vampirella braucht mir nicht zu helfen.

Ich kann das alleine.

Unter meinen Füßen ist Sand, die Sonne ist orange, Schlangen fliehen vor meinen Schritten, mein Mund ist trocken. Ich sehe den Hügel, die Schirmakazie wartet auf uns. Mach die Augen auf, Chris. Hier ist es schön. Merkst du, wie gut das ist? Das ist Amazonien. Wir legen uns auf die Schirmakazie, mein Kopf auf deiner Brust. Die Blätter tragen uns. Hier ist Ruhe, der Amazonas links von uns. Chris, wir sind am Ziel. Ruh dich aus. Relax. Hier ist deine Kleine, Chris. Deine Kleine liebt dich. Und wir heiraten in Las Vegas.

Dieses Buch wurde gedruckt auf Recyclingpapier.
Es besteht aus 100% bedrucktem Altpapier.

Das Vorsatzpapier besteht aus 100% nichtdeinktem
Postconsumer-Abfällen, der Überzug wurde auf
100% Recyglingpapier gedruckt.

Der Karton des Einbandes ist aus 100% Altpapier.

Das Kapitalband und das Leseband sind
aus 100% ungefärbter und ungebleichter Baumwolle.